Genel Yayın: 1462

JULES VERNE
SEKSEN GÜNDE DÜNYA GEZİSİ

ÖZGÜN ADI
LE TOUR DU MONDE EN QUATRE-VINGTS JOURS

SERTİFİKA NO: 40077

EDİTÖR
GAMZE VARIM

GÖRSEL YÖNETMEN
BİROL BAYRAM

DÜZELTİ
MEHMET CELEP

GRAFİK TASARIM VE UYGULAMA
TÜRKİYE İŞ BANKASI KÜLTÜR YAYINLARI

TÜRKİYE İŞ BANKASI KÜLTÜR YAYINLARI'NDA
1.-16. BASIM
MODERN KLASİKLER DİZİSİ'NDE 1. BASIM MART 2017, İSTANBUL
13. BASIM ARALIK 2022, İSTANBUL

ISBN 978-605-332-981-7

BASKI: SENA OFSET
Maltepe Mah. Litros Yolu Sok. No:2/4 İç Kapı No: 4Nb9
Zeytinburnu İstanbul Tel. (0212) 613 38 46
Sertifika No: 45030

TÜRKİYE İŞ BANKASI KÜLTÜR YAYINLARI
İstiklal Caddesi, Meşelik Sokak No: 2/4 Beyoğlu 34433 İstanbul
Tel. (0212) 252 39 91 Faks (0212) 252 39 95
e-posta: info@iskultur.com.tr
www.iskultur.com.tr

ÇEVİREN: BERTAN ONARAN

Haydarpaşa Lisesi'ni, İÜ Edebiyat Fakültesi Fransız Dili ve Edebiyatı Bölümü'nü bitirdi. Gide, Sartre, Camus, Mayakovski, Saint-Exupéry, Marguerite Duras, Albertine Sarrazin, Gilles Martinet'nin eserlerini dilimize kazandırdı. Cervantes'in başyapıtı *Don Quixote*'yi ilk kez tam metin olarak çevirdi. Wilhelm Reich'ın bütün kitaplarını Türkçeleştirdi. André Malraux, Émile Zola, Stendhal, Panait Istrati, Eugène Ionesco, Alain Robbe Grillet, Nathalie Sarraute'dan çeviriler yapan Onaran'ın 1972'de Beauvoir'dan çevirdiği *Konuk Kız*'a TDK çeviri ödülü verildi. 2016 yılında yaşama veda etti.

Modern
Klasikler
Dizisi -94

Jules
Verne

Seksen Günde Dünya Gezisi

Fransızca aslından
çeviren: Bertan Onaran

TÜRKİYE İŞ BANKASI
Kültür Yayınları

İçindekiler

I

Phileas Fogg'la Passepartout, Biri Efendi, Diğeri Uşak Olarak Birbirlerini Karşılıklı Kabul Ediyorlar

1872 yılında, Burlington Gardens'ın Saville-row sokağındaki 7 numaralı evde –1814'te, Sheridan bu evde ömrünü tamamlamıştı– görünüşe bakılırsa dikkat çekmek için hiçbir çaba harcamamasına rağmen, Londra Reform-Kulüp'ün en benzersiz, en göze çarpan üyelerinden Phileas Fogg oturmaktaydı.

İngiltere'yi onurlandıran en büyük hatiplerden birinin yaşadığı evde şimdi Phileas Fogg oturuyordu. Çok nazik bir adam ve İngiliz yüksek sosyetesinin en yakışıklı beyefendilerinden biri olması dışında hakkında hiçbir şey bilinmeyen esrarengiz bir adamdı bu.

Byron'a benzediği söylenirdi –ama yalnız kafası, çünkü ayakları gerçekten kusursuzdu– ancak, bıyıklı ve favorili bir Byron, yaşlanmadan bin yıl yaşamış duyarsız bir Byron.

İngiliz olduğuna kuşku bulunmayan Phileas Fogg belki de Londralı değildi. Onu Borsa'da, Merkez Bankası'nda ya da City'deki yabancı ticarethanelerde gören olmamıştı şimdiye dek. Londra limanları ya da iskeleleri armatör Phileas Fogg'un sahip olduğu bir gemiyi hiç konuk etmemişti. Bu beyefendi hiçbir yönetim kurulunda yer almıyordu. Adı ne Baro'da, ne Temple'da, ne Lincoln's Inn'de, ne de Gray's Inn'de* yankılanmıştı. Ne Şansölye Mahkemesi'nde, ne İngiliz Yüksek Mahkemesi'nde, ne Vergi Temyiz Mahkemesi'nde, ne de dini mahkemede davasını savunmuştu. Ne sanayiciydi, ne büyük tüccar, ne küçük tüccar, ne de çiftçi. Ne Büyük Britanya Kraliyet Enstitüsü'ne üyeydi, ne Londra Kurumu'na, ne Zanaatçılar Kurumu'na, ne Russell Derneği'ne, ne Batı Edebiyat Kurumu'na, ne Hukuk Derneği'ne, ne de doğrudan Majesteleri Kraliçe'nin himayesi altında bulunan Birleşik Sanatlar ve Bilimler Kurulu'na. Kısacası, Armonika Derneği'nden özellikle zararlı böcekleri imha etme amacıyla kurulan Entomoloji Derneği'ne kadar, İngiltere başkentinde kum gibi kaynayan çok sayıda dernekten hiçbirine üye değildi.

Phileas Fogg, Reform-Kulüp üyesiydi, o kadar.

Onun kadar esrarengiz bir beyefendinin bu saygıdeğer derneğin üyeleri arasında sayılmasına şaşacak kimselere, sonsuz güvenlerine sahip bulunduğu Baring Kardeşler'in tavsiyesiyle derneğe kabul edildiğini söyleyeceğiz. Çeklerinin düzenli olarak ödenmesinden ve hesabında her zaman para kalmasından ileri gelen bir "saygınlığı" vardı.

Peki, varlıklı mıydı bu bizim Phileas Fogg? Hiç kuşkusuz. Ama servetinin nereden geldiğini en kulağı delikler bile söyleyemezdi ve Bay Fogg bu konuda bir şeyler öğrenebilmek üzere başvurulacak en son kişiydi. Her halükârda, hiç savurgan değildi, ama cimri de değildi; zira ne zaman soylu, yararlı ya da cömert bir işe katkıda bulunması gerekse, sessizce ve hatta gizlice yapardı bunu.

Sözün kısası, bu beyefendi kadar konuşmayı sevmeyen kimse yoktu. Mümkün olduğunca az konuşur ve suskun olduğu zamanlara göre çok daha esrarengiz görünürdü. Ancak bütün yaşamı ortadaydı, ama yaptıkları öylesine mate-

---

* İngiltere ve Galler'de *barrister*'ların (dava avukatı) Inns of Court adı verilen mesleki kuruluşları. (e.n.)

matiksel bir kesinlikle hep aynı şeylerdi ki, bununla yetinmeyen düş gücü daha başka şeyler arıyordu.

Çok yolculuk yapmış mıydı acaba? Herhalde, çünkü dünya haritasını onun kadar iyi bilen kimse yoktu. Görünüşe bakılırsa hiçbir bölge, Bay Fogg'un hakkında özel bir bilgiye sahip olamayacağı ölçüde ücra değildi. Kimi zaman, kısa ve net iki çift sözle, kulüpte yitik ya da yolunu şaşırmış gezginler hakkında dolaşan bin dedikoduyu çürütürdü; asıl olasılıklara işaret eder ve olaylar sonunda mutlaka kendisini haklı çıkarırken, çoğu kez sözlerini bir önsezinin esinlediği düşünülürdü. Dünyanın dört bir yanını gezmiş bir adam olmalıydı, – hiç değilse zihninde.

Yine de kesin olan bir şey varsa, o da Phileas Fogg'un uzun yıllardır Londra'dan ayrılmamış olmasıydı. Kendisini ötekilerden biraz daha fazla tanıma onuruna kavuşanlar, her gün geçtiği, evinden doğruca kulübe giden yolun dışında bir yerde görülmediğini onaylamaktaydılar. Zamanını gazete okumakla, "whist" denen İngiliz kâğıt oyunuyla geçirirdi. Mizacına çok uygun olan bu sessiz oyunda çoğu kez kazanır, ama kazandıkları kesesine girmez, önemli bir meblağ olarak hayırseverlik bütçesine katılırdı. Bu arada şunu da belirtmek gerekir ki, Bay Fogg kazanmak için değil, oynamak için oynardı elbette. Oyun, onun için bir savaş, bir güçlük karşısında mücadeleydi; ama yer değiştirmeyi gerektirmeyen, insanı yormayan, hareketsiz bir mücadele ve bu da karakterine uygundu.

Herkesin bildiği gibi Phileas Fogg'un karısı ya da çocukları yoktur – ki bu en dürüst kişilerin başına gelebilecek bir şeydir – ne anne babası ne de dostları vardır – buysa gerçekten daha da ender rastlanan bir durumdur. Phileas Fogg, Saville-row'daki evinde tek başına yaşıyor, kendinden başka kimsecikler girmiyordu oraya. Evin içinde olup bitenleri tasavvur etmek söz konusu değildi. Tek bir uşak yetiyordu hizmetini görmeye. Öğle ve akşam yemeklerini kulüpte, saniye şaşmaksızın aynı saatte, aynı salonda, aynı masada yer, öbür üyelerle hiç hoşbeş etmez, hiç kimseyi masasına davet etmez, Reform-Kulüp'ün üyelerine ayırdığı o rahat odalarda hiçbir zaman kalmaz, tam gece yarısı, yatmak üzere eve yollanırdı. Yirmi dört saatin onunu, uyumak ya da yıkanıp giyinmek için evinde geçirirdi. Gezintilerini bile, her zaman uygun adımlarla, kulübün girişindeki kakma parkeli salonda ya da kırmızı somaki mermerden yapılmış İonia tarzı yirmi sütunun taşıdığı mavi camlı bir kubbeyle örtülü yuvarlak salonda yapardı. Öğle ya da akşam yemeklerinde kulübün mutfağında, kilerinde, ambarında, balıkhanesinde ve mandırasında bulunan lezzetli yiyeceklerle donatılırdı masası. Kulübün siyah giysiler ve keçe tabanlı ayakkabılar giyen ciddi uşakları son derece güzel bir Saksonya örtüsü serilmiş bir masada, özel porselen tabaklarda servis yaparlardı; sherry'si, porto'su ya da çubuk tarçın ve baldırıkarayla çeşnilendirilmiş kırmızı şarabı, kulübün artık hiçbir yerde bulunmayan billur bardaklarında gelir ve yine kulübün –büyük harcamalarla Amerika göllerinden getirilmiş– buzu serinletirdi içkilerini.

Bu koşullarda yaşamak ayrıksılıksa, böyle garipliğe can kurban doğrusu!

Saville-row'daki ev, görkemli olmamakla birlikte, olağanüstü rahatlığıyla dikkat çekiyordu. Ayrıca, kiracının hiç değişmeyen alışkanlıklarından ötürü, bu evde hizmet de pek ağır değildi. Bununla birlikte, Phileas Fogg yegâne uşağından olağanüstü bir dakiklik ve düzenlilik beklerdi. O gün, yani 2 Ekim'de Phileas Fogg, James Forster'a yol vermişti – oğlan bir kabahat işleyip tıraş suyunu seksen altı Fahrenheit yerine seksen dört Fahrenheit derecesinde getirmişti– ve saat on birle on bir buçuk arasında gelmesi gereken yeni uşağı bekliyordu.

Phileas Fogg baston yutmuş gibi koltuğuna kurulmuş, ayaklarını geçit törenindeki askerler gibi bitiştirmiş, ellerini dizlerine koymuş, gövdesi dimdik, başı yukarıda sarkaçlı saatin ibresine bakıyordu – saatleri, dakikaları, saniyeleri, günleri, tarihi ve yılı gösteren karmaşık bir saatti bu. Bay Fogg, alışageldiği üzere, saat tam on bir buçukta evden ayrılıp Reform-Kulüp'e yollanmalıydı.

Tam o sırada, Phileas Fogg'un oturduğu salonun kapısı vuruldu.

Yol verilen James Forster gözüktü.

— Yeni uşak geldi, dedi.

Otuz yaşlarında bir adam belirdi kapıda ve Bay Fogg'u selamladı.

— Fransızsınız, adınız da John, öyle değil mi? diye sordu Phileas Fogg.

— Yüksek müsaadenizle, John değil, Jean efendim, diye karşılık verdi yeni uşak, Jean Passepartout*; her işten kolayca sıyrılmamı sağlayan doğal becerimden dolayı takılan bu ad üstüme yapışıp kaldı. Dürüst bir insan olduğumu sanıyorum efendim, yalnız doğrusunu söylemek gerekirse, pek çok iş değiştirdim şimdiye dek. Sokak şarkıcılığı, bir sirkte at cambazlığı yaptım, Léotard gibi akrobasi yaptım, Blondin gibi ip üstünde yürüdüm; sonra, yeteneklerimi daha iyi değerlendirebilmek için jimnastik öğretmeni oldum, en son olarak da Paris'te itfaiyeci çavuşluğu yapmaktaydım. Epeyce önemli yangınlar görmüş bulunuyorum. Beş yıl önce Fransa'dan ayrıldım; aile hayatını tatmak istediğimden, İngiltere'de uşak olarak çalışmaktayım. Oysa işsiz kalıp da, Bay Phileas Fogg'un Birleşik Krallık'ın en titiz, en yerleşik insanı olduğunu öğrenince, dingin bir ömür sürmek, hatta şu Passepartout adını bile unutmak üzere beyefendinin karşısına geldim...

— Passepartout bana uyar, diye karşılık verdi beyefendi. Tavsiye ettiler sizi bana. Hakkınızda iyi şeyler işittim. Çalışma koşullarını biliyor musunuz?

---

* Maymuncuk. (ç.n.)

— Evet, efendim.

— Peki. Saatiniz kaç?

— On biri yirmi iki geçiyor, diye karşılık verdi Passepartout yelek cebinin derinliklerinden kocaman, gümüş bir saat çıkararak.

— Geri kalmış, dedi Bay Fogg.

— Beyefendi beni bağışlasınlar, ama olanaksız.

— Dört dakika geri kalmış saatiniz. Neyse, önemi yok. Önemli olan aradaki farkı saptamaktır. Şu andan, yani 2 Ekim 1872 Çarşamba sabahı on bir yirmi dokuzdan başlayarak hizmetime girmiş bulunuyorsunuz.

Phileas Fogg, bunu söyledikten sonra kalktı, sol eliyle şapkasını aldı, robot gibi kafasına geçirdi, başka bir şey söylemeden çıkıp gitti.

Passepartout, sokak kapısının bir kez kapandığını duydu; yeni efendisi evden çıkıyordu. Derken kapı bir daha açılıp kapandı; bu sefer de, kendinden önceki uşak, James Forster çıkmıştı.

Passepartout, Saville-row'daki evde yalnız kaldı.

II

Passepartout En Sonunda Aradığını Bulduğuna Kanaat Getiriyor

"Yemin ederim," dedi başlangıçta biraz şaşıran Passepartout kendi kendine, "Madam Tussaud müzesinde de yeni efendim kadar canlı insanlar tanımıştım!" Bu arada şunu belirtmemiz gerekir ki, Madam Tussaud müzesindeki "insanlar", Londra'da çok ziyaret edilen, balmumundan yapılmış figürlerdir ve tek eksikleri konuşamamalarıdır.

Passepartout, Phileas Fogg'la yaptığı o birkaç dakikalık görüşme sırasında, müstakbel efendisini şöyle çabucak, ama alıcı gözüyle incelemişti. Kırk yaşlarında, güzel ve soylu yüzlü, uzun boylu, hafif tombul olmakla birlikte yine de hoş, sarışın ve favorili, şakaklarında kırışıklık olmayan düz bir alnı ve kırmızıdan ziyade solgun yanakları olan, inci dişli bir adamdı. Yüz çizgilerinden karakter analizi yapanların "eylemde dinginlik" dedikleri, gürültü patırtı etmeden iş görenlere özgü yetiye fazlasıyla sahip görünüyordu. Birleşik Krallık'ta sık sık rastlanan ve Angelica Kauffmann'ın biraz akademisyenlere özgü duruşlarını büyük bir ustalıkla tablolarına aktardığı sakin, ağırkanlı, duru gözlü ve sabit bakışlı, heyecansız İngiliz tipinin mükemmel bir örneğiydi. Yaşamının çeşitli dönemlerinde izlenip incelendiğinde, bu beyefendi her yönüyle son derece dengeli, kesinlikle ölçülü, bir Leroy ya da Earnshaw kronometresi kadar kusursuz olduğu izlenimini verirdi. Gerçekten de, Phileas Fogg, şaşmazlığın ta kendisiydi ve bunu "elleriyle ayaklarının anlatımından" açıkça görebilirdiniz; çünkü hayvanlarda olduğu gibi insanlarda da, ellerle ayaklar tutkuları bizzat ifade eden organlardır.

Phileas Fogg, hiçbir zaman acele etmeyen ve her zaman hazır ve nazır olan, adımlarında ve hareketlerinde ölçülü, matematik şaşmazlıktaki insanlardandı. Gideceği yere her zaman en kestirmeden gider, gereksiz tek bir adım atmazdı. Bakışlarını tavana dikip oyalanmazdı. Yararsız her türlü hareketten kaçınırdı. Kimsecikler onu heyecanlı ya da huzursuz görmemişti. Dünyanın en ağırkanlı adamıydı, ama her yere vaktinde gelirdi. Hal böyleyken, neden yalnız ve adeta her türlü sosyal ilişkinin dışında yaşadığı anlaşılır. Yaşarken insanlara sürtünmeyi de hesaba katmak gerektiğini biliyor ve sürtünmeler insanı geciktirdiğinden, kimseye değmemeye çalışıyordu.

Doğma büyüme Parisli olan Maymuncuk Jean'a gelince, beş yıl önce İngiltere'ye yerleşip Londra'da uşaklık yapmaya başladığından beri boş yere hizmetine girebileceği bir efendi aramaktaydı.

Passepartout omuzlarını kaldıran, burnu havada, kendinden emin, donuk bakışlı, gülünç ve saygısız Frontin ya da Mascarille'lerden* değildi. Hayır, Passepartout sevimli yüzü, hep bir şeyler yemeye ya da birilerini öpmeye hazırmışçasına hafifçe öne çıkmış dudaklarıyla dürüst bir adamdı; ancak bir dostun omuzları üstünde görmekten hoşlandığımız güzel yuvarlak başıyla, tatlı ve yardımsever bir varlıktı. Gözleri mavi, teni canlıydı, yüzü öyle tombuldu ki, elmacıkkemik-

---

* Frontin, Lesage'ın *Turcaret ou le Financier* (1709; Turcaret veya Maliyeci) adlı komedisindeki ilkesiz ve becerikli uşaktır. Mascarille ise Molière'in *Les Précieuses ridicules* (1659; Gülünç Kibarlar) adlı farsındaki, kendisinin ve efendisinin çıkarlarına hizmet eden, küstah ama akıllı uşaktır. (e.n.)

lerini kendisi bile görebiliyordu; geniş bir göğsü, güçlü bir bedeni, çelik gibi kasları vardı. Gençliğinde yaptığı beden eğitimleriyle olağanüstü gelişmiş bedeniyle Herkül gibi güçlüydü. Kahverengi saçları biraz isyankârdı. İlkçağda heykeltıraşların Minerva'nın saçlarına on sekiz ayrı biçim verebilmelerine karşılık, bizim Passepartout'nun tek bir saç tarama yöntemi vardı: Şöyle üç tarak darbesi attı mı, tamamdı.

Bu oğlanın coşkulu kişiliğinin Phileas Fogg'unkiyle uyuşup uyuşmayacağını temelde ihtiyatlı davranmak adına söyleyemeyiz. Passepartout, esasen efendisinin ihtiyaç duyduğu dakik uşak olabilir mi? Bunu anlamanın tek yolu onu denemek. Bildiğiniz gibi, avare gençlik yıllarından sonra, sessiz sakin yaşamak istiyordu Passepartout. İngilizlerin sistemliliğinden ve beyefendilerin meşhur soğukluğundan övgüyle söz edildiğini işitmiş, talihini bir de İngiltere'de denemeye gelmişti. Ama talih, o güne dek yüzüne gülmemişti. Hiçbir yerde kök salamamıştı. Tam on ev değiştirmişti. Bunların hepsinde insanlar tuhaf, değişken, çapkın ya da gezeğendi – bu da Passepartout'nun hiç işine gelmiyordu tabii. Son efendisi, genç Lord Longsferry milletvekiliydi, geceyi Hay-Market'in "istiridye restoranları"nda geçirdikten sonra, eve çoğu kez polislerin omzunda gelirdi. Efendisine her şeyden önce saygı duymak isteyen Passepartout, saygıyı elden bırakmadan bir iki serzenişte bulunmuş, bunlar ters karşılanınca işi bırakmıştı. Tam o sırada, Phileas Fogg beyefendinin bir uşak aradığını öğrenmişti. Bu bey hakkında bilgi toplamıştı. Böylesine düzenli yaşayan, evinden başka yerde yatmayan, yolculuğa çıkmayan, bir gün bile evden ayrılmayan bu adamdan iyisini bulamazdı. Gelip kendisine başvurdu ve bildiğiniz gibi kabul edildi.

Böylece, Passepartout –saat on bir buçuğu vurduğunda– Saville-row sokağındaki evde yalnızdı. Hemen evi dolaşmaya başladı. Bodrumdan tavan arasına dek her yeri gezdi. Temiz, düzenli, sade, ağırbaşlı, rahat hizmet edilecek biçimde düşünülmüş bu ev hoşuna gitti. Onda güzel bir salyangoz kabuğu izlenimi yarattı, ama gazla ısıtılıp aydınlatılan bir salyangoz kabuğu; gerçekten de, evin bütün ışık ve ısı ihtiyacını karbonlu hidrojen karşılıyordu. Passepartout ikinci katta kendisine ayrılan odayı kolayca buldu. Beğendi. Elektrikli ziller ve konuşma boruları bu odayı asma katla birinci kattaki öbür odalara bağlamaktaydı. Şöminenin üstündeki elektrikli duvar saati, Phileas Fogg'un yatak odasındaki saate göre ayarlanmıştı ve iki saat saniyesi saniyesine aynıydı.

"Güzeel, güzeel, her şey tam istediğim gibi!" dedi Passepartout kendi kendine.

Odasında, duvar saatinin üstüne asılmış bir kâğıt iliști gözüne. Günlük hizmet çizelgesiydi bu. Phileas Fogg'un şaşmaz kalkış saati olan sekizden, Reform-Kulüp'e öğle yemeğine gitmek üzere evden çıktığı on bir buçuğa dek yapacağı işleri, bütün detaylarıyla vereceği hizmeti gösteriyordu: Sekizi yirmi üç gece kızartmalar ve çay, dokuz otuz yedide tıraş suyu verilecek, ona yirmi kala saça şekil verilecekti. Saat on bir buçuktan, düzenli beyzadenin yatağa girme zamanı olan gece yarısına dek de her şey önceden hesaplanmış, düzenlenmiş ve not edilmişti. Passepartout oturdu, büyük bir zevkle bu program üstünde düşünüp maddelerini ezberlemeye çalıştı.

Beyefendinin giysi dolabına gelince, çok zengin ve düzenliydi. Her pantolonun, ceketin ya da yeleğin bir numarası ve mevsime göre, sırayla hangisinin giyileceğini gösteren bir giriş-çıkış defteri vardı. Aynı düzen ayakkabılar için de geçerliydi. Uzun sözün kısası, ünlü ama sefih Sheridan'ın zamanında düzensizliğin tapınağı sayılan Saville-row sokağındaki bu evde rahat mobilyalar tatlı bir konforun habercisiydi. Ne kitaplık vardı evde, ne de kitap, çünkü Reform-Kulüp, biri edebi yapıtlara, öbürüyse siyaset ve hukuka ayrılmış iki kitaplık sunuyordu Bay Fogg'a. Dolayısıyla evde kitaplığa ve kitaba gerek kalmamıştı. Yatak odasında, yangına da, hırsızlığa da kafa tutacak sağlamlıkta, orta boy bir kasa vardı. Ve evde tek bir silah, tek bir av ya da savaş aleti yoktu. Her şey en barışçı alışkanlıkları haber vermekteydi.

Passepartout, evi inceden inceye gözden geçirdikten sonra ellerini ovuşturdu, geniş yüzü aydınlandı, sevinçle tekrarladı:

"Güzel! Tam bana göre bir yer burası! Bay Fogg'la çok iyi anlaşacağa benzeriz! Düzenli ve evcimen bir adam! Makine gibi mübarek! Ben de bir makineye hizmet etmekten kaçınmam doğrusu!"

III

Phileas Fogg'a Pahalıya Patlayacak Bir Konuşma Başlıyor

Phileas Fogg, Saville-row'daki evinden saat on bir buçukta ayrılmış, sağ ayağını tam beş yüz yetmiş beş kez sol ayağının önüne, sol ayağını da beş yüz yetmiş altı kez sağ ayağının önüne attıktan sonra, Pall-Mall'deki büyük binaya, en az üç milyona mal olmuş Reform-Kulüp'e gelmişti.

Dokuz penceresi sonbaharın çoktan altın sarısına boyadığı ağaçlarla süslü güzel bir bahçeye bakan yemek odasına çıktı hemen. Hazırlanmış olarak kendisini bekleyen her zamanki masasına oturdu. Öğle yemeği birinci sınıf "reading soslu"* haşlama balıktan oluşan başlangıç, "mantar"la süslü, kan kırmızı bir rozbif, ravent yapraklarıyla frenküzümünden yapılmış bir tart ve bir parça Cheshire peynirinden oluşuyor ve bütün bunlar Reform-Kulüp mutfağı için özel olarak yetiştirilmiş nefis çaydan birkaç fincanla mideye indiriliyordu.

Bu beyefendi, on ikiyi kırk yedi geçe masadan kalktı, muhteşem çerçevelerin içine oturtulmuş resimlerle süslü, ihtişamlı büyük salona yürüdü. Salonda, uşaklardan biri sayfaları açılmamış bir *Times* gazetesi sundu kendisine. Phileas Fogg, bu güç işe epey alışkın olduğunu gösteren ustaca el hareketleriyle

* Soğan, baharat ve otlarla çeşnilendirilmiş keskin bir sos. (e.n.)

gazeteyi açtı. Phileas Fogg, üç kırk beşe dek bu gazeteyi, ondan sonra, akşam yemeğine dek de *Standard*'ı okudu. Akşam yemeği de öğle yemeğinin koşullarında tamamlandı, yalnız bu sefer yemeğe "royal british sauce"* da eklenmişti.

Beyefendi, saat altıya yirmi kala büyük salona döndü ve *Morning Chronicle*'ı okumaya daldı.

Yarım saat sonra, Reform-Kulüp'ün çeşitli üyeleri salona giriyor, maden kömürü yakılan şömineye yanaşıyorlardı. Bunlar, Bay Phileas Fogg'un her zamanki oyun arkadaşlarıydılar, tıpkı onun gibi whist'e bayılırlardı: Mühendis Andrew Stuart, bankacılar John Sullivan'la Samuel Fallentin, bira üreticisi Thomas Flanagan, İngiltere Merkez Bankası yöneticilerinden Gauthier Ralph – hepsi de varlıklı, sanayi ve maliye dünyasının belli başlı kodamanlarının üye olduğu Reform-Kulüp'te bile sayılan kişilerdi.

— Ee, Ralph, diye sordu Thomas Flanagan, ne oldu şu hırsızlık meselesi?

— Banka biraz paradan olacak galiba, diye karşılık verdi Andrew Stuart.

— Tam tersine, hırsızı bulacağımızı sanıyorum, dedi Gauthier Ralph. Son derece becerikli polis müfettişleri Amerika ve Avrupa'nın belli başlı yükleme ve boşaltma limanlarına gönderildi, bu beyefendinin ellerinden kaçması epey güç olacağa benzer.

— Hırsızın eşkâli biliniyor demek, öyle mi? diye sordu Andrew Stuart.

— Bir kere adam hırsız değil, diye karşılık verdi Gauthier Ralph, ciddi bir tavırla.

— Nasıl olur, bankanın elli beş bin sterlinini (1 milyon 375 000 frank) yürüten adam hırsız değil mi yani?

— Hayır, değil, diye karşılık verdi Gauthier Ralph.

— Öyleyse sanayici mi? dedi John Sullivan.

---

* Yazarın hangi sosu kastettiği net değil. Başına ironi olsun diye "royal" (kraliyet) sözcüğünü ekleyerek Fransızların "British sauce" dediği sostan söz ediyorsa, süt, krema, şeker ve yumurta akından oluşan "custard"ı kastediyor olabilir. (e.n.)

— *Morning Chronicle*, onun bir beyefendi olduğunu ileri sürüyor.

Bunu söyleyen, etrafındaki kâğıt yığınından başını çıkaran Phileas Fogg'dan başkası değildi. Phileas Fogg, bunu söylerken, bir yandan da arkadaşlarını selamladı, onlar da buna karşılık verdiler.

Birleşik Krallık'taki çeşitli gazetelerin hararetle tartıştıkları söz konusu olay, üç gün önce, yani 29 Eylül'de geçmişti. İngiltere Merkez Bankası'nın baş veznedarının masasından elli beş bin sterlin değerinde bir tomar banknot yürütülmüştü.

Böyle bir hırsızlığın bu denli kolaylıkla başarılabilmesine şaşan kimselere yanıt olarak, bankanın Başkan Yardımcısı Gauthier Ralph, veznedarın o sırada üç şilin altı pens'lik bir hesabı kayda geçirmekle meşgul olduğunu, aynı anda dört bir yana bakamayacağını söylemekle yetindi.

Yalnız şunu da belirtmek yerinde olur ki –ve o zaman olayın anlaşılması da epey kolaylaşacaktır– "İngiltere Merkez Bankası" denen o harika kurum müşterilerinin saygınlığına büyük önem verir. Ne bekçi vardır bu bankada, ne emekli askerler, ne de demir parmaklık! Altın, gümüş ve kâğıt paralar ortalık yerde, adeta oradan ilk geçen kişinin merhametine kalmış gibidir. Oradan geçen herhangi bir kişinin dürüstlüğünden kuşkulanmak akla hayale gelmez. İngiliz âdetlerini çok iyi gözlemleyen biri şöyle bir olay anlatmıştır: Bir gün, bankanın salonlarından birindeyken, veznedarın masasında duran üç-üç buçuk kilo ağırlığındaki bir altın külçesini yakından görmek istedi; külçeyi eline aldı, inceledi, yanındaki adama uzattı, o ona, o ona derken, külçe elden ele geçerek karanlık bir koridorun sonuna dek gitti, yarım saat sonra dönüp yerine geldi ve bu arada veznedar başını bile kaldırmamıştı.

Ancak, 29 Eylül günü olaylar hiç de böyle gelişmedi. Banknot tomarı geri dönmedi ve "drawing-office"in kapısındaki görkemli duvar saati bankanın kapanış saati olan beşi vurduğunda, İngiltere Merkez Bankası için, bu elli bin sterlini kâr zarar hesabına geçirmekten başka çare kalmadı.

Hırsızlık kurallara uygun biçimde kabul edildikten sonra, en maharetliler arasından seçilen hafiyeler, "detektifler", başarılı olmaları halinde kendilerine iki bin sterlinlik bir ödülle ele geçirilecek paranın yüzde beşi vaat edilerek, dünyanın belli başlı limanlarına; Liverpool, Glasgow, Le Havre, Süveyş, Brindisi, New York ve diğerlerine gönderildi. Hemen girişilen soruşturma sonucu elde edilecek bilgiler beklenirken, bu müfettişlerin işi adı geçen limanlara girip çıkan bütün yolcuları dikkatle gözlemekti.

Oysa, *Morning Chronicle*'ın da belirttiği üzere, parayı çalan kişinin, İngiltere'deki hiçbir hırsız derneğine üye olmadığını varsaymak için sağlam gerekçeler vardı. 29 Eylül günü şık giyimli, kibar tavırlı, soylu bir duruşu olan bir beyefendinin hırsızlığın geçtiği ödeme salonunda bir aşağı bir yukarı dolaştığı fark edilmişti. Soruşturma, bu adamın dış görünüşünü yeterince kesin biçimde açığa çıkarmış ve bu, hemen Birleşik Krallık'taki ve kıta Avrupası'ndaki bütün detektiflere bildirilmişti. Bazı iyi kalpli kişiler –Gauthier Ralph da bunlar arasındaydı– hırsızın eninde sonunda yakalanacağına inanıyorlardı.

Tahmin edileceği gibi, Londra'da ve bütün İngiltere'de günün konusu bu olaydı. Herkes bunu tartışıyor, Metropolitan Polis Teşkilatı'nın başarıya ulaşıp ulaşamayacağı konusunda coşkulu iddialara girişiliyordu. Hele bankanın başkan yardımcılarından birinin de üyeler arasında bulunduğu düşünülürse, Reform-Kulüp üyeleri arasında da bu konu üzerinde durulmasına şaşmamak gerekir.

Saygıdeğer Gauthier Ralph, verilecek ödülün özellikle polislerin şevklerini artırıp zekâlarını bileyeceğini tahmin ederek, soruşturmanın başarısından kuşku duymak istemiyordu. Kulüp arkadaşı Andrew Stuart ise onun bu güvenini paylaşmaktan epey uzaktı. Böylece, tartışma oyun masasına oturan beyefendiler arasında devam etti; Stuart Flanagan'ın, Fallentin ise Phileas Fogg'un karşısında oturuyordu. Oyun sırasında hiç konuşmuyorlar, ama her iki el arasında, konuşma eskisinden daha ateşli bir biçimde yeniden başlıyordu.

— Bence, talih bundan sonra da akıllıca davranmaktan geri kalmayacak hırsıza gülecektir! dedi Andrew Stuart.

— Hadi canım siz de! diye karşılık verdi Ralph, sığınabileceği tek bir ülke yok ki!

— Yok canım!

— Pekiyi ama nereye gidebilir?

— Ne bileyim ben, diye karşılık verdi Andrew Stuart, ne de olsa, yeryüzü oldukça geniştir.

— Eskiden öyleydi... diye karşılık verdi Phileas Fogg, alçak sesle. Sonra, kartları Thomas Flanagan'a uzatarak, "Kesme sırası sizde, efendim," diye ekledi.

Konuşma, yeni el sırasında kesildi. Ama Andrew Stuart az sonra, bırakılan yerden devam etti: "Nasıl eskiden öyleydi! Yeryüzü o günden bu yana küçüldü mü acaba?"

— Elbette, diye karşılık verdi Gauthier Ralph. Ben de Bay Fogg'la aynı görüşteyim. Bugün onu yüz yıl öncesine göre on kez daha hızlı dolaşabildiğimize göre, dünya küçülmüş demektir. Dolayısıyla, ele aldığımız konuda da, hırsızın araştırılması çok daha hızlı olacaktır.

— Hırsızın kaçışı da kolaylaşacaktır ama!

— Oyun sırası sizde, Bay Stuart! dedi Phileas Fogg.

Ancak, kuşkucu Stuart ikna edilmiş değildi, oyun biter bitmez:

— İtiraf etmek gerekir ki, Bay Ralph, diye devam etti, dünyanın küçüldüğünü göstermek için epey eğlenceli bir yol seçtiniz! Demek ki şimdi, dünya üç ayda dolaşılabiliyor diye...

— Sadece seksen günde, dedi Phileas Fogg.

— Gerçekten de öyle, baylar, diye ekledi John Sullivan, "Great Indian Peninsular Railway"* Rothal'la Allahâbad'ı

* Büyük Hint Yarımadası Demiryolları. (ç.n.)

bağlayan yolu açalı beri, dünya seksen günde dolaşılabiliyor, *Morning Chronicle*'ın hesabı şöyle:

Mont-Cenis Tüneli ve Brindisi üzerinden demiryolu ve gemiyle Londra-Süveyş	**7 gün**
Süveyş'ten Bombay'a, gemiyle	**13 gün**
Bombay'dan Kalküta'ya, trenle	**3 gün**
Kalküta'dan Hong Kong'a (Çin), gemiyle	**13 gün**
Hong Kong'dan Yokohama'ya (Japonya), gemiyle	**6 gün**
Yokohama'dan San Francisco'ya, gemiyle	**22 gün**
San Francisco'dan New York'a, trenle	**7 gün**
New York'tan Londra'ya, gemi ve trenle	**9 gün**
	Toplam 80 gün

— Evet, evet, seksen günde! diye bağırdı, heyecandan en büyük kozunu oynayan Andrew Stuart; yalnız kötü havaları, ters rüzgârları, deniz kazalarını, trenin yoldan çıkmasını falan hesaba katmazsak.

— Hepsini katarak, diye karşılık verdi Phileas Fogg oynamaya devam ederek. Tartışma oyuna ağır basıyordu artık.

— Hintliler ya da Kızılderililer rayları sökse, trenleri durdursa, yük vagonlarını talan etse, yolcuların kafa derilerini yüzse bile mi? diye bağırdı Andrew Stuart.

— Öyle olsa bile, diye karşılık verdi Phileas Fogg ve sonra kartlarını masaya açıp, "İki koz," dedi.

Kâğıtları karıştırma sırası kendisine gelen Andrew Stuart kartları toplarken:

— Kuramsal açıdan haklısınız, Bay Fogg, dedi, ama uygulama açısından...

— Uygulamada da öyle, Bay Stuart.

— Doğrusu ya, işbaşında görmek isterdim sizi.

— Nasıl isterseniz. Birlikte yola çıkabiliriz.

— Tanrı beni korusun! diye bağırdı Stuart, ama dört bin

sterlin (100 000 frank) koyarım bu koşullarda böyle bir gezinin başarılamayacağına.

— Tam tersine, kolayca başarılabilir, diye karşılık verdi Bay Fogg.

— Peki, yapın bakalım!

— Seksen günde dünyayı mı dolaşayım yani?

— Evet.

— Kabul.

— Ne zaman?

— Hemen.

— Düpedüz çılgınlık bu! diye haykırdı karşısındakinin ısrarından canı sıkılmaya başlayan Andrew Stuart. Alın şu kartları da, oyunumuza bakalım!

— Öyleyse, yeniden karıştırın lütfen, diye karşılık verdi Phileas Fogg, yanlış dağıttınız çünkü.

Andrew Stuart, heyecanla kartları topladı; sonra, ansızın masaya bırakıp:

— Evet, Bay Fogg, evet, dedi, tam dört bin sterlin koyarım bu işe!..

— Sevgili Stuart, dedi Fallentin, sakin olun. Ciddi değil ki bu konuştuklarımız.

— Ben bahse giriyorum dedim mi, her zaman ciddiyimdir, diye karşılık verdi Andrew Stuart.

— Kabul! dedi Bay Fogg. Sonra oyun arkadaşlarına dönüp ekledi: "Baring Brothers bankasında yirmi bin sterlinim (500 000 frank) var. Seve seve ortaya koyabilirim bu parayı..."

— Yirmi bin sterlin ha! diye bağırdı John Sullivan. Beklenmedik bir gecikme elinizden uçurabilir bu yirmi bini!

— Beklenmedik şey yoktur, diye karşılık vermekle yetindi Phileas Fogg.

— İyi ama Bay Fogg, bu seksen gün gerekenin en azı!

— İyi kullanılırsa yeter.

— Ama o zaman da, matematik bir kesinlikle trenlerden inip gemilere, gemilerden inip trenlere binmeli ki konan sınır aşılmasın!

— Ben de öyle yaparım!

— Şaka yapıyorsunuz herhalde!

— Ortada bahis gibi ciddi bir iş varken, hiçbir İngiliz şaka etmez, diye karşılık verdi Phileas Fogg. İsteyen herkese karşı bahse girerim ki, seksen ya da daha az günde, yani bin dokuz yüz yirmi saat ya da yüz on beş bin iki yüz dakikada dünyayı dolaşabilirim. Kabul ediyor musunuz?

— Kabul, diye karşılık verdi Bay Stuart, Bay Fallentin, Bay Sullivan, Bay Flanagan ve Bay Ralph, kendi aralarında anlaştıktan sonra.

— Peki, dedi Bay Fogg, Dover treni sekiz kırk beşte kalkıyor. Ona yetişirim.

— Hemen bu akşam mı? diye sordu Stuart.

— Hemen bu akşam, diye karşılık verdi Phileas Fogg. Öyleyse, diye ekledi cebinden çıkardığı bir takvimi inceledikten sonra, bugün 2 Ekim Çarşamba olduğuna göre, 21 Aralık Cumartesi günü, akşam sekiz kırk beşte Londra'da, Reform-Kulüp'ün bu salonunda bulunmak zorundayım; bulunamazsam Baring Brothers bankasındaki yirmi bin sterlinim fiilen ve hukuken sizin olur, beyler, işte yirmi binlik çekiniz!

Altı kişi arasında, tutuşulan bahsi gösteren bir tutanak düzenlenip imzalandı hemen. Bütün bunlar olup biterken Phileas Fogg'un kılı bile kıpırdamamıştı. Kazanmak için girmemişti bu bahse ve yalnız –servetinin yarısı olan– yirmi bin sterlini ortaya koyuşu, öbür yarıyı hani sırf olanaksız dememek için güç diyeceğimiz bu tasarıya ayırmış bulunmasındandı. Karşı taraftakilere gelince, sarsılmış görünüyorlardı; giriştikleri bahsin büyüklüğünden değil, böyle eşit olmayan koşullarda yarıştıkları için vicdanları rahatsız olduğundan.

O sırada saat yediyi vuruyordu. Yol hazırlığı yapabilmesi için oyunu bırakmayı önerdiler Bay Fogg'a.

— Hazırım zaten! diye karşılık verdi bizim soğukkanlı beyefendi ve kartları dağıtarak, "Karoyu atıyorum," dedi. "Sıra sizde, Bay Stuart."

IV

Phileas Fogg, Uşağı Passepartout'yu Sersemletiyor

Phileas Fogg, oyunda aşağı yukarı yirmi gine kazandıktan sonra, saat yedi yirmi beşte saygıdeğer kulüp arkadaşlarından izin istedi ve Reform-Kulüp'ten ayrıldı. Yedi ellide evinin kapısını açıp içeri giriyordu.

Günlük çalışma programını inceden inceye gözden geçirmiş bulunan Passepartout, Bay Fogg'un dakiklikten şaşarak böyle beklenmedik bir saatte eve döndüğünü görünce epey şaştı. Programa göre, Saville-row'lu kiracının tam gece yarısı eve dönmesi gerekiyordu çünkü.

Phileas Fogg doğruca odasına çıktı, sonra seslendi:

— Passepartout!

Passepartout karşılık vermedi. Kendisi çağrılıyor olamazdı. Saati değildi çünkü.

— Passepartout, diye yineledi Bay Fogg, sesini yükseltmeksizin.

Passepartout gözüktü.

— İkidir sesleniyorum, dedi Bay Fogg.

— Daha gece yarısı olmadı ama, diye karşılık verdi Passepartout, elinde saati.

— Biliyorum, diye devam etti Phileas Fogg, ayrıca sizi de suçlamıyorum. On dakika sonra Dover ve Calais'ye doğru yola çıkıyoruz.

Fransızın toparlacık yüzünde hoşnutsuzluğa benzer bir ifade belirdi. Yanlış işitmişti herhalde.

— Beyefendi yolculuğa mı çıkıyorlar acaba? diye sordu.

— Evet, diye karşılık verdi Phileas Fogg. Dünya gezisine çıkacağız.

Gözleri fal taşı gibi açılan, kaşlarıyla kirpikleri alnının tepesine çıkan, kolları iki yanına düşen, bedeni çöken Passepartout'nun yüzünde sersemlemeye varan büyük şaşkınlığın bütün belirtileri vardı.

— Dünya gezisi mi! diye mırıldandı.

— Seksen günde, diye karşılık verdi Bay Fogg. Onun için, yitirecek bir saniyemiz bile yok.

— İyi ama bavullar?.. dedi, farkında olmadan başını sağa sola sallayan Passepartout.

— Bavul falan istemez. Bir yol çantası yeter. İçine de iki yün gömlek, üç çift çorap. Kendinize de öyle. Gerisini yoldan alırız. Yağmurluğumla battaniyemi indirin. Sağlam ayakkabılar giyin. Ancak, ya pek az yürüyeceğiz ya da hiç yürümeyeceğiz. Haydi bakalım.

Passepartout bir şeyler söylemek istedi. Başaramadı. Bay Fogg'un odasından ayrılıp kendi odasına çıktı, iskemlelerden birine çöktü, ülkesinin kaba laflarından birini savurdu:

— Yok artık! Devenin pabucu! Ben de şöyle sessiz sakin yaşayıp kafamı dinleyeyim diyordum!..

Ve sonra, robot gibi yol hazırlığına koyuldu. Seksen günde dünya gezisi ha! Çılgının birine mi düşmüştü ne? Ama hayır, hayır... Sakın şaka olmasındı? Dover'a gitmeye bir diyeceği yoktu. Calais'ye de öyle. Bu dürüst oğlan ne de olsa tam beş yıldır ayak basmamıştı anayurduna, böyle bir gezi hiç de kötü olmazdı doğrusu. Belki Paris'e de uzanırlardı, eh, başkenti de seve seve yeniden görebilirdi. Ama attığı her adıma bu kadar dikkat eden bir beyefendi oradan öteye gitmezdi... İyi ama, o güne dek evinden dışarı adım atmamış bu beyefendi, yuvasından ayrılıyor, yolculuğa çıkıyordu işte!

Saat sekizde, Passepartout efendisinin giysileriyle kendininkileri yerleştirdiği mütevazı çantayı hazırlamıştı; zihni hâlâ allak bullak, odasından çıktı. Kapıyı sıkıca örttü, Bay Fogg'un yanına gitti.

Bay Fogg da hazırdı. Yolculuğu sırasında ihtiyaç duyacağı bütün bilgileri içeren Bradshaw'un *Continental Railway Steam Transit and General Guide*'ı koltuğunun altındaydı. Passepartout'nun elinden çantayı aldı, açtı ve dünyanın dört bir yanında geçen o koca gıcır gıcır kâğıt para tomarını içine attı.

— Hiçbir şey unutmadınız, değil mi? diye sordu.

— Hayır efendim.

— Yağmurluğumla battaniyem?

— Buradalar.

— Peki, alın şu çantayı.

Bay Fogg, çantayı Passepartout'ya verdi.

— Dikkat edin, yirmi bin sterlin (500 000 frank) var içinde, diye ekledi.

Yirmi bin sterlin altındanmış ve külçe gibi ağırmışçasına, Passepartout az kalsın çantayı düşürüyordu.

Bunun üzerine, efendiyle uşak aşağı indiler, sokak kapısını anahtarı iki kez çevirerek kilitlediler.

Saville-row sokağının sonunda bir araba durağı vardı. Phileas Fogg'la uşağı bir arabaya bindiler, hızla Güney-Batı demiryolunun bir hattının bitim noktası olan Charing-Cross garına yollandılar.

Araba, sekiz yirmide garın önündeydi. Passepartout hemen fırladı. Efendisi de inip arabacıya parasını verdi.

Tam bu sırada, çamurlar içinde yalınayak yürüyen, başına kenarından insanın içini burkan bir tüy sarkan yırtık pırtık bir şapka geçirmiş, partal giysileri üstüne paçavra gibi bir şal atmış zavallı bir dilenci kadın, yanında elinden tuttuğu bir çocukla, Bay Fogg'a yaklaşıp sadaka istedi.

Bay Fogg, az önce oyunda kazandığı yirmi gineyi cebinden çıkarıp, kadına uzattı:

— Alın, hanım, dedi, size rastladığıma sevindim.

Ve yürüdü. Passepartout, gözlerinin nemlendiğini hissetti. Efendisi, gönlünü kazanma yolunda bir adım atmıştı.

Bay Fogg'la ikisi, garın büyük salonuna girdiler hemen. Phileas Fogg, Passepartout'ya, Paris için iki birinci mevki bileti almasını söyledi. Ve geri döndüğü zaman, Reform-Kulüp üyesi beş arkadaşıyla karşılaştı.

— Yola çıkıyorum, beyler, dedi, bu amaçla pasaportuma işleteceğim vizeler, dönüşte, geçtiğim yolları denetlemenize izin verecektir.

— Aman, Bay Fogg, gerek yok böyle bir denetlemeye, diye karşılık verdi Gauthier Ralph, çelebice. Sizin gibi bir beyefendinin sözüne güveniyoruz bu konuda!

— Böylesi daha iyi elbet, dedi Bay Fogg.

— Geri dönmeniz gereken zamanı unutmadınız, değil mi?.. dedi Andrew Stuart.

— Seksen gün sonra, 21 Aralık 1872 Cumartesi günü, akşam saat sekiz kırk beşte burada olacağım, diye karşılık verdi Bay Fogg. Hoşça kalın, beyler.

Sekiz kırkta, Phileas Fogg'la uşağı aynı kompartımana yerleşmişti. Sekiz kırk beşte keskin bir düdük sesinden sonra tren yola koyuldu.

Gece zifiri karanlıktı. İnceden bir yağmur çiseliyordu. Köşesine yaslanan Phileas Fogg konuşmuyordu. Hâlâ şaşkın olan Passepartout'ysa, mekanik bir hareketle, paraların bulunduğu çantayı sıkı sıkı göğsüne bastırmaktaydı.

Daha tren Sydenham'ı geçmemişti ki, Passepartout düpedüz bir umutsuzluk çığlığı attı.

— Neyiniz var? diye sordu Bay Fogg.

— Şey... aceleyle... kafa karışıklığından... unuttum...

— Ne unuttunuz?

— Odamdaki havagazı lambasını söndürmeyi!

— Üzülmeyin, diye karşılık verdi hiç istifini bozmayan Bay Fogg, sizin hesabınıza yanacak demektir!

V

Londra Piyasasında Yeni Bir Kıymet Ortaya Çıkıyor

Phileas Fogg, Londra'dan ayrılırken, yola çıkışının yaratacağı büyük yankıyı kuşkusuz aklının köşesinden bile geçirmiyordu. Bahis haberi önce Reform-Kulüp'te yayıldı ve bu saygın çevrenin üyeleri arasında büyük bir heyecan yarattı. Sonra, muhabirler kanalıyla kulüpten gazetelere, gazetelerden de Londra'daki ve bütün Birleşik Krallık'taki okurlara ulaştı.

Bu "dünya turu meselesi", yeni bir *Alabama* meselesi* söz konusuymuşçasına, tutkuyla, ateşli bir dille yorumlanıp tartışıldı, enine boyuna incelendi. Kimileri Phileas Fogg'u tuttu, kimileriyse karşı tarafı destekledi ve bunlar kısa sürede çığ gibi büyüdü. O günkü ulaşım araçlarıyla, o kadar kısa

* Amerikan iç savaşı sırasında İngiltere ve ABD arasında çıkan anlaşmazlık. İngiltere hükümeti Güneylilerin savaş halinde olduğunu kabul ettikten sonra, onların hesabına bazı savaş gemilerini, bu arada *Alabama* gemisini silahlandırdı. Bu gemi Kuzeylilerin birçok ticaret teknesini ele geçirdi ya da batırdı. 19 Haziran 1863'te *Kearsarge* tarafından Cherbourg açıklarında batırıldı. Kuzeylilerin zaferinden sonra Washington hükümeti İngiltere'den harp tazminatı istedi. İngilizler 1871'de meseleyi Cenevre'deki hakemlik mahkemesine götürmeye razı oldular. Bu mahkeme 14 Eylül 1872'de, İngiltere'yi 15 milyon dolar ödemeye mahkûm etti. (ç.n.)

süre içinde bir dünya gezisini tamamlamak, kâğıt üzerinde ve teoride kalmadıkça, yalnız olanaksız değil, düpedüz çılgınlıktı!

Times, *Standard*, *Evening Star*, *Morning Chronicle* ve diğer yirmi büyük gazete Bay Fogg'a cephe aldı. Yalnız *Daily Telegraph*, onu belli ölçüde destekledi. Phileas Fogg, genel olarak, delinin, çılgının biri diye nitelendi, Reform-Kulüp'teki arkadaşları da, böyle bir bahse tutuştukları için eleştirildiler; bahis, Phileas Fogg'un zihinsel yeteneklerindeki zayıflığı ortaya koyuyordu çünkü.

Meseleyle ilgili son derece ateşli, ama aynı zamanda mantıklı makaleler yayımlandı. İngiltere'de, insanların coğrafyayla ilgili her şeye ilgi duyduğu herkesçe bilinir. Bu yüzden, hangi sınıftan olursa olsun, Phileas Fogg vakasına ayrılmış sütunları yutarcasına okumayan tek bir okur yoktu.

İlk günler, bilhassa *Illustrated London News* gazetesi Reform-Kulüp arşivlerindeki bir fotoğrafına bakılarak çizilmiş resmini yayımladıktan sonra, bazı gözü pek kişiler –özellikle de kadınlar– ondan yana çıktı. Kimi beyefendiler "Heh, hee! Neden olmasın canım? Bundan çok daha garip şeyler görmüşüzdür!" diyecek kadar ileri gittiler. Bunlar, özellikle *Daily Telegraph* okurlarıydı. Ama çok geçmeden, bu gazetenin desteğinin bile gevşediği görüldü.

Aslında *Kraliyet Coğrafya Derneği Dergisi*'nde 7 Ekim'de uzun bir makale yayımlandı. Meseleyi her yönüyle inceleyen bu makale, girişimin çılgınlığını açıkça ortaya koymaktaydı. Makaleye göre, her şey, insani engeller de, doğal engeller de bizim gezgine karşıydı. Böyle bir tasarıyı gerçekleştirebilmek için, bütün gemilerle trenlerin kalkış ve varış saatlerinin birbirine uygun düşmesi gerekliydi, oysa bu tür bir uygunluk olmadığı gibi, olamazdı da. En fazla, mesafelerin görece daha kısa olduğu Avrupa'da, trenlerin vaktinde gelmesi düşünülebilirdi; ama Hindistan'ı geçmek için üç, Amerika Birleşik Devletleri'ni geçmek için de yedi gününüz olduğunda, böyle bir meselenin teorisi trenlerin zamanında gelmesine dayandırılabilir miydi? Gemi ve tren kazaları, raydan çıkmalar, çarpışmalar, kötü havalar, kardan kapanan yollar hep Phileas Fogg'a karşı değil miydi? Kışın bindiği gemiler rüzgârın ve sisin insafına kalmayacak mıydı? Kıtalar arasında çalışan en iyi yolcu gemilerinin bile iki üç gün gecikmesi görülmemiş şeylerden miydi? Oysa tek bir gecikme, bütün aktarma zincirinin dağılmasına yeterdi. Phileas Fogg, şöyle birkaç saatlik gecikmeyle tek bir gemiyi kaçırsa, yolculuğu düzelmemecesine tehlikeye girerdi.

Makale büyük yankılar uyandırdı. Hemen bütün gazeteler sayfalarında yer verdiler bu makaleye ve bahislerde Phileas Fogg'a oynayanların sayısı büyük ölçüde düştü.

Beyefendinin yola çıkışından sonraki birkaç gün süresince, giriştiği yolculuğun "başarı ya da başarısızlığı" konusunda büyük bahislere girilmişti. İngiltere'de bahisçilerin kumarbazlara oranla daha zeki ve daha üst sınıftan olduklarını hemen herkes bilir. Bahse tutuşmak, İngilizlerin mayasında var. Bu yüzden, yalnızca Reform-Kulüp'ün muhtelif üyeleri Phileas Fogg'dan yana ya da ona karşı büyük meblağlar ortaya koymakla kalmadılar, geniş halk kitleleri de oyuna katıldı. Phileas Fogg bir yarış atı gibi şecere defterlerine geçti. Hatta bir borsa değeri haline gelip, Londra piyasasında kote oldu. Herkes "Phileas Fogg" hissesini sabit fiyata ya da itibari değerinin üzerinde alıp satmaktaydı ve hisse çok işlem gördü. Ama yola çıkışından beş gün sonra, *Kraliyet Coğrafya Derneği Dergisi*'nde çıkan makale üzerine hissenin arzı arttı. Phileas Fogg hissesi düştü. Paketler halinde sunuldu. Önce beşlik, sonra onluk, derken ancak yirmilik, ellilik, yüzlük paketler halinde alınır oldu!

Phileas Fogg'u tutan tek bir kişi kaldı. O da felçli, yaşlı Lord Albermale'di. Oturduğu koltuğa mahkûm olan bu soylu beyefendi, on yıl sürse bile dünyayı gezebilmek için varını yoğunu vermeye hazırdı! Onun için de, Phileas Fogg'dan yana beş bin sterlin (100 000 frank) koydu. Ve bu tasarının saçmalığı yanında gereksizliğinden de söz açıldı mı, "Böyle bir gezi yapılabilecekse, bunu herkesten önce bir İngilizin yapması hoş olur!" demekle yetiniyordu.

Oysa durum öyle bir noktaya vardı ki Phileas Fogg taraftarları gittikçe azalıyordu. Hemen herkes, üstelik haklı olarak, onun aleyhine dönüyordu. Hisse senetleri artık yüz ellide, iki yüzde bir değerindeydi. Yola çıkışından yedi gün sonra, bütünüyle beklenmedik bir olay, aslında hiç alınmadıklarını ortaya koydu.

Gerçekten de gidişinin sekizinci günü, akşam dokuzda, Metropolitan Polis Müdürü aşağıdaki telgrafı almıştı:

Süveyş'ten Londra'ya.

Rowan, Polis Müdürü, Merkez Bürosu, Scotland Yard. Banka hırsızı Phileas Fogg'un peşindeyim. Bombay'a (Britanya Hindistanı) hemen bir tutuklama emri gönderin.

Detektif FIX

Bu telgraf anında etkisini gösterdi. Bizim saygın beyefendi kaybolmuş, banka hırsızı da onun yerini almıştı. Reform-Kulüp'teki fotoğrafı, bahse tutuştuğu arkadaşlarınınkilerle birlikte incelendi. Yüz çizgileri soruşturma sonunda elde edilen eşkâle tıpatıp uymaktaydı. İnsanlar Phileas Fogg'un ne kadar gizemli bir yaşam sürdüğünü, inzivada olduğunu, apansız yola çıkışını hatırladılar ve bu şahsın, dünya gezisine çıkma bahanesiyle, akıl almaz bir bahse tutuşurken, aslında, İngiliz polisini şaşırtmak dışında bir amacı olmadığı açıkça ortaya çıktı.

VI

Polis Memuru Fix Çok Haklı Olarak Sabırsızlık Gösteriyor

Şimdi gelelim, Bay Phileas Fogg'la ilgili şu telgrafın hangi koşullarda gönderildiğine.

9 Ekim Çarşamba günü, sabah on birde, Süveyş'te, Peninsular and Oriental şirketine ait *Mongolia* yolcu gemisinin gelmesi bekleniyordu. *Mongolia* buharla işleyen, pervanesi ve iskelesi demirden, iki bin sekiz yüz ton yük kapasiteli, beş yüz beygir gücünde bir gemiydi.

Mongolia Süveyş Kanalı yoluyla Brindisi-Bombay arasında düzenli seferler yapardı. Şirketin en hızlı gemilerinden biriydi; Brindisi-Süveyş arasında saatte 10 mil, Süveyş-Bombay arasında da 9,53 mil olarak saptanan hızı hep aşmıştı.

Mongolia'yı beklerken iki adam rıhtımda, kısa süre öncesine dek küçük bir köy olan, Bay de Lesseps'in büyük bir iş başararak muazzam bir gelecek temin ettiği bu kente akan yerli yabancı kalabalığı arasında geziniyordu.

İki adamdan biri Birleşik Krallık'ın Süveyş konsolosuydu ve Britanya hükümetinin can sıkıcı tahminleriyle mühendis Stephenson'ın uğursuz kehanetlerine rağmen, Ümit Burnu'ndan dolaşıp İngiltere'yle Doğu Hint Adaları arasındaki eski yolu yarıya indirerek, Süveyş Kanalı'ndan geçen İngiliz gemilerini her gün görüyordu.

Öbürü ufak tefek, zayıf, oldukça zeki bir yüzü olan, sinirli, kaşlarını yöneten kasları büyük bir inatla gergin tutan bir adamdı. Uzun kirpiklerinin arasından canlı gözleri ışıldamaktaydı, ancak bu gözlerdeki parıltıyı dilediği zaman söndürebilirdi. O anda, belli bir sabırsızlık içindeydi; gidiyor, geliyor, yerinde duramıyordu.

Bu adamın adı Fix'ti. İngiltere Merkez Bankası'ndaki hırsızlıktan sonra, İngiliz polisinin dünyanın çeşitli limanlarına gönderilmiş "detektiflerinden" ya da hafiyelerinden biriydi. Fix, Süveyş Kanalı'ndan geçecek bütün yolcuları dikkatle gözleyecek, içlerinden birini kuşkulu görürse, tutuklama emri gelene dek "peşine düşecekti".

Fix tam iki gün önce, Metropolitan Polis Müdürü'nden, hırsızlığı yapmış olmasından kuşkulanılan kişinin eşkâli konusunda bilgi almıştı. Buna göre, bankanın ödeme salonunda dikkatleri üstüne çeken kişi kılığı kıyafeti düzgün, seçkin bir adamdı.

Başarılı olması halinde verilecek yüklü ödül vaadiyle kanı iyiden iyiye alevlenen detektif, *Mongolia*'nın gelişini, anlaşılması kolay bir sabırsızlıkla bekliyordu.

— Sizce, gemi gecikmez, öyle mi, Konsolos Bey? diye sordu onuncu kez.

— Hayır, Bay Fix, gecikmez, diye karşılık verdi konsolos. Dün Port Said açıklarında olduğu bildirildi, böyle bir gemi için kanaldaki yüz altmış kilometrelik yol hiçtir. Bir daha hatırlatayım ki, *Mongolia* tarifeye göre yirmi dört saat erken gelen gemilere verilmek üzere hükümetin koyduğu yirmi beş sterlinlik ödülü her zaman kazanmıştır.

— Bu gemi doğruca Brindisi'den mi geliyor? diye sordu Fix.

— Evet, Brindisi'den geliyor, Doğu Hint Adaları'na gidecek malların yüklenmesinden sonra, cumartesi akşamı saat beşte oradan ayrıldı. Onun için sabırlı olun; gecikmesi düşünülemez. Yalnız, aklımın ermediği şey, size verilen o eşkâlle, *Mongolia*'da olsa bile, aradığınız adamı nasıl tanıyacağınız!

— Konsolos Bey, diye karşılık verdi Fix, biz böylelerini tanımaktan çok, kokusunu alırız. Bunun için de sezgi gerekir; sezgiyse işitme, görme ve koklamayla yarışan özel bir duyu gibidir. Şimdiye dek bu beyefendilerden birden fazla yakalamışımdır ve yeter ki hırsızım gemide olsun, onu elimden kaçırmayacağıma dair size garanti veririm.

— Umarım öyle olur, Bay Fix, zira söz konusu olan büyük bir hırsızlık.

— Harika bir hırsızlık, diye karşılık verdi iyice coşan hafiye. Elli beş bin sterlin! Her zaman elimize böylesi geçmez! Hırsızlar da soysuzlaşıyor canım! Ünlü Sheppard gibileri yok artık! Adamlar, birkaç şilin için yakayı ele veriyorlar şimdi!

— Öyle heyecanlı konuşuyorsunuz ki, başarınızı candan istiyorum, Bay Fix; yalnız bir daha tekrarlayayım, içinde bulunduğunuz koşullarda bu işin güç olmasından korkarım. Size verilen eşkâle göre, hırsızın tam da dürüst bir adama benzediğinin farkındasınız herhalde.

— Konsolos Bey, diye karşılık verdi bizim dediği dedik polis memuru, büyük hırsızlar hep dürüst görünüşlüdür. Namussuz görünüşlülerinse seçeneklerinin olmadığı açıkça ortada, dürüst kalmaları gerekir, yoksa hemen yakayı ele verirler. Asıl dikkatle uzun uzun bakılması gerekenler, dürüst yüzlerdir. Bununsa güç bir iş olduğunu kabul ediyorum elbet, meslekte ustalıktan çok bir sanat.

Görüldüğü gibi, bizim polis hafiyesi Fix belli ölçüde özsaygıdan nasibini almamış değildi.

O arada, rıhtım gittikçe canlanmaktaydı. Türlü ulustan denizciler, tüccarlar, simsarlar, hamallar, fellahlar doldurmuştu dört bir yanı. Geminin gelişi yaklaşmıştı besbelli.

Hava oldukça güzel, ama doğudan esen rüzgâr dolayısıyla serindi. Güneşin solgun ışıkları altında, birkaç minare yükseliyordu kentin üstünde. Güneyde, gemilerin demirlediği yerde, iki kilometre uzunluğunda bir dalgakıran bir kol gibi sarıyordu Süveyş limanını. Kızıldeniz'in üzerinde birçok balıkçı sandalı ya da kıyı teknesi dolaşmaktaydı; bunların bazıları eski kadırgaların zarif modeline sahipti.

Fix, rıhtımı dolduran halkın arasında dolaşırken, mesleğinden gelen bir alışkanlıkla, gelip geçen herkese şöyle bir göz atıyordu.

Saat on buçuktu.

— Bu gemi gelmeyecek galiba! diye bağırdı liman saatinin vuruşunu duyunca.

— Pek uzaklarda olamaz, diye karşılık verdi konsolos.

— Süveyş'te ne kadar kalacak? diye sordu Fix.

— Dört saat. Yani kömür alana dek. Süveyş'ten, Kızıldeniz'in bitimindeki Aden limanına bin üç yüz on millik bir yol var, onun için yakıt stoklaması gerek.

— Peki, bu gemi Süveyş'ten kalkıp doğruca Bombay'a mı gidiyor? diye sordu Fix.

— Evet, yükünü boşaltmadan, doğrudan Bombay'a.

— O halde, dedi Fix, hırsız bu yolu ve bu gemiyi seçtiyse, Asya'daki Hollanda ya da Fransız topraklarına başka bir yoldan geçebilmek için Süveyş'te gemiden inmeyi planlamış olmalı. İngiliz toprağı olan Hindistan'da emniyette olmayacağını biliyordur.

— Çok cesur bir adamsa, o başka, diye karşılık verdi konsolos. Bilirsiniz, bir İngiliz suçlu, Londra'da, yabancı bir ülkeye oranla çok daha iyi gizlenebilir.

Konsolos, bizim polis hafiyesinin derin düşüncelere dalmasına neden olan bu düşünceyle, hemen yakınlardaki bürosuna geri döndü. Polis müfettişi, içinde aradığı hırsızın *Mongolia*'da olduğu yolundaki oldukça tuhaf bir önsezi, huzursuz bir sabırsızlıkla rıhtımda yalnız kaldı – bu alçak adam, gerçekten de Yeni Dünya'ya gitmek üzere İngiltere'den ayrılmışsa, çok daha az denetlenen ya da denetlenmesi Atlantik'e göre çok daha güç olan Hindistan yolunu seçmiş olabilirdi.

Fix, düşünceleriyle uzun süre baş başa kalamadı. Keskin düdük sesleri geminin yaklaşmakta olduğunu haber verdi. Hamal ve fellah alayı, rıhtımda bekleyen yolcuların kolları bacakları ve giysileri için epey tehlike yaratan bir itiş kakış, bağrış çağrış arasında rıhtıma doğru aktı. On kadar sandal iskeleden ayrılıp gemiyi karşılamaya gitti.

Az sonra, kanalın ortasında ilerleyen *Mongolia*'nın kocaman gövdesi gözüktü ve gemi, egzoz borularından büyük bir gürültüyle buhar çıkara çıkara limana demir attığında saat on bir buçuğu vurdu.

Gemide bir hayli yolcu vardı. Kimisi, kentin göz alıcı panoramasını seyretmek üzere güvertede kaldı; ama çoğunluk, *Mongolia*'ya yanaşan sandallara doluştu.

Fix karaya çıkan herkesi dikkatle inceliyordu. Tam bu sırada, hizmet edebilmek için çevresini kuşatan fellahları sertçe kendinden uzaklaştıran bir yolcu geldi yanına ve son derece kibar bir tavırla, İngiliz Konsolosluğu'nun yerini sordu. Bunu sorarken, bir yandan da, herhalde İngiliz vizesini işletmek istediği pasaportunu gösteriyordu.

Fix, içgüdüsel bir hareketle pasaportu aldı, göz açıp kapayıncaya dek okudu.

Az kalsın istemediği bir harekette bulunacaktı. Elindeki pasaport titredi. Pasaporttaki eşkâl, Metropolitan Polis Müdürü'nün aktardığına tıpatıp uymaktaydı.

— Bu pasaport sizin değil mi? diye sordu yolcuya.

— Hayır, efendimin, diye karşılık verdi beriki.

— Efendiniz nerede peki?

— Gemide kaldı.

— Ama kimliğini ispatlamak üzere, konsolosluğa kendisinin gelmesi gerek, diye devam etti polis hafiyesi.

— Demeyin! İlle de gerekli mi?

— Zorunlu.

— Peki, konsolosluk nerede?

— Şurada, meydanın köşesinde, diye karşılık verdi müfettiş, iki yüz adım ötedeki bir evi göstererek.

— Öyleyse, gidip efendime haber vereyim, ama rahatsız edilmekten pek hoşlanacağını sanmıyorum!

Yolcu, bunu söyledikten sonra Fix'i selamladı ve gemiye döndü.

VII

Polisle İlgili Konularda Pasaportun Hiçbir İşe Yaramadığı Bir Kez Daha Belli Oluyor

Polis müfettişi rıhtıma inip, hızla konsolosun bürosuna yöneldi. Israrı üzerine, hemen konsolosun yanına alındı.

— Konsolos Bey, dedi doğrudan konuya girerek, aradığımız adamın *Mongolia*'da yolculuk ettiği kanısındayım ve buna dair güçlü ipuçları var elimde.

Sonra, pasaportla ilgili olarak, kendisiyle uşak arasında geçen konuşmaları anlattı.

— Peki, Bay Fix, diye karşılık verdi konsolos, bu alçak adamın suratını görmek benim de hoşuma gider doğrusu. Yalnız, tahmin ettiğiniz kişiyse, büroma gelmeyecektir. Bir hırsız geçtiği yerlerde iz bırakmak istemez, ayrıca pasaport işlemleri de artık zorunlu değil.

— Hayır, Konsolos Bey, diye karşılık verdi polis hafiyesi, düşündüğümüz gibi cesur bir insansa, gelecektir!

— Pasaportuna vize almaya mı?

— Evet. Pasaportlar dürüst kişilerin canını sıkmaktan ve alçakların kaçmasına yardım etmekten başka bir işe yaramaz. İnanın bana, adamın pasaportu kurallara uygun olacaktır, yalnız umarım istediği vizeyi vermezsiniz...

— Neden vermeyeyim? Pasaportu düzgünse, vize vermemezlik edemem, diye karşılık verdi konsolos.

— İyi ama Konsolos Bey, Londra'dan tutuklama emri gönderilene dek bu adamı alıkoymalıyım.

— Haa, o sizin meseleniz, Bay Fix, diye karşılık verdi konsolos, ben karışmam...

Konsolos cümlesini tamamlayamadı. Tam o sırada kapı vuruldu ve müstahdem iki yabancı aldı içeri; bunlardan biri, polis hafiyesinin az önce konuştuğu uşaktı.

Gelenler, gerçekten de, bizim efendiyle uşağıydı. Efendi pasaportunu uzattı ve sözü hiç uzatmadan, konsolostan kendisine vize vermesini rica etti.

Beriki pasaportu aldı, dikkatle okumaya başladı. Bu sırada Fix büronun bir köşesine çekilmiş yabancıyı izliyor, daha doğrusu bakışlarıyla yiyordu.

Konsolos okumayı bitirince:

— Phileas Fogg siz misiniz? diye sordu.

— Evet, efendim, diye karşılık verdi beyefendi.

— Bu adam da uşağınız mı?

— Evet. Fransızdır, adı da Passepartout.

— Londra'dan mı geliyorsunuz?

— Evet.

— Gidiş?

— Bombay'a.

— Peki, beyefendi. Bu vize işleminin gereksiz olduğunu biliyorsunuz sanırım, şimdi artık kimseden pasaportunu getirmesini istemiyoruz.

— Biliyorum, efendim, diye karşılık verdi Phileas Fogg, ancak ben vuracağınız damgayla Süveyş'ten geçtiğimi göstermek istiyorum.

— Peki, beyefendi.

Ve konsolos pasaporta o günün tarihini yazıp imzaladıktan sonra bir de damga bastı. Bay Fogg vize harcını ödedi, soğuk bir selam verdi, uşağını ardına takıp çıktı.

— Ee? dedi polis müfettişi.

— Eesi, son derece dürüst bir adama benziyor, diye karşılık verdi konsolos.

— Olabilir, dedi Fix, ama bizim üstünde durduğumuz konu bu değil. Şu soğukkanlı beyin, elimdeki eşkâle tıpatıp uyduğunu siz de kabul ediyorsunuz, değil mi Konsolos Bey?

— Kabul ediyorum, ama siz de bilirsiniz ki, bütün eşkâller...

— Yakında daha açık seçik öğrenirim, diye karşılık verdi Fix. Uşak, efendisi kadar esrarengiz değil gibi geldi bana. Ayrıca Fransız, konuşmadan duramaz. Pek yakında görüşmek üzere, hoşça kalın, Konsolos Bey.

Polis hafiyesi, bunu söyledikten sonra çıktı, Passepartout'yu aramaya koyuldu.

Bu arada, konsolosluktan çıkan Bay Fogg da rıhtıma yollanmıştı. Orada, uşağına birkaç talimat verdi; sonra bir sandala bindi, *Mongolia*'ya döndü, kamarasına kapandı. Defterini aldı, deftere şu notlar düşülmüştü:

"2 Ekim Çarşamba, saat 8.45'te Londra'dan ayrılış.
3 Ekim Perşembe, sabah 7.20'de Paris'e varış.
Perşembe günü, saat 8.40'ta Paris'ten ayrılış.
4 Ekim Cuma günü, sabah 6.35'te Mont-Cenis
yoluyla Torino'ya varış.
Cuma günü, sabah 7.20'de Torino'dan ayrılış.
5 Ekim Cumartesi, akşamüstü 4'te Brindisi'ye varış.
Cumartesi, akşam 5'te Mongolia'ya biniş.
9 Ekim Çarşamba, sabah 11'de Süveyş'e varış.
Toplam, saat olarak: 158,5; gün olarak: 6,5."

Bay Fogg, sütunlar halinde düzenlenmiş –2 Ekim'den başlayıp 21 Aralık'a dek– ayı, günü ve Paris, Brindisi, Süveyş, Bombay, Kalküta, Singapur, Hong Kong, Yokohama, San Francisco, New York, Liverpool, Londra gibi belli başlı merkezlere tarifeye göre varılacak zamanla, gerçekten varılan zamanı gösteren bir gezi çizelgesine işledi bu tarihleri. Böylece, güzergâh üzerinde her kentte kazanılan ya da yitirilen zaman ortaya çıkmış oluyordu.

Bu yöntemli çizelge her şeyi inceden inceye hesaplıyor, Bay Fogg da böylece erken mi geldiğini, geç mi kaldığını anlıyordu.

O gün, yani 9 Ekim Çarşamba günü Süveyş'e varışını da çizelgeye işledi, gemi tam zamanında geldiğinden, ne kaybı ne de kazancı vardı.

Bundan sonra, öğle yemeğini kamarasına getirtti. Kenti gezip görme işine gelince, uğradıkları kentleri uşaklarına gezdiren İngilizlerden olduğu için, böyle bir şeyi aklının köşesinden bile geçirmiyordu.

VIII

Passepartout Gereğinden Biraz Fazla Konuşuyor

Fix koşup gelmiş, rıhtımda kendi adına hiçbir şey görmemek gibi bir zorunluluk hissetmediğinden salına salına dolaşan ve etrafa bakınan Passepartout'nun ardına düşmüştü.

— Ee, dostum, diyerek Passepartout'ya yanaştı Fix, vizenizi pasaportunuza işlettirdiniz mi?

— Oo, siz misiniz efendim! diye karşılık verdi Fransız. Çok naziksiniz. Her şeyimiz tamam.

— Şimdi de kenti geziyorsunuz galiba?

— Evet, öyle hızlı gidiyoruz ki, düşte yolculuk ediyormuşum gibi geliyor bana. Şimdi biz Süveyş'te miyiz?

— Süveyş'tesiniz.

— Yani Mısır'da?

— Mısır'da elbette.

— Ve Afrika'da?

— Afrika'da.

— Afrika'da ha! diye tekrarladı Passepartout. Bir türlü inanamıyorum doğrusu. Düşünebiliyor musunuz, Beyefendi, Paris'ten öteye geçmeyeceğimi hayal ediyordum ve bu ünlü başkenti, şakır şakır yağmur altında, Kuzey garından Lyon garına giderken bindiğimiz arabanın camından, ancak sabah 7.20'yle 8.40 arası yeniden görebildim! Ah nasıl üzüldüm bu işe, nasıl! Oysa Père-Lachaise mezarlığıyla, Champs-Elysées Sirki'ni görmek isterdim!

— Demek ki epey aceleniz var, öyle mi? diye sordu polis müfettişi.

— Benim yok, ama efendimin var. Bu arada, çorap ve gömlek almalıyım! Yanımıza tek bir bavul almadan, yalnızca bir çantayla yola çıktık.

— Gelin bir çarşıya götüreyim sizi, ihtiyacınız olan her şeyi bulabilirsiniz orada.

— Beyefendi, gerçekten çok naziksiniz, diye karşılık verdi Passepartout.

Ve birlikte yola koyuldular. Passepartout durmadan anlatıyordu.

— Ayrıca, gemiyi kaçırmamaya dikkat etmeliyim, dedi.

— Vaktiniz var, diye karşılık verdi Fix, saat daha on iki!

Passepartout kocaman köstekli saatini çıkardı.

— On iki mi? dedi. Hadi canım siz de! Saat dokuz elli iki!

— Saatiniz geri kalıyor, diye karşılık verdi Fix.

— Benim saat mi?! Dedemin dedesinden kalma bu saat ha! Yılda beş dakika bile geri kalmaz. Kronometre gibidir!

— Şimdi anladım, diye karşılık verdi Fix. Süveyş'e oranla iki saat geri olan Londra'ya göre ayarlı saatiniz. Onu, geçtiğiniz her ülkenin saatine göre ayarlamalısınız.

— Saatime dokunmak ha, Tanrı yazdıysa bozsun! diye bağırdı Passepartout.

— Öyleyse, saatiniz güneşle uyuşmayacak demektir.

— Aman beyefendi, cehenneme kadar yolu var güneşin! Bana uymazsa, kendisi şaşırır!

Ve bizim yiğit delikanlı, gösterişli bir tavırla saatini yelek cebine yerleştirdi.

Bir süre sonra Fix başladı konuşmaya:

— Londra'dan apar topar ayrıldınız demek?

— Sanırım öyle! Geçen çarşamba, Bay Fogg, alışkanlığının tersine, akşam sekizde kulüpten döndü, kırk beş dakika sonra yola çıkmıştık.

— Peki ama efendiniz nereye gidiyor böyle?

— Hep burnunun doğrultusunda! Dünyayı dolaşıyor!

— Dünyayı mı dolaşıyor? diye bağırdı Fix.

— Evet, hem de seksen günde! Dediğine bakılırsa, bahse tutuşmuş, ama aramızda kalsın, ben inanmıyorum. Akıl alacak şey değil çünkü. Başka bir şey vardır mutlaka altında.

— Yaa! Tuhaf bir insan galiba, sizin şu Bay Fogg?

— Sanırım öyle.

— Zengin mi?

— Elbette, yepyeni paracıklardan koca bir deste var yanında! Yolda para falan da esirgemiyor! Örneğin, *Mongolia*'nın çarkçıbaşısına, Bombay'a epeyce erken varalım diye, yüklüce bir ödül vaat etti!

— Uzun süredir mi tanıyorsunuz efendinizi?

— Ben mi? diye karşılık verdi Passepartout, yola çıktığımız gün girmiştim yanına.

Bu sözlerin, polis müfettişinin zaten büyük ölçüde kışkırtılmış zihninde yaptığı etkiyi kolayca tahmin edebilirsiniz.

Londra'dan, hırsızlıktan hemen sonra böyle apar topar yola çıkış, götürülen yüklüce para, uzak ülkelere varmaktaki telaş, o garip bahis bahanesi, sözün kısası her şey Fix'in düşüncelerini doğrulamaktaydı. Fransızı azıcık daha konuşturdu ve onun efendisini hiç tanımadığına, adamın Londra'da tek başına yaşadığına, servetinin kaynağı bilinmemekle birlikte kendisinden zengin biri olarak söz edildiğine, içine kapalı, giz dolu bir insan olduğuna kuşkusu kalmadı. Ama Fix, aynı zamanda Phileas Fogg'un Süveyş'te gemiden inmeyeceğini, gerçekten Bombay'a gitmekte olduğunu da anladı.

— Bombay uzak mıdır? diye sordu Passepartout.

— Oldukça, diye karşılık verdi polis hafiyesi. On gün kadar deniz üstünde kalacaksınız.

— Peki, nerededir bu Bombay?

— Hindistan'da.

— Asya'da yani?

— Elbette.

— Hay Allah! Bir şey diyeyim mi size... beni asıl tedirgin eden... şu benim lamba!

— Ne lambası?

— Söndürmeyi unuttuğum, benim hesabıma yanmakta olan havagazı lambası. Yaptığım hesaba göre, yirmi dört saatte iki şilinlik gaz yanıyor, yani günlük kazancımdan altı peni daha fazlası; anlıyorsunuz ya, yolculuğumuz biraz daha uzarsa...

Fix bu havagazı işini anladı mı dersiniz? Pek sanmıyorum. Zaten artık Passepartout'yu dinlemiyordu bile ve kararını vermişti. Fransızla birlikte çarşıya gelmişlerdi. Fix, alışveriş yapması için arkadaşını orada bıraktı, *Mongolia*'yı kaçırmamaya dikkat etmesini söyledi, sonra koşar adım konsolosun bürosuna döndü.

Fix kesin kararını verdiğinden, eski soğukkanlılığına kavuşmuştu yeniden.

— Beyefendi, dedi konsolosa, hiç kuşkum kalmadı. Aradığım adamı buldum. Seksen günde dünyayı dolaşmak isteyen bir kaçık numarası yapıyor.

— Hinoğluhinin biri desenize, diye karşılık verdi konsolos, üstelik iki kıtadaki polisleri atlattıktan sonra, yine Londra'ya dönmeyi tasarlıyor ha!

— Dönüp dönemeyeceğini göreceğiz, diye karşılık verdi Fix.

— Yalnız, yanılmadığınıza eminsiniz, değil mi? diye sordu konsolos bir kez daha.

— Eminim.

— İyi ama onun gibi bir hırsız neden Süveyş'ten geçtiğini belgelemeye çalışsın?

— Neden mi?.. Bilmiyorum, Konsolos Bey, diye karşılık verdi polis hafiyesi, ama dinleyin beni.

Ve birkaç cümleyle, sözü geçen Fogg'un uşağıyla yaptığı konuşmanın ilginç yanlarını aktardı ona.

— Gerçekten de, görünüşe bakılırsa bütün ipuçları bu adama karşı, dedi konsolos. Ne yapacaksınız şimdi?

— Londra'ya, Bombay'a hemen bir tutuklama emri yollamaları için tel çekip *Mongolia*'ya bineceğim, benim hırsızın ardına düşeceğim, Hindistan'a varınca, İngiliz toprağında olacağımız için, bir elimde tutuklama belgesi, bizim beyefendinin yanına yaklaşıp kibarca yakasına yapışacağım.

Polis hafiyesi, buz gibi bir sesle bunları söyledikten sonra konsolostan izin isteyip postaneye yollandı. Ve Metropolitan Polis Müdürü'ne, daha önce sözünü ettiğimiz telgrafı çekti.

On beş dakika sonra, Fix elinde hafif bir valiz, üzerinde bir tomar parayla, *Mongolia*'ya biniyor ve bu hızlı buharlı gemi, Kızıldeniz'in sularında son sürat ilerliyordu.

IX

Kızıldeniz'le Hint Okyanusu Phileas Fogg'un Tasarılarını Destekliyor

Süveyş'le Aden arası tamı tamına bin üç yüz on mildir ve şirketin şartnamesinde gemilere bu yolu alabilmek için yüz otuz sekiz saatlik bir süre tanınmıştır. Kazanları durmadan beslenen *Mongolia*'ysa tarifedeki zamandan önce varacak biçimde ilerlemekteydi.

Brindisi'den binen yolcuların hemen hemen tümü Hindistan'a gitmekteydi. Kimisi Bombay'da, kimisi de Kalküta'da inecekti; ama bu ikinci gruptakiler Bombay üzerinden Kalküta'ya geçeceklerdi, çünkü Hindistan yarımadasını bir uçtan diğerine kateden demiryolu yapılalı beri, Seylan'ın etrafından dolanmaya gerek kalmamıştı.

Mongolia'nın yolcuları arasında birçok devlet memuruyla her rütbeden subaylar vardı. Subayların bir kısmı bizzat Britanya ordusunda görevliydi, bir kısmıysa yerli Sepoy alaylarına kumanda etmekteydi ve Britanya hükümeti eski Doğu Hindistan Kumpanyası'nın hak ve yükümlülüklerini devraldığı şu anda bile çok yüksek aylıklarla çalışmaktaydılar: Teğmenler yılda 7 000 frank, tuğgeneraller 60 000 frank, generallerse 100 000 frank alıyordu.*

---

* Devlet memurlarının maaşları hâlâ daha yüksektir. Hiyerarşinin ilk basamağındaki mütevazı bir asistan 12 000 frank; yargıçlar 60 000 frank; yüksek mahkeme yargıçları 25 0000 frank, valiler 300 000 frank, genel valiler de 600 000 franktan fazla alıyor. (Yazarın notu.)

Sizin anlayacağınız, *Mongolia*'daki memur topluluğu pek rahat ve keyifli yaşamaktaydı; bunlar arasında, ceplerinde milyonlarla uzak illerde ticari işletmeler kurmaya giden genç İngilizler de vardı. İngilizlerin gemi yazmanı dedikleri, işletmenin tam güvenine sahip, rütbesi de kaptana denk bir adam işleri mükemmel biçimde hallediyordu. Sabah kahvaltısında, saat ikideki öğle yemeğiyle, beş buçuktaki akşam yemeğinde ve saat sekizdeki gece yemeğinde masalar geminin kilerleriyle kasabından gelen taptaze etlerle ve tatlılarla dolup taşmaktaydı. Kadın yolcular –birkaç da kadın yolcu vardı gemide– günde iki kez kılık değiştirmekteydi. Müzik çalınıyor, hatta deniz elverişli olduğu zaman, dans bile ediliyordu.

Ancak, bütün dar ve uzun körfezler gibi, Kızıldeniz de epey değişken, çoğu kez de fırtınalıdır. Rüzgâr Asya kıyısından ya da Afrika kıyısından esti mi, pervaneli uzun bir füzeyi andıran *Mongolia* dalgayı yandan yiyip beşik gibi sallanıyordu. O zaman hanımlar ortalıktan çekiliyor, piyanolar susuyor, şarkı ve danslar bir anda kesiliyordu. Bütün bu çalkantıya, boraya rağmen, gemi güçlü makinelerinin yardımıyla, gecikmesiz Babülmendeb Boğazı'na doğru yol almaktaydı.

Bu arada Phileas Fogg ne yapıyordu acaba? Her daim kaygı ve tasa içinde, rüzgârda geminin hızını kesebilecek değişimleri, makinelerde bozulmaya yol açacak çalkantıları, sözün kısası *Mongolia*'yı limanlardan birine sığınmaya zorlayacak, dolayısıyla yolculuğu tehlikeye düşürecek terslikleri mi hesaplıyordu dersiniz?

Ne gezer! Ya da, bizim beyefendi bu gibi olasılıkları aklından geçirse bile, dıştan hiçbir şey belli etmiyordu. Her zaman, hiçbir olay ya da kazanın şaşırtamayacağı, Reform-Kulüp'ün o soğukkanlı üyesi, o tasasız insandı. Gemideki kronometrelerden daha heyecanlı görünmüyordu. Güverteye pek ender çıkıyordu, insanlık tarihinin ilk sahnelerinin geçtiği, anılarla yüklü Kızıldeniz'i seyretmeye falan da aldırdığı yoktu. Kıyılarına yayılmış, göz alıcı siluetleri zaman zaman ufukta karaltı halinde beliren etkileyici kentleri keşfetmeye gelmiyordu. Strabon, Arrhianos, Arthemidoros, İdrisi gibi eski tarihçilerin korkuyla sözünü ettikleri, gemicilerinse Tanrı rızası için adaklar adayarak yolculuklarını kutsamadan yanına yaklaşmaya cesaret edemedikleri Basra körfezindeki tehlikeleri bile hayalinden geçirmiyordu.

İyi ama, *Mongolia*'da hapis kalan bu garip adam ne yapıyordu acaba? Bir kere her gün dört öğün yemek yiyordu; yalpalamalar ya da sallanmalar bu kadar mükemmel biçimde düzenlenmiş bir makineyi bozmazdı. Sonra, whist oynuyordu.

Evet, evet! Kendisi kadar hırslı oyuncular bulmuştu: Goa'daki görevine gitmekte olan bir vergi tahsildarı, Bombay'a dönmekte olan bir bakan, Sayın Decimus Smith ve Benares'teki birliğine dönen İngiliz ordusundan bir tuğgeneral. Bu üç yolcu whist'e Bay Fogg kadar tutkundu ve saatlerce, tıpkı onun gibi, çıt çıkarmadan oynayabiliyorlardı.

Passepartout'ya gelince, deniz tutması diye bir derdi yoktu. Geminin burnunda bir kamarası vardı ve efendisi gibi, hiç sektirmeden dört öğün yemeğini yemekteydi. Doğrusunu isterseniz, böyle bir yolculuğa, pek bir diyeceği yoktu. Durumu olduğu gibi kabul etmişti. Krallar gibi yiyip içip yatıyor, bir sürü yer görüyordu, ayrıca bu peri masalının Bombay'da sona ereceğini söylüyordu kendi kendine.

Süveyş'ten yola çıktıklarının ertesi günü, yani 10 Ekim'de, Mısır'da karaya çıktığı zaman rastladığı kibar adamı güvertede görüverince epey sevindi doğrusu.

— Yanılmıyorsam, Süveyş'te bendenize yardım etme lütfunda bulunan sizdiniz, beyefendi? diye sordu en tatlı gülüşüyle adama yaklaşarak.

— Evet, evet, ben de sizi tanıdım, diye karşılık verdi polis hafiyesi. Şu garip İngilizin uşağısınız...

— Tam üstüne bastınız, Bay?..

— Fix.

— Evet, Bay Fix, dedi Passepartout. Sizi gemide bulduğuma sevindim. Nereye gidiyordunuz acaba?

— Sizin gibi, Bombay'a.

— Harika! Bu yolculuğu daha önce hiç yaptınız mı?

— Birkaç kez, diye karşılık verdi Fix. P. & Q. için çalışıyorum.

— Öyleyse Hindistan'ı tanırsınız?

— Evet... ama... diye karşılık verdi Fix, fazla ileri gitmek istemiyordu.

— Peki, ilginç bir yer mi bu Hindistan?

— Çok ilginç! Camiler, minareler, tapınaklar, Hint fakirleri, pagodalar, kaplanlar, yılanlar, rakkaseler! Ancak, umalım ki gezip görecek vakti bulasınız, öyle değil mi?

— Umarım, Bay Fix. Seksen günde dünyayı dolaşacağım diye, ömrünü gemiden inip trene, trenden inip gemiye binerek geçirmenin pek akıllı işi olmadığını kabul edersiniz sanırım? Hayır. Bütün bu cambazlıkların Bombay'da sona ereceğine kuşkunuz olmasın.

— Bay Fogg iyidir herhalde? diye sordu Fix, son derece doğal bir sesle.

— Çok çok iyi, Bay Fix. Ayrıca, ben de iyiyim. Uzun süre aç kalmış bir dev gibi yemek yiyorum. Deniz havasından galiba.

— Efendinizi hiç güvertede görmüyorum.

— Hiç çıkmaz. Meraklı değildir.

— Biliyor musunuz, Bay Passepartout, bu seksen günde dünyayı dolaşmanın altında gizli bir görev... örneğin, diplomatik bir görev bulunabilir!

— Açıkçası, Bay Fix, hiçbir fikrim yok bu konuda ve itiraf ediyorum, aslında öğrenmek için de kılımı bile kıpırdatmam.

Passepartout'yla Fix, bu karşılaşmadan sonra sık sık buluşup konuştular. Polis hafiyesi Fix, Bay Fogg'un uşağıyla içlidışlı olmak istiyordu. Bir fırsat doğarsa işe yarardı. Bu yüzden de, *Mongolia*'nın barında, Passepartout'ya sık sık birkaç kadeh viski ya da *pale ale* ısmarlıyor, bu yumuşak başlı çocuk da bunları hiç nazlanmadan kabul ediyor ve altında kalmamak için –dürüst bir insan saydığı Fix'e– kendisi de zaman zaman bir şeyler ısmarlıyordu.

Bu arada gemi hızla yol alıyordu. 13 Ekim günü, yıkık duvarlardan bir çember içinde, üst kesimlerinde yeşilimtırak hurma ağaçlarının bittiği Moka ile tanıştılar. Daha ötede, dağların yamaçlarında geniş kahve tarlaları uzanmaktaydı.

Passepartout bu ünlü kenti seyrederken kendinden geçti, çevresini kuşatan surları ve bir kulpu andıran yıkık dökük kalesiyle kocaman bir kahve fincanına benzetti onu.

Ertesi gece *Mongolia*, Babülmendeb Boğazı'nı geçti. Bu Arapça sözün anlamı Gözyaşları Kapısı'ydı. Ertesi gün, yani 14 Ekim'de, Aden limanının kuzeybatı kesiminde, Buharlı Gemi Noktası denen yerde demirledi. Burada yeniden yakıt stoklayacaktı.

Gemilerin, üretim merkezlerinden böylesine uzak yerlerde yakıt alması son derece önemli ve ciddi bir iştir. Yalnız P. & Q. şirketi bu iş için yılda sekiz yüz bin sterlin (20 milyon frank) harcamaktadır. Gemilerin uğrayacağı birçok limana, yakıt depoları açmak gerekmiştir ve bu kadar uzak denizlerde kömürün tonu seksen franga patlamaktadır.

Mongolia'nın Bombay'a kadar, bin altı yüz elli millik yolu vardı ve ambarlarını doldurabilmek için, Buharlı Gemi Noktası'nda dört saat kalacaktı.

Ama bu gecikme Phileas Fogg'un programını hiçbir biçimde bozmuyordu. Böyle şeyler hesaba katılmıştı. Ayrıca *Mongolia*, Aden'e 15 Ekim sabahı gelmesi gerekirken, 14 Ekim akşamı varmıştı. Bu da, on beş saatlik kazanç demekti.

Bay Fogg'la uşağı karaya çıktılar. Beyefendi pasaportuna vize damgası vurdurmak istiyordu. Fix çaktırmadan arkalarına düştü. Vize işlemi bittikten sonra, Phileas Fogg gemiye dönüp yarım bıraktığı oyununa devam etti.

Passepartout'ysa her zamanki gibi, Aden'deki yirmi beş bin kişilik Somalili, Baniya*, Parsi, Yahudi, Arap ve Avrupalı kalabalığının arasında gezinmeye başladı. Aden'i, Hint Denizi'nin Cebelitarık'ı haline getiren o sağlam surlara, Kral Süleyman'ın mühendislerinden iki bin yıl sonra, bu sefer İngiliz mühendislerin üzerinde çalıştığı müthiş sarnıçlara hayran oldu.

— Çok ilginç, çok ilginç doğrusu! deyip duruyordu Passepartout gemiye dönerken. Yeni şeyler görmek istersen, yolculuk hiç de yararsız değil.

Akşam saat altıda, *Mongolia*'nın güçlü pervanesinin kanatları Aden limanının sularını dövmekteydi ve gemi az sonra Hint Denizi'ne açılıyordu. Aden'den Bombay'a gitmek için gemiye yüz altmış sekiz saat süre verilmişti. Hint Denizi de pek bir güçlük çıkarmadı doğrusu. Rüzgâr kuzeybatıdan esiyordu. Böylece yelkenler de yardıma gelmiş oluyordu.

İyice yükünü alan gemi daha az sallandı. Giysilerini değiştirip süslenmiş olan hanım yolcular yeniden güvertede boy gösterdiler. Şarkı ve dans yeniden başladı.

Ve yolculuk en iyi koşullarda gerçekleşti. Passepartout, talihin karşısına çıkardığı Fix gibi sevimli bir arkadaş bulduğu için son derece hoşnuttu.

20 Ekim Pazar günü, öğleye doğru Hindistan kıyıları gözüktü. İki saat sonra da, kılavuz kaptan gemiye biniyordu. Ufukta, arka plandaki bir dağ dizisinin gölgesi göğün derinliklerine yansıyordu. Az sonra, kenti örten palmiye dizileri olanca canlılıklarıyla ortaya çıktı. Gemi Salsette, Colaba, Elephantine, Butcher adalarının çevrelediği koya girdi. Saat dört buçuktaysa Bombay rıhtımına yanaşıyordu. Phileas Fogg o sırada, günün otuz üçüncü elini tamamlamaktaydı.

---

* Tüm kuzey ve batı Hindistan'da, çoğunlukla tefeci ve tüccarlardan oluşan bir kast. (Sanskrit dilinde *vanicya*: ticaret.) (e.n.)

Ortağıyla birlikte gözü pek manevralar sonunda on üç eli kazanmıştı; böylece bu güzel yolculuğu harika bir başarıyla kapamış oluyordu.

Mongolia'nın Bombay'a 22 Ekim'de gelmesi gerekiyordu. Oysa, 20 Ekim'de gelmişti. Böylece, Londra'dan yola çıkalı beri iki gün kazanılmıştı. Phileas Fogg yolculuk planının kazanç sütununa usulünce işledi bu iki günü.

X

Passepartout Ayakkabılarını Yitirip Bu Dertten Kurtulduğuna Pek Seviniyor

Herkes bilir ki –tabanı kuzeyde, tepesi güneyde kocaman bir üçgeni andıran– Hindistan'ın yüzölçümü üç milyon altı yüz yirmi beş bin dokuz yüz seksen üç metrekaredir. Üzerinde, değişik yoğunluklarda dağılmış olarak, yüz seksen milyon kişi yaşamaktadır. Britanya hükümeti, bu uçsuz bucaksız ülkenin belli bir bölümünde gerçek bir egemenlik kurmuştur. Kalküta'da bir genel valisi; Madras, Bombay ve Bengal'de birer valisi, Agra'daysa bir vali yardımcısı vardır.

Britanya Hindistanı'nın yüzölçümü bir milyon sekiz yüz on iki bin dokuz yüz doksan bir metrekare, nüfusuysa yüz, yüz on milyondur. Sizin anlayacağınız, ülkenin hatırı sayılır bir kısmı kraliçenin etki alanı dışındadır ve aslında belli bazı yabani ve korkunç racalıklarda Hint bağımsızlığı hâlâ mutlaktır.

Bugünkü Madras kentinin bulunduğu yerde ilk İngiliz işletmesinin kurulduğu tarih olan 1756'dan büyük Sepoy ayaklanmasının patlak verdiği yıla dek, ünlü Doğu Hindistan Kumpanyası sınırsız güce sahipti. Çeşitli eyaletleri yavaş yavaş ilhak ediyor, azar azar ödediği ya da hiç ödemediği yıllık ücretlerle racalardan satın alıyordu. İşbaşına kendi dilediği genel valiyi getiriyor, sivil ya da asker, bütün memurları kendisi görevlendiriyordu. Ama Doğu Hindistan Kumpanyası artık yoktu ve Hindistan'daki İngiliz malları doğrudan kraliçeye bağlanmıştı.

Dolayısıyla yarımadanın görünüşü, töreleri, farklı kavimlerin yaşadığı bölgeleri gün geçtikçe değişmekteydi. Eskiden en ilkel araçlarla, yaya, at sırtında, iki tekerlekli arabayla, el arabasıyla, tahtırevanla, insan sırtında, posta arabasıyla falan yolculuk edilirdi. Şimdiyse buharlı gemiler olanca hızlarıyla İndus ya da Ganj nehirleri üzerinde gidip gelmekte, geçtiği yerlerde birçok kola ayrılan bir demiryolu hattı yarımadanın iki yakasını birbirine bağlamakta, Bombay'la Kalküta arasını üç güne indirmiş bulunmaktadır.

Demiryolu Hindistan'ın bir ucundan diğerine düz bir çizgi halinde uzanmamaktadır. Bombay'la Kalküta arası, dosdoğru bin-bin yüz mil kadardır ve orta hızdaki bir tren bu mesafeyi üç günden kısa bir sürede alabilir. Ancak, demiryolu hattı yarımadanın kuzeyindeki Allahâbad'a dek uzandığından, bu uzaklık en azından üçte bir oranında artmaktadır.

Kısacası, Büyük Hint Yarımadası Demiryolu'nun belli başlı uğrak noktaları şunlardır: Tren yolu Bombay'dan ayrıldıktan sonra Salsette adasından geçmekte, Thana'nın karşısında anakaraya atlamakta, Batı Gat sıradağlarını aşıp Burhanpur'a dek kuzeydoğuya doğru koşmakta, yarı bağımsız Bundelkhand topraklarında iz bıraktıktan sonra Allahâbad'a ulaşmakta, oradan doğuya yönelip Benares'te Ganj'la buluşmakta, daha sonra ondan azıcık ayrılmakta, Burdwan ve Fransız kenti Şandernagor üzerinden yeniden güneydoğuya yönelmekte, son durağı Kalküta'ya ulaşmaktadır.

Mongolia yolcuları akşamüstü dört buçukta Bombay'a inmişlerdi, Kalküta treniyse saat tam sekizde kalkıyordu.

Bay Fogg oyun arkadaşlarından izin istedi, gemiden ayrılıp uşağına alışverişte alması gerekenleri söyledi, kesinlikle saat sekizden önce garda olmasını tavsiye ederek dev boyutlu bir saat sarkacı kadar düzenli adımlarla pasaport dairesine yöneldi.

O halde, Bombay'daki harikaları görmeyi aklından geçirmiyordu; ne Belediye Sarayı'nı, ne o eşsiz kitaplığı, ne kaleleri, ne rıhtımları, ne pamuk pazarını, ne çarşıları, ne camileri, ne sinagogları, ne Ermeni kiliselerini, ne de poligon şeklinde iki kuleyle süslü göz kamaştırıcı Malabar Hill'deki pagodayı gezmeye niyeti vardı. Ne Elephantine adasındaki başyapıtları, ne limanın güneydoğu kesiminde saklanan gizemli yeraltı mezarlarını, ne de Salsette adasındaki güzelim Buda mimarisi kalıntılarından Kanheri mağaralarını görecekti.

Hayır, hiçbir şey görmeyecekti! Pasaport dairesinden çıkan Phileas Fogg, telaşsızca gara gitti, akşam yemeğini getirtti. Başgarson, birçok yemek arasından, öve öve göklere çıkardığı "özel tavşan yahnisi"ni salık verdi kendisine.

Phileas Fogg bu öneriyi kabul edip bir yahni getirtti. Büyük bir dikkatle tadına baktı; ama baharatlı sosuna rağmen yemeği berbat buldu.

Çıngırağı kapıp başgarsonu çağırdı.

— Garson Bey, dedi gözlerinin içine bakarak, tavşan eti mi bu?

— Evet, efendim, diye yüzsüzce karşılık verdi rezil adam, vahşi ormanlarda avlanmış bir tavşandır bu.

— Peki, boğazlanırken miyavlamadı mı acaba?

— Miyavlamak mı! Aman efendim! Tavşan miyavlar mı hiç! Yemin ederim ki...

— Bakın, Garson Bey, diye devam etti Bay Fogg soğuk bir sesle, yemini falan bırakın da şunu hatırlayın: Bir zamanlar, Hindistan'da, kedilere kutsal hayvan gözüyle bakılırdı. Ama çok gerilerde kaldı şimdi o günler.

— Kedilere mi, efendim?

— Evet, biraz da yolculara tabii.

Bay Fogg, bunları söyledikten sonra, sakin sakin yemeğini bitirdi.

Bay Fogg'un karaya çıkışından birkaç saniye sonra, polis hafiyesi Fix de *Mongolia*'dan ayrılmış, doğruca Bombay polis müdürünün yanına koşmuştu. Hafiye olarak kimliğini, üstlendiği görevi, hırsız sandığı kişi karşısındaki durumunu anlattı. Londra'dan bir tutuklama emri gelmiş miydi acaba? Hiçbir şey gelmemişti. Aslında, Fogg'un yola çıkışından epey sonra postalanan belgenin gelmesi olanaksızdı.

Fix fena halde sarsıldı. Polis müdüründen, Bay Fogg için bir tutuklama belgesi koparmaya çalıştı. Oysa sorun Metropolitan Polisi'ni ilgilendiriyordu, dolayısıyla belgeyi yalnız orası verebilirdi. İngiliz törelerine tıpatıp uyan ilkeler konusundaki bu katılık, titizlikle yasalara uygun davranma kaygısı, kişisel özgürlük konusunda keyfi davranışlara yer bırakmaz.

Fix ısrar etmedi, belgeyi beklemek zorunda olduğunu anladı. Ancak, Bombay'da kalacağı süre içinde, içine kapanık namussuzu gözden kaçırmamaya karar verdi. Phileas Fogg'un bir süre burada kalacağından kuşkusu yoktu –bilindiği gibi, Passepartout da bu inançtaydı– böylece tutuklama emrinin gelmesi için zamanı olacaktı.

Yalnız, *Mongolia*'dan çıkarken efendisinin verdiği buyruklardan Passepartout Bombay'da da tıpkı Paris ya da Süveyş'teki gibi birkaç saat kalacaklarını, yolculuğun burada bitmeyeceğini, hiç değilse Kalküta'ya, belki de daha ötelere dek uzayacağını anlamıştı. Ve işte o zaman, Bay Fogg'un tutuştuğu bahsin tamamen ciddi olup olmadığını; yazgısının, kendisi gibi sakin sakin yaşamak isteyen bir adamı, seksen günde dünyayı dolaşmaya sürükleyip sürüklemediğini düşünmeye başladı!

Birkaç gömlekle birkaç çift çorap almış, tren saatini beklerken Bombay sokaklarında dolanıyordu. Sokaklar insanlarla dolup taşıyordu, türlü ulustan Avrupalıların yanında, sivri külahlı İranlılar, sarıklı Bunhyalar, dört köşe takkeli Sindler, uzun entarili Ermeniler, kara külahlı Parsiler doldurmuştu dört bir yanı. O gün, Zerdüşt mezhebinden gelen bu Parsi ya da Gebrilerin bayramı kutlanıyordu; bunlar Hintli kavimlerin en hünerlisi, en uygarı, en zekisi, en katısıydılar – Bombay'daki en zengin yerli tüccarlar bu kavimdendi. O gün, türlü dinsel tören ve eğlencelerle karnavala benzer bir bayramı kutluyorlardı. Kenarları sırmalı ya da gümüşlü pembe tüllere bürünmüş rakkaseler, viyola sesine ve tamtam gürültüsüne uyarak, kusursuz bir edeple, muhteşem bir dans sunuyorlardı.

Passepartout'nun bu tuhaf törenlere nasıl şaşkınlıkla baktığını, olup biteni görebilmek için gözlerini nasıl dört açtığını, her şeyi işitebilmek için nasıl kulak kabarttığını, edasının ve suratının bütün o insan kalabalığı içinde nasıl göze çarptığını, nasıl "ahmak" bir havaya büründüğünü belirtmek gereksiz.

Yalnız talihsizliğe bakın ki, Passepartout'nun merakının onu olmadık yerlere çekmesiyle, az kalsın yolculuğu kendisi ve efendisi için tehlikeye düşürüyordu.

Passepartout, bu Parsi bayramını gördükten sonra istasyona yollandı; ancak Malabar Hill'deki o harika pagodanın önünden geçerken, hangi şeytan aklına getirdiyse, pagodayı ziyaret etmeye karar verdi.

Ama iki şeyden habersizdi: Bir kere, bazı Hint pagodalarına Hıristiyanların girmesi resmen yasaktır; ayrıca o dinden olanlar bile tapınaklarına girerken pabuçlarını kapıda bırakırlar. Hassas bir politikaya uygun olarak ülkenin dinine saygı duyan ve en önemsiz ayrıntılara varana dek saygı duyulmasını sağlayan İngiliz yönetiminin, bu uygulamaları her kim ihlal ederse onu ağır şekilde cezalandırdığını burada belirtmek gerek.

Passepartout basit bir turist gibi, hiçbir kötülük düşünmeksizin pagodaya girdi. Malabar Hill'deki pagodanın içini,

Brahman süslemelerinin yalancı ve şaşırtıcı parlaklığını hayran hayran seyrederken, bir anda kendini kutsal döşeme taşlarının üstünde buldu. Bakışlarıyla ateş püskűren üç din adamı üstüne çullanıp pabuçlarını ve çoraplarını çıkardılar. Sonra da korkunç çığlıklar atarak onu pataklamaya başladılar.

Güçlü kuvvetli ve çevik bir delikanlı olan Fransız hemen ayağa kalktı. Birine bir yumruk, ötekine bir tekme atarak üstüne çullanan ve uzun giysileri yüzünden hareket edemeyen iki kişiyi yere yıktı, büyük bir hızla pagodadan dışarı fırladı ve bacaklarının bütün gücüyle koşmaya başladı. Kısa bir süre sonra, avaz avaz bağırarak, herkesi telaşa veren ve peşine düşen üçüncü din adamıyla arasını epey açmıştı.

Passepartout, trenin kalkışına sadece birkaç dakika kala, saat yedi elli beşte, şapkasız ve yalınayak istasyona vardı; kavga sırasında, içinde alışverişte satın aldığı şeylerin bulunduğu elindeki paketi de yitirmişti.

Fix de orada, perondaydı. Bay Fogg'un ardına düşüp gara gelmiş, bu aşağılık adamın Bombay'dan ayrılmak üzere olduğunu anlamıştı. Hemen o anda, ardına düşüp Kalküta'ya, gerekirse daha ötelere dek gitmeye karar vermişti. Passepartout karanlık bir köşeye gizlenen Fix'i görmedi, ama Fix birkaç cümleyle efendisine anlatırken, Passepartout'nun başından geçenleri öğrendi.

Phileas Fogg vagonlardan birine yerleşirken:

— Umarım bir daha böyle bir şey gelmez başınıza, demekle yetindi.

Zavallı oğlan, yalınayak ve tam bir mahcubiyetle, hiçbir şey demeden efendisinin ardına düştü.

Fix de başka bir vagona yürüdü, tam binmek üzereyken aklına gelen bir düşünce onu bu tasarıdan vazgeçirdi.

— Hayır, kalıyorum, dedi kendi kendine. Hint topraklarında işlenmiş bir suç... Şimdi kıskıvrak yakaladım işte adamımı.

Tam o sırada, lokomotif keskin bir düdük çaldı ve tren gecenin karanlığına dalıp gitti.

XI

Phileas Fogg Akıllara Durgunluk Verecek Fiyata Bir Binek Hayvanı Satın Alıyor

Tren tam saatinde kalkmıştı. İçinde belli sayıda yolcu; birkaç subay, birkaç devlet memuru ve işleri dolayısıyla yarımadanın doğu yakasına geçmekte olan haşhaş ve çivit tüccarları vardı.

Passepartout efendisiyle aynı kompartımanda kalıyordu. Karşı köşede de başka bir yolcu vardı.

Bu, Süveyş'le Bombay arasında Bay Fogg'a oyun arkadaşlığı eden, şimdi de Benares yakınlarındaki birliğine katılacak olan Tuğgeneral Sir Francis Cromarty'ydi.

Sir Francis Cromarty uzun boylu, sarışın, elli yaşlarında bir adamdı, son Sepoy ayaklanması sırasında dikkatleri üzerinde toplamıştı, "yerli" olarak anılmayı hak ediyordu gerçekten. Genç yaşından beri Hindistan'da yaşamaktaydı, doğduğu ülkeye pek ender gitmişti. Bilgili bir insandı, Phileas Fogg'un öğrenmeye niyeti olsa, Hindistan'ın töreleri, tarihi ve Hint toplumunun örgütlenişi konusunda seve seve birçok şey anlatabilirdi. Ama bizim beyefendi hiçbir şey sormuyordu. Yolculuk etmiyor, dünya çevresinde dönüyordu sanki. Dünya çevresindeki bir yörüngede, mekaniğin rasyonel kuralları uyarınca dönmekte olan ağır bir cisimdi. Tam o sırada, zihninde, Londra'dan çıkalı beri kaç saat harcadığını hesaplamaktaydı ve yaradılışında gereksiz hareketler yapmak olsaydı, sevinçle ellerini ovuştururdu.

Sir Francis Cromarty yol arkadaşını yalnız iki el arasında ve elinde kâğıtlarla incelemiş olmasına rağmen, garipliğini fark etmemiş değildi elbet. Dolayısıyla, şu soğuk görünüşün altında bir insan yüreğinin çarpıp çarpmadığını, Phileas Fogg'un doğanın güzelliklerine, manevi özlemlere karşı duyarlı olup olmadığını kendi kendine sormakta haklıydı. Doğrusu, buna yanıt vermek zordu. Tuğgeneralin karşılaştığı garip adamların hiçbiri, pozitif bilimlerin ürünü olan şu adamla kıyaslanamazdı.

Phileas Fogg gerek dünyayı dolaşma tasarısını, gerekse gezinin koşullarını Sir Francis Cromarty'den gizlememişti. Tuğgenerale göre, bu bahis yararlı bir amacı olmayan bir tuhaflıktan başka bir şey değildi ve her mantıklı insana yol göstermesi gereken *transire benefaciendo*'dan* yoksundu. Bu gidişle, bizim garip beyefendi ömrünü kendine de, başkalarına da yararı dokunacak "herhangi bir şey yapamadan" tüketecekti besbelli.

Bombay'dan ayrılışlarından bir saat sonra, tren kemerli demiryolu köprülerini geride bırakmış, Salsette adasından geçmiş, şimdi kıtada yol almaktaydı. Kalyan istasyonunda, Kandallah ve Puna üzerinden güneydoğu Hindistan'a inen hattı sağda bırakıp Pauwell'e geldiler. Oradan sonra, dorukları sık ormanlarla kaplı, iyi birer volkanik siyah taş ve bazalt yatağı olan bin bir kollu Batı Gatlar'a daldılar.

Sir Francis Cromarty ile Phileas Fogg zaman zaman iki çift laf etmekteydiler; o sırada da Sir Cromarty, hep yarıda kesilen konuşmalardan birine daha başlamıştı:

— Bilir misiniz, Bay Fogg, bundan birkaç yıl önce, şu geçtiğimiz yerde, belki de yolculuğunuzu tehlikeye düşürecek bir gecikmeye uğrardınız.

---

* (Lat.) Seyahat ederken iyilik yapmak. (ç.n.)

— Neden, Sir Francis?

— Demiryolu dağların eteğinde kesiliyor, öbür yamaçtaki Kandallah'a tahtırevanla ya da at sırtında gitmek gerekiyordu da ondan.

— Böyle bir gecikme programımı aksatmazdı, diye karşılık verdi Bay Fogg. Bu türlü engelleri hesaba katmamış değilim ki.

— Yine de, diye devam etti tuğgeneral, şu oğlanın başından geçenler sizin başınızı da epey derde sokabilirdi, Bay Fogg.

Passepartout, çıplak ayaklarını battaniyesine sarmış, mışıl mışıl uyuyor, kendisinden söz edildiğini aklının köşesinden geçirmiyordu.

— İngiliz hükümeti, bu gibi suçlara karşı haklı olarak son derece sert davranır, diye devam etti Sir Francis Cromarty. Hint halkının dinsel âdetlerine saygı gösterilmesine büyük önem verir, uşağınız yakalansaydı...

— Yakalansaydı, Sir Francis, diye yanıt verdi Bay Fogg, mahkûm olur, cezasını çeker, sonra paşa paşa Avrupa'ya dönerdi. Bu olayın, efendisini yolundan alıkoymasına aklım ermiyor doğrusu!

Ve bunun üzerine konuşma kesildi. Tren, gece Gatlar'ı aşıp Nasik'ten geçti ve ertesi gün, yani 21 Ekim'de, Handeş bölgesinin görece düz yaylasına daldı. Toprağı son derece iyi işlenmiş kırsal bölgeye yayılmış köyler vardı; üzerlerinde Avrupa kiliselerinin çan kuleleri yerine pagoda minareleri yükselmekteydi. Çoğu Godavari'nin ya da ona bağlı nehirlerin kolları olan sayısız derecik suluyordu bu verimli araziyi.

Passepartout uyanmış, yanına yöresine bakıyor ve bir "Great Peninsular Railway" treniyle Hint ülkesinden geçtiğine bir türlü inanamıyordu. Bu ona göre akıl almaz bir şeydi. Yine de hiçbir şey bundan daha gerçek olamazdı. Bir İngiliz makinistin yönettiği, İngiliz kömürüyle beslenen lokomotif kara dumanını pamuk, kahve, hindistancevizi, karanfil ve kırmızıbiber plantasyonlarına saçıyordu. Trenin bacasından çıkan duman ve buhar palmiyeler arasında döne döne uzanıyordu; bu ağaçların arasında göz alıcı bungalovlar, bir nevi terk edilmiş manastırlar olan *vihari*'ler ve Hint mimarisinin bitmez tükenmez süslemelerini zenginleştiren muhteşem tapınaklar görünüyordu. Ardından, göz alabildiğine uzanan arazi, trenin çuh çuhlarından ürken kaplanlarla yılanların doldurduğu vahşi ormanlar ve sonra demiryolunun kestiği, içlerinde hâlâ o kocaman filleri barındıran ormanlar vardı; bu hayvanlar, düşünceli bakışlarla, zincirinden boşanmışçasına geçip giden katarı seyrederlerdi.

O sabah, Malligaum istasyonundan sonra, Tanrıça Kali'ye tapanların sık sık kana buladığı uğursuz bir bölgeden geçtiler. Hemen yakınlarda, güzelim pagodalarıyla Ellora ve korkunç Aureng-Zeb'in başkenti ünlü Aurungabad vardı; bugünse Nizam krallığından kopmuş eyaletlerden birinin ilçesidir yalnızca.

Thug'ların, yani insan kasabı yerlilerin kralı Feringhea işte bu bölgede egemendi. Bu katil adamlar, Ölüm Tanrıçası adına, önlerine çıkan herkesi, kadın erkek, genç yaşlı demeden ve bir damla kan akıtmaksızın boğazlamaktaydılar ve bir ara, hangi taşı kaldırsanız altından bir ceset çıkar olmuştu. İngiliz hükümeti bu kıyıma büyük ölçüde set çekmişti, ama o korkunç dernek yine de vardı ve etkinlik göstermekteydi. Saat yarımda, tren Burhanpur istasyonunda durdu ve Passepartout ateş pahasına, yalancı incilerle süslü bir çift ucu kalkık terlik alıp epeyce şişinerek ayağına geçirdi.

Yolcular tez elden yemeklerini yediler ve bir süre, Surat yakınlarından Kambay körfezine dökülen küçük Tapti nehrinin kıyısını izledikten sonra, Assurghur istasyonuna doğru yeniden yola koyuldular.

O sırada Passepartout'nun zihninden geçen düşünceleri anlatmanın zamanıdır sanıyoruz. Bombay'a gelene dek, bu işin orada biteceğine inanmış, inanabilmişti. Ama şimdi son hızla Hindistan'ı adeta dumanı tüterek boydan boya geçerken, tam bir geriye dönüş olmuştu zihninde. Doğal dürtüleri hızla geri dönüyordu. Gençliğindeki hayalci fikirler yeniden uyanıyor; efendisinin tasarısını ciddiye almaya, tutuşulan bahsin gerçekliğine, yani seksen günde dünyayı dolaşma işine, aşmamaları gereken süreye inanmaya başlıyordu. İleride karşılaşabilecekleri gecikmelerin, kazaların tasası şimdiden yüreğini sarmıştı. Şimdi artık o da tutuşulan bahisle ilgiliydi ve bir gün önceki bağışlanmaz merakının bu işi geciktirebileceğini düşündükçe soğuk terler döküyordu. Soğukkanlılıkta Bay Fogg'un eline su dökemeyeceğinden, daha fazla tedirgindi. Geçen günleri bir bir sayıyor, tren durduğunda lanet ediyor, onu yavaş gitmekle suçluyor ve makiniste önceden bir ödül vaat etmediği için de Bay Fogg'u içinden kınıyordu. Garip oğlan, bir gemi için mümkün olan şeyin, hızı kurallarla belirlenmiş tren için geçerli olmadığını bilmiyordu.

Akşama doğru, Handeş bölgesiyle Bundelkhand bölgesini birbirinden ayıran Sutpur Dağları arasındaki geçitlere girdiler.

Ertesi gün, yani 22 Ekim'de, Sir Francis Cromarty'nin bir sorusu üzerine, Passepartout köstekli saatini çıkarıp baktı ve saat sabahın üçü diye karşılık verdi. Oysa hâlâ aşağı yukarı yetmiş yedi derece batıda kalmış bulunan Greenwich boylamına göre ayarlı olan bu ünlü saat tam dört saat geriydi.

Sir Francis Cromarty, Passepartout'nun verdiği saati düzeltti ve Fix'le aynı görüşü dile getirdi. Tuğgeneral, saatini her boylama göre yeniden ayarlaması gerektiğini, hep doğuya doğru, yani güneşin önünde yol aldıklarına göre, saatin her boylam derecesi için dört dakika ileri alınması gerektiğini anlatmaya çalıştı. Ama boşuna, inatçı oğlan Sir Francis'in dediğini anladı mı anlamadı mı bilmeyiz, ancak saatine el sürmeyip Londra ayarında bırakmakta direndi. Ayrıca, bu çocuksu inadın kimseye bir zararı da yoktu doğrusu.

Sabah sekizde, Rothal istasyonuna on beş mil kala, birkaç bungalovla işçi kulübesinin çevrelediği genişçe bir açıklıkta tren duruverdi. Makinist bütün vagonların önünden geçip:

— Yolcular aşağı, diye bağırdı.

Phileas Fogg, Sir Francis Cromarty'ye baktı, ama trenin bu demirhindi ve khajur ormanının orta yerinde duruşuna o da akıl erdirememişti.

Bu işe en az efendisi kadar şaşıran Passepartout hemen dışarı fırladı ve az sonra haykırarak geri geldi:

— Demiryolu bitmiş, efendim!

— O da ne demek? diye sordu Sir Francis Cromarty.

— Şu demek ki, tren daha fazla gidemiyor!

Tuğgeneral hemen vagondan indi. Phileas Fogg da, hiç acele etmeden ardına düştü. Birlikte makiniste gittiler:

— Neredeyiz? diye sordu Sir Francis Cromarty.

— Kholby köyünde, diye karşılık verdi makinist.

— Burada mı kalıyoruz?

— Elbette. Demiryolu bitmemiş...

— Nasıl! Bitmemiş mi?

— Hayır, bitmemiş! Allahâbad'la bulunduğumuz nokta arasında, döşenmesi gereken elli millik bir kısım var.

— İyi ama gazeteler demiryolunun tümünün açıldığını yazdı!

— Ne diyeyim, generalim, gazeteler yanılmış!

— Pekiyi ama Bombay'dan Kalküta'ya dek bilet kesiyorsunuz! diye devam etti yavaş yavaş kafası kızmakta olan Sir Francis Cromarty.

— Haklısınız, diye karşılık verdi makinist, ancak yolcular, Kholby'den Allahâbad'a gidebilmenin çaresine nasıl bakacaklarını biliyorlar.

Sir Francis Cromarty kızmış köpürmüştü. Passepartout elinden gelse, makinisti gebertirdi. Efendisinin yüzüne bakmaya cesaret edemiyordu.

— Sir Francis, dedi Bay Fogg sakin bir sesle, isterseniz Allahâbad'a gidebilmenin yolunu arayalım.

— Bay Fogg, size epey zararı dokunacak bir gecikme bu, öyle değil mi?

— Hayır, Sir Francis, hesapta bu da vardı...

— Nasıl! Demiryolunun...

— Böyle olacağını bilmiyordum tabii, ama yolda er geç bir engelle karşılaşacağımı tahmin ediyordum. Oysa henüz yitirilmiş bir şey yok. Bu işe harcanacak, önceden kazanılmış iki günüm var. Ayın 25'inde, Kalküta'dan Hong Kong'a bir buharlı gemi kalkacak. Bugünse ayın 22'si, rahat rahat yetişiriz Kalküta'ya.

Böylesine güvenle verilen bir karşılıktan sonra diyecek bir şey kalmıyordu.

Demiryolu yapımının o noktada kesildiği acı, ama gerçekti. Gazeteler, ileri gitmeye bayılan saatlere benzerler, demiryolunun tümünün açıldığını da işte böyle alelacele yazmışlardı. Yolcuların çoğu, hattın burada kesildiğini biliyordu; trenden inmiş, köyde buldukları araçlara, dört tekerlekli palkigari'lere, hörgüçlü öküzlerin çektiği yük arabalarına, tekerlekli pagodalara benzeyen posta arabalarına, tahtırevan ve midillilere saldırmışlardı. Bu yüzden, Bay Fogg'la Sir Francis Cromarty bütün köyü dolaşmış ve elleri boş dönmüşlerdi.

— Yaya giderim, dedi Phileas Fogg.

Tam o sırada efendisinin yanına gelmiş olan Passepartout, süslü püslü, ama yürüyüşe uygun olmayan terliklerine bakıp dudak büktü. Neyse ki, o da keşifte bulunmuştu. Çekine çekine:

— Efendim, dedi, ben bir araç buldum galiba.

— Ne buldun?

— Fil! Yüz adım ileride oturan bir Hintlinin bir fili var.

— Gidip görelim şu fili, diye karşılık verdi Bay Fogg.

Beş dakika sonra, Phileas Fogg, Sir Francis Cromarty ve

Passepartout, kocaman tahta perdelerle çevrili bir avlunun yanı başındaki küçük bir kulübeye gelmişlerdi. Kulübede bir Hintli, avludaysa bir fil vardı. İstek üzerine Hintli, Bay Fogg'la arkadaşlarını alıp avluya soktu.

Avluda, adamın yük taşımak için değil de, savaş için yetiştirdiği yarı evcil bir hayvanla karşılaştılar. Adam bu amaçla, hayvanın uysal yaradılışını değiştirmekle işe başlamıştı; onu halk dilinde "mutsh" diye bilinen azgınlığa getirebilmek için, üç aydır şeker ve yağla beslemekteydi. Böyle bir beslenme istenen sonucu vermeyecekmiş gibi gözükebilir, ama bakıcılar yine de bu yolu izlemekte ve başarıya ulaşmaktadırlar. Bay Fogg'un şansına, söz konusu fil pek kısa bir süre önce besiye çekilmişti ve henüz "mutsh" evresinde değildi.

Kiouni –filin adı buydu– bütün türdeşleri gibi, uzun süre oldukça hızlı yürüyebilirdi, başka da araç bulunmadığından, Phileas Fogg onu kullanmaya karar verdi.

Ancak, soyları azalmaya başladığından, fil Hindistan'da pahalıdır. Hele sirklerdeki fil dövüşlerinde kullanılan erkek filler ateş pahasıdır. Evcilleştirildikleri zaman pek ender olarak yavrularlar, dolayısıyla ancak ormanda yakalayarak fil sahibi olabilirsiniz. O yüzden de, ele geçiren gözü gibi bakar hayvanına; nitekim Bay Fogg, Hintli'ye filini kiralamak istediğini söylediği an adam açıkça reddetti.

Fogg ısrar etti ve hayvan için, saat başına on sterlin (250 frank) gibi müthiş bir ücret önerdi. Cevap, hayır. Yirmi sterlin? Olmaz. Kırk sterlin? Yine olmaz. Fiyat artırıldıkça Passepartout hop oturup hop kalkıyordu. Hintli'yse Nuh diyor, peygamber demiyordu.

Oysa önerilen ücret hiç de fena değildi. Filin Allahâbad'a on beş saatte gittiği kabul edilse, efendisi altı yüz sterlin (15 000 frank) kazanacaktı.

Phileas Fogg, hiç istifini bozmadan, bu sefer Hintli'nin hayvanını satın almayı teklif etti ve bu iş için ilk elde bin sterlin (25 000 frank) önerdi.

Hintli satmak istemedi! Hınzır adam, daha büyük bir para koparacağını sezmişti galiba.

Sir Francis Cromarty, Bay Fogg'u bir köşeye çekti ve daha ileri gitmeden önce iyice düşünmesini istedi. Phileas Fogg, düşünmeden hareket etme alışkanlığında olmadığını, işin ucunda yirmi bin sterlinlik bir bahis bulunduğunu, bu file ihtiyaç duyduğunu, değerinden yirmi misli fazlasına da olsa satın alacağını söyledi.

Bay Fogg, Hintli'nin yanına döndü, adamın çipil gözleri açgözlülükle ışıl ışıl yanıyor, paradan başka bir şey düşünmediğini belli ediyordu. Phileas Fogg, art arda, bin iki yüz, derken bin beş yüz, bin sekiz yüz ve en sonunda da iki bin sterlin (50 000 frank) önerdi. Genellikle pancar gibi kıpkırmızı olan Passepartout sapsarı kesilmişti.

Hintli, iki bin sterline teslim oldu.

"Terliklerim üstüne yemin ederim ki, bu herif altın fiyatına satıyor fil etini!" diye bağırdı Passepartout.

Alım satım bitmiş, şimdi sıra bir kılavuz bulmaya gelmişti. Bu iş çok daha kolay çözüldü. Zeki yüzlü bir Parsi delikanlı ben yaparım dedi. Bay Fogg delikanlıyı kabul etti ve zekâsını bilemek üzere, yüklüce bir ücret vaat etti oğlana.

Fil hemen getirilip yolculuk için hazırlandı. Parsi delikanlı "mahout" ya da fil bakıcılığı işini çok iyi biliyordu. Filin sırtına kalınca bir örtü atıp iki yanına da oldukça rahat, arkalıklı iki iskemle astı.

Phileas Fogg, o ünlü çantadan çıkardığı kâğıt paralarla Hintli'ye ödeme yaptı. Fogg paraları çekip aldıkça Passepartout'nun ciğerleri sökülüyordu sanki. Bu iş de bittikten sonra, Phileas Fogg, Sir Francis Cromarty'ye kendisini de Allahâbad'a götürmeyi önerdi. Tuğgeneral de kabul etti. O kocaman hayvan bir fazla yolcuyla yorulacak değildi ya.

Kholby'den yiyecek içecek aldılar. Sir Francis Cromarty arkalıklı iskemlelerden birine yerleşti, Phileas Fogg da öbürüne. Passepartout'ysa, ata biner gibi hayvanın sırtına çıkıp efendisiyle tuğgeneralin arasına kuruldu. Parsi delikanlı filin boynuna tünedi ve saat tam dokuzda, hayvan köyden ayrılıp sık latanya ormanı içerisindeki kestirme yola daldı.

XII

Phileas Fogg'la Yol Arkadaşları Hint Ormanlarına Dalıyor ve Sonrasında Bakalım Neler Oluyor?

Kılavuz, yolu kısaltmak üzere, yapımı devam eden yolu sağda bırakarak sola yöneldi. Vindhya dağlarının garip bir biçimde kollara ayrılmasıyla kesintiye uğrayan demiryolu, Phileas Fogg'un tercih ettiği en kestirme yol değildi. Parsi delikanlı, bölgenin yollarına ve patikalarına alışık olduğundan, ormandan gitmekle en az yirmi mil kazanacaklarını iddia ediyordu; onlar da kabul ettiler.

Arkalıklı iskemlelerine boyunlarına kadar gömülen Phileas Fogg'la Sir Francis Cromarty, seyisi tarafından süratle yürütülen filin kaskatı ve hızlı ilerlemesi yüzünden fena halde sarsılıyorlardı. Ancak, tam bir İngiliz soğukkanlılığıyla gık demeden bu sıkıntıya katlanıyor, pek konuşmuyor ve birbirlerini göremiyorlardı.

Passepartout ise hayvanın sırtına yerleşmiş, her bir sarsıntıyı ve geri tepmeyi doğrudan hissediyor, kendini kolluyor, efendisinin tavsiyesi üzerine, dilini dişlerinden uzakta tutuyordu, yoksa kesinlikle yarılırdı. Zavallı oğlan, filin boynunda kimi zaman öne, kimi zaman arkaya fırlıyor, tramplene çıkmış soytarı gibi akrobasi yapıyordu. Bununla birlikte, sazan balığınınkileri andıran bu sıçramalar arasında bile neşesini yitirmiyor, gülüp eğleniyor, ara sıra çantasından bir kesmeşeker çıkarıp file uzatıyor, akıllı Kiouni bunu hortumuyla alıp yürüyüşünü aksatmadan mideye indiriyordu.

İki saat yol aldıktan sonra kılavuz, hayvanı durdurup bir saatlik mola verdi. Fil önce gidip yakınlardaki bir su birikintisinde susuzluğunu giderdi, sonra dal budak ya da fidan ne bulduysa yiyip yuttu. Sir Francis Cromarty bu molaya hiç ses çıkarmadı, yorgunluktan bitmişti çünkü. Bay Fogg ise yataktan yeni çıkmışçasına diriydi.

— Demirden midir nedir! dedi tuğgeneral ona hayranlıkla bakarak.

— Hem de iyice dövülmüş demirden, diye karşılık verdi şöyle üstünkörü bir öğle yemeği hazırlamakta olan Passepartout.

Saat on ikide, kılavuz hareket borusunu çaldı. Çevre az sonra, son derece yabanıl bir görünüş aldı. Ulu ağaçlı ormanlardan sonra bodur palmiyelere ve demirhindi çalılarına, onların ardındansa yer yer cılız mı cılız fidanlarla kaplı, ötesinde berisinde kocaman siyenit kümeleri göze çarpan, uçsuz bucaksız, kurak açıklıklara geldiler. Yolcuların pek ayak basmadığı Bundelkhand'in bu yüksek kesimlerinde, Hindu dininin en korkunç görenekleriyle yoğrulmuş, bağnaz bir topluluk yaşamaktadır. Vindhya dağlarının erişilmez sığınaklarında, racaların nüfuzu altındaki ulaşılması zor bir bölgede İngiliz hâkimiyeti düzenli olarak kurulamamıştı.

Birkaç kez hızla geçip gitmekte olan dört ayaklıyı görünce kızgın kızgın ellerini kollarını sallayan, yabani yerlilerle karşılaştılar. Ayrıca, yerlilere rastlamanın uğursuzluk getireceğine inanan Parsi de, elinden geldiğince uzaklarından geçmekteydi. Yolda yüzünü gözünü oynatarak Passepartout'yu eğlendiren birkaç maymunun dışında, pek az hayvan gördüler.

Bir düşünce oğlanı özellikle kaygılandırıyordu. Allahâbad istasyonuna vardıktan sonra Bay Fogg fili ne yapacaktı?Yanına mı alacaktı? Olacak iş değildi. Satın alırken verdiği paraya bir de yol parası eklendi miydi, hayvan son derece tuzluya patlayacaktı. Satacaklar mı, yoksa salıverecekler miydi? Bu değerli hayvan adamakıllı saygıyı hak ediyordu doğrusu. Örneğin, Bay Fogg kalkar da onu kendisine armağan ederse, Passeportout'nun hali duman olurdu. Bu konuda kaygılanmaktan alamıyordu kendini.

Akşam sekizde, Vindhya'ların en büyük dizisini aşmışlardı, dağların kuzey kesimindeki yamaçlardan birinde buldukları yıkık dökük bungalova indiler.

O gün, aşağı yukarı yirmi beş millik yol almışlardı, Allahâbad istasyonuna dek, bir bu kadar yolları daha vardı.

Gece serindi. Parsi delikanlı bungalovda topladığı çalı çırpıyı yaktı ve bu ateş pek hoşlarına gitti. Geç vakitte Kholby'den aldıkları öteberiyi yediler. Yolcular yemek sırasında bezgin ve yorgunluktan külçe gibiydiler. Bölük pörçük cümlelerle konuşmaya çalıştılarsa da, çok geçmeden, hepsi birden horlamaya başladı. Kılavuz, kalın bir ağacın gövdesine yaslanıp ayakta uyuyan Kiouni'ye göz kulak oldu.

O gece anlatılmaya değer hiçbir şey olmadı. Yalnız gecenin sessizliğinde, maymunların tiz çığlıkları arasında, birkaç kez çitalarla panterlerin kükreyişleri işitildi. Ama bu etobur hayvanlar kükremekle yetinip, bungalovdaki konuklara herhangi bir düşmanca gösteri yapmadılar. Sir Francis Cromarty, yorgunluktan turşusu çıkmış yiğit bir asker gibi deliksiz uyudu. Passepartout epeyce tedirgin geçen uykusunda, gündüz attığı taklaları tekrarladı. Bay Fogg ise, Saville-row'daki evindeymiş gibi mışıl mışıl uyuyup dinlendi.

Sabah altıda yeniden yola koyuldular. Kılavuz, o akşam Allahâbad'a varacaklarını umuyordu. Böylelikle, Bay Fogg yolculuğun başından beri kazandığı kırk sekiz saatin yalnızca bir kısmını yitirecekti.

Vindhya dağlarının son yamaçlarından indiler. Kiouni eski hızına kavuşmuştu. Kılavuz öğleye doğru, Ganj nehrinin kollarından biri olan Kaniah'nın kıyısında kurulmuş bulunan Kalincar kasabasına doğru götürdü onları.

Hiçbir yerleşim yerine girmiyor, büyük nehrin havzasının ilk kısımlarını oluşturan ıssız kırsal alanları daha güvenli buluyordu. Allahâbad istasyonu kuzeyde ancak on-on iki mil ötedeydi. Bir grup muz ağacının dibinde mola verdiler, yolcuların deyimiyle ekmek kadar besleyici, "krema kadar tatlı" muzlar pek beğenildi.

Saat ikide, kılavuz birkaç mil uzunluğundaki, sık bir ormana daldı. Ağaçların sağladığı siperi yeğliyordu. Her halükârda, şimdiye dek de tatsız bir olayla karşılaşmamışlardı ve yolculuğu kazasız belasız atlatacaklarını sandıkları sırada, fil birkaç tedirginlik belirtisinden sonra zınk diye durdu.

Saat dörttü.

— Ne var, ne oluyor? diye sordu oturduğu yerden başını uzatan Sir Francis Cromarty.

— Bilmiyorum, generalim, diye karşılık verdi Parsi, sık dallar arasında derinden derine duyulmakta olan bir mırıltıya kulak kabartarak.

Gürültü birkaç dakika sonra daha belirginleşti. Ta ötelerde, insanlarla nefesli çalgılar birlikte bir konser veriyordu sanki.

Passepartout gözünü kulağını açmış dinliyordu. Bay Fogg ise tek söz etmeden, sabırla olacakları bekliyordu.

Parsi yere atladı, fili bir ağaca bağladı ve fundalıkların en sık kesimine daldı. Az sonra geri gelerek şöyle dedi:

— Tören yapmakta olan Brahma rahipleri bu yana doğru geliyorlar. Mümkünse görünmeyelim.

Kılavuz fili ağaçtan çözdü, götürüp sık ağaçların arasına gizledi, yolculara da hayvanın sırtından asla inmemelerini öğütledi. Kendisiyse, kaçmak gerektiğinde hemen sırtına atlamak üzere, hayvanın yanı başında durdu. Ama sık yapraklar onu bütünüyle gizlediğinden, Brahma rahipleri alayının hayvanı görmeden geçip gideceğini düşündü.

İnsan ve enstrüman seslerinin çıkardığı o ahenksiz gürültü yaklaşmaktaydı. Zil ve davul seslerine tekdüze ezgiler karışıyordu. Kısa bir süre sonra, Bay Fogg'la arkadaşlarının gizlendikleri yerden elli metre kadar ötede, ağaçlar arasında tören alayının başı gözüktü. Bu dinsel törenin garip kişilerini yapraklar arasından kolaylıkla seçebiliyorlardı.

En önde, rengârenk giysilere bürünmüş, başlarına da sivri külahlar oturtmuş din adamları yürümekteydi. Çevrelerinde, düzenli aralıklarla tamtam ve zil sesleriyle kesintiye uğrayan kederli bir ezgi söylemekte olan kadınlar, erkekler ve çocuklar vardı. Bunların ardında, tekerlek parmaklarıyla çemberleri birbirine dolanmış yılanları andıran, kocaman tekerlekli bir araba üstünde, alabildiğine süslü iki çift hörgüçlü öküz tarafından çekilen korkunç bir heykel gözüktü. Heykelin dört kolu vardı; gövdesi koyu kırmızıya boyanmış, bakışları yabani, saçı başı darmadağınık, dili dışarıda, dudakları kınalı ve tembulluydu. Boynunda insan kafalarından bir gerdanlık, belindeyse kesik ellerden yapılmış bir kemer vardı. Kafası koparılmış olarak yerde yatan bir devin göğsünde, ayakta durmaktaydı.

Sir Francis Cromarty hemen tanıdı bu heykeli.

— Aşk ve Ölüm tanrıçası Kali bu, diye mırıldandı.

— Ölüm tanrıçası olmasına bir diyeceğim yok, ama aşk tanrıçası olamaz! dedi Passepartout. Pis, aşağılık kadın!

Parsi ona susmasını işaret etti.

Heykelin çevresindeki yaşlı Hint fakirleri sallanıp çırpınıyor, yerlerde kıvranıyor, aşı boyasıyla yol yol boyanmış, yer yer çapraz yarıklar açılmış vücutlarından damla damla kan akıyordu; bu akılsız çılgınlar, daha büyük Hindu törenlerinde kendilerini Juggernaut'ın arabasının tekerleklerinin altına bile atarlar.

Onların gerisindeyse, birkaç Brahma rahibi, Doğululara özgü görkemli giysiler içinde, güçlükle ayakta durabilen genç bir kadını sürükleyerek getirmekteydiler.

Kadın genç ve bir Avrupalı gibi beyazdı. Başında, boynunda, omuzlarında, kulaklarında, kollarında, ellerinde, ayak parmaklarında sayısız gerdanlık, bilezik, küpe ve yüzük vardı. İnce bir müslin kumaşın altından gözüken sırmalı giysisi vücudunun bütün çizgilerini belli etmekteydi.

Genç kadının arkasındaysa –insanı şaşkına çeviren bir çelişkiyle– bellerindeki kayışlara birer kılıfsız kılıçla uzun saplı, kakmalı tabancalar asmış muhafızlar, bir tahtırevan üstünde bir ölü taşımaktaydılar.

Görkemli raca giysileri içinde yatan yaşlı bir adamın ölü bedeniydi bu; yaşarkenki gibi başında incili bir sarık, sırtında altın işlemeli, ipekli bir giysi, belindeyse elmasla süslü kaşmir bir kemer ve Hint prenslerine özgü göz kamaştırıcı silahlar vardı.

Tahtırevanın ardından gelen çalgıcılarla ve çığlıkları zaman zaman çalgıların sesini bile bastıran artçı bağnazlar takımıyla alay sona eriyordu.

Sir Francis Cromarty bu törene özellikle kederle bakıyordu, bir ara kılavuza dönüp:

— Bir sati galiba? dedi.

Parsi başıyla onayladı, sonra parmağını dudaklarına götürerek susmasını işaret etti. Uzun tören alayı ağaçların altından ağır ağır geçti, ormanın derinliklerinde gözden yitti.

Ezgiler de yavaş yavaş işitilmez oldu. Uzaklardan gelen bir iki çığlığın ardından, bütün o korkunç şamata yerini tam bir sessizliğe bıraktı.

Phileas Fogg, Sir Francis Cromarty'nin dediğini işitmişti, alay geçip gider gitmez:

— Sati nedir kuzum? diye sordu.

— Sati bir insanı kurban etme törenidir, Bay Fogg, hem de kendi isteğiyle, diye karşılık verdi tuğgeneral. Gördüğünüz kadın, yarın şafakla birlikte yakılacak.

— Vay alçaklar vay! diye bağırdı öfkesini bastıramayan Passepartout.

— Peki, o ceset ne? diye sordu Bay Fogg.

— Bundelkhand bölgesinin bağımsız racası olan kocasının, prensin cesedi, diye karşılık verdi kılavuz.

— Nasıl? diye devam etti Phileas Fogg, son derece heyecansız bir sesle, bu barbarca töreler Hindistan'da sürüp gidiyor ve İngilizler bunlara engel olamadı ha?

— Hindistan'ın büyük kesiminde bu türlü kurban törenleri yok artık, diye karşılık verdi Sir Francis Cromarty, ancak bazı vahşi bölgelere, özellikle Bundelkhand bölgesine hiç mi hiç söz geçiremiyoruz. Vindhya dağlarının kuzey iç kesimi sürekli kıyım ve yağmalara sahne oluyor.

— Vah zavallı kadıncağız, diri diri yanacak ha! diye söyleniyordu Passepartout.

— Evet, yakılacak, diye devam etti tuğgeneral, ama yakılmasa, yakınlarının kendisine neler çektireceklerini aklınızın köşesinden geçiremezsiniz. Saçları kazınır, her gün ancak birkaç avuç pirinç verilir, itilir kakılır, dünya dışı bir yaratık sayılır, bilmem hangi köşede uyuz bir köpek gibi can verirdi. Sizin anlayacağınız, sevgi ya da bağnazca dinsel inançlardan çok, işte bu korkunç yaşam iter zavallıcıkları böyle bir işkenceye. Kimi zaman özveri gerçekten gönüllüdür, o vakit bile yönetimin güçlü müdahalesiyle buna engel olması gerekir. Nitekim bundan birkaç yıl önce, Bombay'da çalışırken, genç bir dul gelip validen kocasıyla birlikte yakılması için izin istemişti. Tahmin edeceğiniz gibi, vali bu isteği reddetti. Bunun üzerine dul kadın kentten ayrıldı, bağımsız racalıklardan birine sığındı ve arzusunu orada gerçekleştirdi.

Tuğgeneral anlatırken, kılavuz ha bire başını sallıyordu. Hikâye bitince:

— Yarın şafakta verilecek kurban gönüllü değil, dedi.

— Nereden biliyorsunuz?

— Bundelkhand'de bilmeyen yok bu hikâyeyi, diye karşılık verdi kılavuz.

— İyi ama bu talihsiz kadın hemen hiç karşı koymadan

gidiyordu, diyerek kendi görüşünü belirtti Sir Francis Cromarty.

— Kenevir tohumu ve haşhaş tütsüsüyle sarhoş etmişler de ondan.

— Peki, nereye götürüyorlar kadını?

— İki mil ötedeki Pillaji pagodasına. Kurban edileceği saati beklerken, geceyi orada geçirecek.

— Ve mutlaka kurban edilecek, değil mi?..

— Yarın, gün ışır ışımaz.

Kılavuz, bunu söyledikten sonra fili gizlediği yerden çıkardı ve boynuna yerleşti. Özel bir ıslıkla hayvanı yürüteceği sırada, Bay Fogg buna engel oldu ve Sir Francis Cromarty'ye dönüp:

— Şu kadıncağızı kurtarsak mı? dedi.

— O kadını kurtarmak mı dediniz, Bay Fogg!.. diye bağırdı tuğgeneral.

— Programa göre on iki saat kazancım var hâlâ. O zamanı bu işe harcayabilirim.

— Bak hele! Siz de bir yürek taşıyorsunuz ha! dedi Sir Francis Cromarty.

— Ara sıra ben de duygularıma göre davranırım, diye doğrudan karşılık verdi Phileas Fogg. Vaktim varsa tabii.

XIII

Passepartout Talihin Ancak Gözü Peklere Güldüğünü Bir Kez Daha Kanıtlıyor

Yapmayı tasarladıkları şey cesaret istiyordu, bin bir güçlükle dolu, belki de olanaksızdı. Bay Fogg canını ya da en azından özgürlüğünü, dolayısıyla giriştiği işi tehlikeye atıyordu, ama bir an bile duraksamadı. Ayrıca, Sir Francis Cromarty'den de bu konuda kararlı bir destek gördü.

Passepartout'ya gelince, o da yardıma hazırdı, her isteneni yerine getirebilirdi. Efendisinin kadını kurtarma fikri heyecanlandırmıştı onu. Şu buz gibi görünüşün altında bir yüreğin, bir ruhun varlığını hissediyordu. Phileas Fogg'u sevmeye başlamıştı.

Geriye bir kılavuz kalıyordu. Kimi tutacaktı acaba? Hintlilerden yana çıkmayacak mıydı? Yardım etmese bile, yan tutmaması sağlanmalıydı.

Sir Francis Cromarty sorunu açıkça ortaya koydu.

— Generalim, diye karşılık verdi kılavuz, ben Parsiyim, bu kadın da Parsi. Onun için ne derseniz yaparım.

— Aferin, kılavuz, diye karşılık verdi Bay Fogg.

— Yalnız şurasını bilmiş olun ki, diye devam etti Parsi, yakalanırsak yalnızca ölümü değil, korkunç işkenceleri de göze alıyoruz. Bunu da hesaba katın.

— Hepsi hesaba katıldı, diye karşılık verdi Bay Fogg. Harekete geçmek için geceyi beklesek daha iyi olur kanısındayım, öyle değil mi?

— Ben de aynı kanıdayım, diye karşılık verdi kılavuz.

Ve sonra, bu yiğit Hint delikanlısı, kadın konusunda biraz bilgi verdi. Bombaylı zengin tüccarlardan birinin, Parsi ırkından gelen, güzelliği dillere destan kızıydı bu. Bombay'da tam bir İngiliz eğitimi almıştı; davranışlarına, kültürüne bakan Avrupalı sanırdı onu. Adı da Aouda'ydı.

Öksüz kalınca, hiç istemediği halde, şu yaşlı Bundelkhand Raca'sıyla evlendirilmişti. Üç ay sonra dul kalmıştı. Kendisini bekleyen talihi bildiğinden kaçmış, hemen yakalanmıştı. Onun ölümünden yararlanmayı düşünen Raca'nın akrabaları, kadıncağızı kurtulması olanaksız bir hükme çarptırmış, kurban etmeye karar vermişlerdi.

Kılavuzun anlattıkları, Bay Fogg'la arkadaşlarının kararlarını kesinleştirmekten başka bir işe yaramadı tabii. Kılavuzun fili Pillaji pagodasına doğru sürmesi ve elinden geldiğince yaklaşması kararlaştırıldı.

Yarım saat sonra, pagodadan beş yüz adım beride, bir çalılıkta mola verdiler; tapınak gözükmüyor, ama bağnazların ulumaları açık seçik işitiliyordu.

Bunun üzerine oturup zavallı kadıncağıza ulaşabilme yollarını konuştular. Kılavuz, kadının kapatıldığını onayladığı Pillaji pagodasını çok iyi biliyordu. Bütün alay körkütük sarhoşlar gibi deliksiz bir uykuya daldığı zaman kapılardan birinden mi girmeliydiler, yoksa duvarda bir delik mi açmalıydılar? Bu, ancak harekete geçtikleri anda ve hemen orada verilecek bir karardı. Yalnız, kuşkuya yer bırakmayan bir şey varsa, o da kurbanlık kadının, yarın sabah yakılmaya götürülürken değil, hemen o gece kaçırılması gerektiğiydi. Kurban töreni başladıktan sonra hiç kimse bir şey yapamazdı çünkü.

Bay Fogg'la arkadaşları karanlığı beklediler. Ve ortalığa gölgeler düşmeye başlar başlamaz, yani saat altıya doğru, hemen pagodanın çevresini kolaçan etmeye çıktılar. O sırada, en son fakir çığlıkları da kesilmek üzereydi. Gelenekleri uyarınca, bütün bu Hintliler az sonra "hang"ın –içine kenevir suyu karıştırılmış sıvı afyonun– yoğun sarhoşluğuna dalacaklardı ve işte o zaman; aralarından geçip tapınağa ulaşma olanağı doğacaktı belki.

Bay Fogg'u, Sir Francis Cromarty'yi ve Passepartout'yu ardına takan Parsi, ormanın içinden, gürültü etmeden ilerledi. Dalların altından on dakika sürünerek ilerledikten sonra bir dere kıyısına vardılar ve reçine yakılan madeni meşalelerin aydınlığında, kocaman bir odun yığınıyla karşılaştılar. O değerli sandal ağacından yapılmış ve daha şimdiden kokulu bir gazla ıslatılmış bir yığındı bu. Tepesinde, dul karısıyla birlikte yakılacak olan Raca'nın cesedi yatmaktaydı. Odun yığınından yüz adım ötedeyse, minareleri, gecenin karanlığında ağaçların bile üstüne çıkan pagoda göze çarpıyordu.

— Gelin! dedi kılavuz alçak sesle.

Ve arkadaşları ardında, eskisinden daha büyük bir dikkatle, sessizce uzun otların arasına daldı. Şimdi artık gecenin sessizliğinde yalnızca rüzgârın dallar arasındaki mırıltıları duyulmaktaydı.

Kılavuz, az sonra, bir açıklığın bitimine gelip durdu. Birkaç reçine meşalesi aydınlatıyordu alanı. Dört bir yan, afyonun esrikliğiyle kendilerinden geçmiş, horul horul uyuyan adamlarla doluydu. Gören, ölülerle dolu bir savaş alanı sanırdı. Kadın, erkek ve çocuklar birbirine karışmıştı. Sağdan soldan hâlâ bir iki sarhoş hırıltısı geliyordu.

Pillaji pagodası arkada, ağaç kümeleri arasında hayal meyal seçiliyordu. Ancak, kılavuzun tahminlerinin tersine, Raca'nın muhafızları isli meşalelerin aydınlığında nöbet tutuyor, yalınkılıç beş aşağı beş yukarı gidip geliyorlardı. Bu durumda, pagodadaki rahiplerin de nöbette olduğu söylenebilirdi tabii.

Parsi delikanlı olduğu yerde çakıldı kaldı. Tapınağın kapısını zorlamanın hiçbir işe yaramayacağını anlamıştı, arkadaşlarını alıp geri çekildi.

Phileas Fogg'la Sir Francis Cromarty de bu yakadan hiçbir şey yapılamayacağını anlamışlardı.

Durup alçak sesle konuşmaya başladılar.

— Bekleyelim, dedi tuğgeneral, saat daha sekiz, bakarsınız nöbetçiler de uykuya teslim olur.

— Gerçekten de mümkün, diye karşılık verdi Parsi.

Bunun üzerine, Phileas Fogg'la arkadaşları bir ağacın dibine uzanıp beklemeye başladılar. Zaman geçmek bilmiyordu! Kılavuz ara sıra yanlarından ayrılıyor, açıklığın sınırını gözlüyordu. Raca'nın nöbetçileri, meşalelerin ışığında hâlâ nöbet tutuyor, pagodanın pencerelerindense zayıf bir ışık sızıyordu.

Böylece gece yarısını ettiler. Durumda bir değişiklik olmadı. Kapı aynı biçimde gözetim altındaydı. Nöbetçilerin uyuyacağı falan yoktu. Onları "hang" esrikliğinden yoksun bırakmışlardı besbelli. Demek ki başka türlü hareket etmek, pagodanın duvarında açılacak bir delikten içeri girmek gerekiyordu. O zaman da, kurban edilecek kadının başındaki rahiplerin, kapıdaki nöbetçiler kadar uyanık olup olmadıkları sorunu kalıyordu.

Son bir görüşmeden sonra kılavuz, "Haydi gidelim," dedi. Bay Fogg, Sir Francis ve Passepartout da ardına düştüler. Pagodanın mihrap kısmına çıkabilmek için, oldukça geniş bir yay çizdiler.

Saat yarıma doğru, kimseciklere gözükmeden, tapınağın duvar dibine geldiler. Bu kesimde nöbetçi yoktu, ama şurasını da belirtmeliyiz ki, kapı pencere falan da yoktu görünürlerde.

Ortalık zifiri karanlıktı. Sondördündeki ay, az önce kocaman bulutlarla kaplı ufukta yitip gitmişti. Ulu ağaçlar karanlığı daha da artırıyordu.

Tapınağın duvarının dibine gelmek bir şey değildi aslında, en önemlisi bir delik açıp içeri girmekti. Bu iş içinse, Phileas Fogg'la arkadaşlarının elinde çakılarından başka bir şey yoktu. Neyse ki, tapınağın duvarları tuğla ve ağaç karışımıydı, dolayısıyla delmek oldukça kolaydı. İlk tuğlayı çıkardılar mı, arkası çorap söküğü gibi gelirdi.

Elden geldiğince az gürültü çıkarmaya çalışarak işe koyuldular. Bir yanda Parsi, öte yanda Passepartout çalışıyor, tuğlaları sökerek iki ayak genişliğinde bir delik açmaya uğraşıyorlardı.

İş devam ederken, tapınağın içinden bir çığlık yükseldi ve az sonra, dışarıdan gelen haykırışlar buna karşılık verdi.

Passepartout'yla kılavuz hemen durdular. Yakalanmış mıydılar? Tehlike işareti mi verilmişti? En basit güvenlik tedbiri oradan uzaklaşmalarını gerektiriyordu – onlar da, Phileas Fogg ve Sir Francis Cromarty'yle birlikte, öyle yaptılar. Yine ağaçların arkasına çömeldiler, orada tehlikenin geçmesini bekleyecek, ondan sonra yeniden işe koyulacaklardı.

Ancak –aksiliğe bakın ki– tapınağın mihrabında birkaç nöbetçi belirdi ve adamlar her türlü yaklaşma denemesini boşa çıkaracak biçimde yerleşip beklemeye başladılar.

Giriştikleri iş yarıda kalan bizim dört ahbap çavuşun uğradığı düş kırıklığını anlatabilmek çok güç. Kurbanlık kadının yanına varamadıklarına göre, nasıl kurtaracaklardı zavallıyı? Sir Francis Cromarty tırnaklarını yiyordu. Passepartout öfkesinden çılgına dönmüştü ve kılavuz onu güçlükle tutuyordu. Serinkanlı Fogg ise duygularını belli etmeden oturuyordu.

— Çekip gitmekten başka çaremiz yok, öyle mi? diye sordu tuğgeneral alçak sesle.

— Çekip gitmekten başka çaremiz yok, diye karşılık verdi kılavuz.

— Durun, durun, dedi Fogg. Yarın öğleden önce Allahâbad'da olmak yetişir bana.

— İyi ama daha ne umuyorsunuz? diye karşılık verdi Sir Francis Cromarty. Birkaç saat sonra güneş doğacak ve...

— Şimdi bize sırtını dönen talih, son anda yüzümüze güler belki.

Tuğgeneral, düşüncelerini okumak üzere dikkatle Phileas Fogg'un gözlerine baktı.

Neye güveniyordu bu soğukkanlı İngiliz? Tören sırasında genç kadının üstüne atılıp, onu bu cellat heriflerin ellerinden almak mı istiyordu acaba?

Tam bir çılgınlık olurdu böyle bir hareket; doğrusu, bu denli kaçık olabileceğine de ihtimal verilemezdi. Bununla birlikte, Sir Francis Cromarty de, o korkunç sahnenin sonuna dek beklemeye karar verdi. Ancak, kılavuz, arkadaşlarını orada bırakmadı, açıklığın öte yakasına geçirdi. Buradan ağaçların ardına gizlenip, uyuyanları gözetleyebilirlerdi. Bu sırada, ağaçlardan birinin alçak dallarından birine tüneyen Passepartout, az önce bir şimşek gibi kafasında çakan ve şimdi aklından çıkaramadığı bir fikri geliştirmekteydi.

İlkin, kendi kendine, "Düpedüz çılgınlık canım!" demişti, şimdiyse, "İyi ama, neden olmasın? Tek şansımız bu, üstelik de bunlar gibi salak sürüsüyle!.." deyip duruyordu.

Passepartout, düşüncesini başka türlü dile getiremedi, bunla birlikte, bir yılan kıvraklığıyla uçları yere doğru sarkan alt dallara tırmanmaktan da geri durmadı.

Saatler geçiyordu, bir süre sonra, iyiden iyiye belirginleşen dallarla yapraklar, günün doğmak üzere olduğunu haber verdi. Bununla birlikte, ortalık hâlâ karanlıktı.

Vakit gelmişti. Pestil gibi uyuyan tören alayı bir anda canlanıverdi. Dört bir yanda kıpırtı başladı. Tamtamlar çınladı. Ezgiler ve haykırışlar yeniden her yanı kapladı. Zavallı kadının son saati gelip çatmıştı.

Nitekim, az sonra pagodanın kapıları açıldı. İçeriden, göz kamaştıran bir aydınlık yayıldı ortalığa. Bay Fogg'la Sir Francis Cromarty bu yoğun aydınlıkta, iki rahibin sürükleyerek dışarı çıkarmakta olduğu kurbanı gördüler. Zavallı kadının afyonun verdiği uyuşukluğa rağmen büyük bir yaşama içgüdüsüyle çırpınarak cellatlarının elinden kurtulmaya çalıştığını sandılar. Sir Francis Cromarty'nin yüreği sızladı, içgüdüsel bir hareketle Phileas Fogg'un eline sarıldı ve orada açık bir bıçağın bulunduğunu hissetti.

Tam o sırada, kalabalık dalgalandı. Genç kadın, kenevir tohumlarından çıkan dumanla yeniden kendinden geçmişti. Ulurcasına dualar okumakta olan Hint fakirlerinin arasından geçirildi.

Phileas Fogg'la arkadaşları, en sondaki adamların arasına karışıp kadını izlediler.

İki dakika sonra dere kıyısına gelmiş, Raca'nın cesedinin yatırıldığı odun yığınından elli adım kadar uzakta durmuşlardı. Alacakaranlıkta, tamamen eylemsiz kurbanın, kocasının cesedinin yanına yatırıldığını gördüler.

Derken, yanan bir meşale tutuldu odun yığınına. Yağlı odunlar bir anda tutuştu.

Sir Francis Cromarty'yle kılavuz, çılgınca bir gözü peklikle odun yığınına doğru atılmaya kalkan Phileas Fogg'un kollarına yapıştılar.

Phileas Fogg onları itip öne fırlayacağı sırada, sahne değişti. Dört bir yandan müthiş bir korku çığlığı yükseldi. Kalabalık, büyük bir korkuyla yerlere kapandı.

Yaşlı Raca ölmemişti; ansızın yattığı yerden kalktığını, bir hayalet gibi genç karısını kucağına aldığını ve kendisine hortlak görünüşü veren kapkara duman kasırgaları arasında odun yığınından indiğini gördüler.

Hint fakirleri, nöbetçiler, rahipler anlatılmaz bir korkuya kapılmış, yüzlerini yere yapıştırmış, başlarını kaldırıp bu inanılmaz mucizeye bakmaya bile cesaret edemiyorlardı!

Baygın yatan kadıncağızsa, hiç ağırlığı yokmuşçasına, iki güçlü kol üzerinde geçip gitti. Bay Fogg'la Sir Francis Cromarty, herkes gibi yerlere kapanmamış, ayakta kalmışlardı.

Parsi delikanlısı başını önüne eğmiş, Passepartout da epey şaşırmıştı herhalde!..

Dirilen Raca, Bay Fogg'la Sir Francis Cromarty'nin yanına gelip, kısa ve öz konuştu:

— Tüyelim!..

Hortlak, yoğun duman arasında odun yığınının tepesine tırmanıvermiş olan Passepartout'dan başkası değildi! Ortalığın daha alacakaranlık oluşundan yararlanarak genç kadını ölümden kurtaran da Passepartout'ydu! Herkesin şaşkınlığından ve korkusundan yararlanarak, büyük bir gözü peklikle rolünü oynayan, onca insanın arasından geçip gelen de oydu!

Birkaç saniye sonra, bizim dört ahbap çavuş ormanın derinliklerine dalmıştı; fil de onları hızlıca oradan uzaklaştırıyordu. Ama bağrışmalar, çığlıklar ve Phileas Fogg'un şapkasını delip geçen bir kurşun, hilenin ortaya çıktığını gösteriyordu.

Gerçekten de, ateşin çevresindekiler iyiden iyiye tutuşan odun yığını üstünde Raca'nın cesedini görmüşlerdi. Korkuları geçen rahipler, kadının kaçırıldığını anlamışlardı.

Bunun üzerine, hemen ormana koşmuşlar, nöbetçiler de artlarına düşmüştü. Yaylım ateşine başladılar, ama bizimkiler epey hızlı gitmekteydi, birkaç saniye sonra okların ve kurşunların erişemeyeceği kadar uzaklaşmışlardı.

XIV

Phileas Fogg, O Güzelim Ganj Vadisini Görmeyi Aklından Geçirmeden Baştan Sona Aşıyor

Böylece, bu cesaret isteyen kaçırma işini başarmışlardı. Bir saat sonra, Passepartout hâlâ bu işi nasıl başardığını düşünüp gülmekteydi. Sir Francis Cromarty, yiğit delikanlının elini sıkmış, efendisi de, "Aferin!" demişti; onun gibi bir beyefendinin ağzında, bu laf övgülerin en büyüğüydü. Passepartout'ysa, bu işin bütün onurunun efendisinin olduğunu söyleyerek karşılık vermişti. Kendisinin aklına garip bir fikir gelmişti yalnızca ve eski bir cambazın, itfaiyeci çavuşunun, süslü püslü ve kokulu bir Raca'nın, güzel bir kadının kocasının yerini aldığını düşündükçe kıkır kıkır gülüyordu.

Genç Hintli kadına gelince, olup bitenin farkında bile değildi. Battaniyelere sarılıp sarmalanmış, asma iskemlelerden birinde dinlenmekteydi.

Parsi delikanlının büyük bir ustalıkla sürdüğü filse, karanlık ormanda hızla yol alıyordu. Pillaji pagodasından ayrıldıktan bir saat sonra, uçsuz bucaksız bir ovaya daldılar. Saat yedide mola verildi. Genç kadın hâlâ son derece bitkin bir haldeydi. Kılavuz ona birkaç yudum su ve konyak içirdi, ama kolunu kanadını kıran uyuşukluk bir süre daha devam edecekti.

Kenevir tohumu dumanının verdiği sarhoşluğu bilen Sir Francis Cromarty, hiç mi hiç kaygılanmıyordu.

Ama genç Hintli kadının ayılacağından kuşku duymasa da, geleceği konusunda içi o kadar rahat değildi. Bayan Aouda'nın, Hindistan'da kalırsa, mutlaka yeniden cellatlarının eline geçeceğini Bay Fogg'a söylemekten çekinmedi. Bu gözü kararmış heriflerin yarımadanın dört bir yanına yayıldıklarını ve İngiliz polisine rağmen Madras'ta, Bombay'da ya da Kalküta'da da olsa, gelip kurbanlarını bulacaklarını söyledi. Ve Sir Francis Cromarty sözünün doğruluğunu kanıtlamak üzere, kısa bir süre önce yaşanan buna benzer bir olayı örnek verdi. Kendisine kalırsa, genç kadın ancak Hindistan'dan çıktıktan sonra güvenliğe kavuşabilirdi.

Phileas Fogg bu uyarıları hesaba katacağını, bu işin de çaresine bakacağını söyledi.

Saat ona doğru, kılavuz, Allahâbad istasyonuna yaklaştıklarını haber verdi. Demiryolu burada yeniden başlıyor, trenler Allahâbad'la Kalküta arasını bir gün bir geceden daha az bir zamanda alıyorlardı.

Bu duruma göre, Phileas Fogg ancak ertesi gün, yani 25 Ekim'de Hong Kong'a hareket edecek gemiye rahat rahat yetişebilecekti.

Genç kadını gardaki odalardan birine yatırdılar. Passepartout'ya hemen gidip onun için entari, atkı ve kürk gibi çeşitli giyim eşyası alma görevi verildi. Efendisi, bu konuda kendisine sınırsız kredi açmıştı.

Passepartout alışveriş için, hemen Allahâbad sokaklarına daldı. Allahâbad, Tanrı'nın kenti demekti, sularıyla Hint yarımadasının bütün hacılarını oraya doğru taşıyan iki kutsal nehrin, Ganj'la Jumna'nın birleştiği yerde kurulduğundan, Hindistan'ın önemli kentlerinden biriydi. Bilindiği gibi, Ramayana efsanelerine göre, Ganj nehri gökten doğmakta, sonra Brahma sayesinde yeryüzüne inmekteydi.

Passepartout alışveriş yaparken, hemen bütün kenti gördü; kent bir zamanlar, şimdi devlet hapishanesi olarak kullanılan müthiş bir kale tarafından korunurmuş. Eskiden sanayi ve ticaret merkezi olan kentte şimdi ne ticaret ne de sanayi vardı. Passepartout, Regent Street'deki Farmer ve Ortakları mağazasından birkaç adım ötedeymiş gibi, en son yenilikleri bulunduran mağazaları boşuna aradı durdu ve aradıklarını, kılı kırk yaran bir eskici Yahudide bulabildi ancak: İskoç kumaşından bir entariyle bir pelerin ve bir susamuru kürküne, gözünü kırpmadan, yetmiş beş sterlin (1875 frank) verdi. Sonra, büyük bir iş başarmış insanların çalımıyla istasyona döndü.

Bayan Aouda yavaş yavaş kendine geliyordu. Pillaji rahiplerinin yarattığı etki ağır ağır dağılıyor, o güzel gözleri, Hint dilberlerine özgü yumuşaklığa yeniden kavuşuyordu.

Ozan-Kral Yusuf Adil, Ahmednagar kraliçesinin güzelliğini bakın nasıl dile getiriyor:

"Tam ortadan ikiye ayrılmış parlak saçları, temizlik ve tazelikten ötürü pırıl pırıl parlayan ince ve beyaz yanaklarının uyumlu çizgilerini kuşatır. Abanozdan yapılmış kaşları, aşk tanrısı Kama'nın yayının biçimine ve gücüne sahiptir; uzun, ipeksi kirpiklerinin altında ışıldayan iri ve berrak gözlerinin kara gözbebeklerinde, kutsal ışığın en duru yansımaları Himalayalar'ın kutsal göllerindeymiş gibi yüzer. Aynı boydaki, ince, beyaz dişleri, gülümseyen dudakları arasında, bir narçiçeğinin yarı açık sinesine düşmüş çiy damlaları gibi parıldamaktadır. Kıvrımları birbirinin tıpatıp aynı minicik kulakları, lal rengi elleri, lotus tomurcuklarını andıran yumuk ve yumuşacık ayakları, en güzel Seylan incileri, en mükemmel Golconda elmasları gibi ışıldar. Tek bir elle kavrayabileceğiniz ince ve esnek beli, yuvarlak kalçalarının hoş kavisini, baharını yaşayan gençliğinin en yetkin hazinelerini sergilediği sinesinin güzelliğini bir kat daha artırmakta, giysisinin ipeksi kıvrımlarının altında, vücudu, ölümsüz heykelci Vicvacarma'nın elinden çıkmış som gümüşten bir heykeli andırmaktadır."

Bizse, bütün bu abartıyı bir yana bırakıp, Bayan Aouda'nın, Bundelkhand Racası'nın dul eşinin, tam da Avrupalıların kullandığı anlamda, gerçekten çekici bir kadın olduğunu belirtmekle yetineceğiz. İngilizceyi mükemmel konuşmaktaydı ve bu genç Parsi güzelinin aldığı eğitimle tepeden tırnağa değiştiğini söyleyen kılavuz sadece gerçeği dile getirmişti.

Bu arada, tren Allahâbad'dan ayrılmak üzereydi. Parsi bekliyordu. Bay Fogg, kararlaştırılan fiyat üzerinden ücretini ödedi, bir çeyrek peni bile fazla vermedi. Kılavuzun gösterdiği bağlılığa efendisinin ne çok şey borçlu olduğunu bilen Passepartout bu işe pek şaştı. Parsi delikanlı, Pillaji macerasında canını gerçekten tehlikeye atmıştı ve Hintliler sonradan bunu öğrenirlerse hali haraptı.

Şimdi bir de Kiouni sorunu vardı. Onca paraya satın alınan bu fili ne yapacaklardı?

Bay Fogg bu konuda kararını çoktan vermişti.

— Bak oğlum Parsi, dedi kılavuza, bize canla başla hizmet ettin. Hizmetinin karşılığını verdim, ama bağlılığını ödeyemedim. İster misin şu fili? Al senin olsun.

Kılavuzun gözleri parladı.

— Beyefendi bana bir servet bağışlıyorlar! diye bağırdı.

— Kabul et onu, kılavuz, diye karşılık verdi Bay Fogg, fili alsan bile ben sana borçlu kalırım.

— Hey yavrum hey! diye bağırdı Passepartout. Al dostum, al! Kiouni akıllı ve yiğit bir hayvandır!

Sonra filin yanına gidip birkaç kesmeşeker uzattı ve:

— Al, Kiouni, al, ye şunları! dedi.

Fil, keyifli keyifli homurdandı. Sonra Passepartout'yu hortumuyla belinden kavradı, başına dek kaldırdı. Bundan hiç mi hiç korkmayan Passepartout kendisini usulca yere bırakan hayvanı bir güzel okşadı. Terbiyeli Kiouni'nin hortumunu, bizim dürüst oğlanın da elini uzatmasıyla tokalaştılar.

Az sonra, Phileas Fogg, Sir Francis Cromarty ve Passepartout en iyi köşesini Bayan Aouda'ya verdikleri kompartımanda, büyük bir hızla Benares'e doğru yol alıyorlardı.

Bu iki kent arasında en fazla seksen mil vardır ve tren bu yolu iki saatte alır.

Yolculuk sırasında, genç kadın tümüyle kendine geldi; sıvı afyon buharının yarattığı sarhoşluk dağıldı.

Kendini demiryolunda, bir tren kompartımanında, Avrupalı kılığında, tanımadığı insanların arasında bulunca bilseniz ne şaşırdı!

Yol arkadaşları öncelikle yoğun ilgi göstererek onu şımarttılar ve birkaç yudum içkiyle canlandırdılar; sonra tuğgeneral başlarından geçeni anlattı. Özellikle, kendisini kurtarmak için canını tehlikeye atmaktan çekinmeyen Phileas Fogg'un fedakârlığı ve Passepartout'nun atak düş gücü üzerinde durdu.

Bay Fogg, generalin anlattıklarını ses çıkarmadan dinledi. Bir hayli utanan Passepartout'ysa, "Sözünü etmeye değmez!" deyip durdu.

Bayan Aouda sözden çok gözyaşıyla teşekkür etti kurtarıcılarına. Güzel gözleri duyduğu gönül borcunu dudaklarından çok daha iyi ifade ediyordu. Derken aklına yine o korkunç adak töreninin gelmesiyle, gözleri yeniden bin bir tehlikenin kendisini beklediği Hint toprağını gördü ve tepeden tırnağa dehşetle ürperdi.

Phileas Fogg, Bayan Aouda'nın zihninden geçenleri anladı ve kadını rahatlatmak için, kendisini alıp, olay yatışana dek kalabileceği Hong Kong'a götürmeyi önerdi, tabii son derece soğuk bir tavırla.

Bayan Aouda bu öneriyi minnettarlıkla kabul etti. Tam da Hong Kong'da; Çin kıyılarında kurulmuş olmasına rağmen tam bir İngiliz kenti sayılabilecek bu kentte, oranın en büyük tüccarlarından biri ve kendisi gibi Parsi ırkından olan bir akrabası vardı.

Tren, saat yarımda Benares istasyonundaydı. Brahman efsanelerine göre, bu kent, eski Kasi'nin yerindeydi; Kasi'yse bir zamanlar, Muhammed'in mezarı gibi, uzayda, göğün en yüksek noktasıyla ayakucu arasında bir yerde asılıydı. Ancak, daha gerçekçi olan o çağda, Doğuluların deyimiyle Hindistan'ın Atina'sı sayılan Benares her türlü şiirsellikten uzak biçimde tam bir yeryüzü kentiydi ve Passepartout kısa bir süre de olsa, şehre bütünüyle hüzünlü bir görünüm katan ve hiçbir yerel renk taşımayan tuğla evleri ve sazdan kulübeleri görebildi.

Sir Francis Cromarty burada inecekti. Katılacağı birlikler, kentin birkaç mil kuzeyinde kamp kurmuştu. Tuğgeneral, Phileas Fogg'a veda etti, gezisinin başarılı geçmesini diledi ve bir dahaki sefere bu kadar garip olmayan, ama daha yararlı bir yolculuğa çıkması temennisini dile getirdi. Bay Fogg, hafifçe sıktı yol arkadaşının elini. Bayan Aouda'nın övgüleriyse daha sevecendi. Sir Francis Cromarty'ye olan borcunu ömrünün sonuna dek unutamayacaktı. Passepartout'ya gelince, büyük bir onur gösterisi olarak eli tuğgeneral tarafından içtenlikle sıkıldı. Bundan son derece duygulanan Passepartout, ne zaman ve nerede kendisine hizmet edebileceğini sordu. Sonra ayrıldılar.

Demiryolu, Benares'ten sonra, bir süre Ganj vadisini izliyordu. Vagonun pencerelerinden oldukça açık bir havada, Bihar'ın çeşitli kır manzaraları, derken yemyeşil dağlar, arpa, buğday ve mısır tarlaları, yeşilimtırak timsahlarla dolu dere ve gölcükler, bakımlı köyler, hâlâ yeşil ormanlar görülüyordu. Birkaç fil, kocaman boynuzlu, çift hörgüçlü öküzler ve mevsimin epey ilerlemiş, ısının düşmüş olmasına rağmen aptes almaya gelen kadınlı erkekli bir kalabalık kutsal ırmağın sularında yıkanmaktaydı. Budizmin amansız düşmanı olan bu dindarlar, şu üç kutsal varlığın temsil ettiği

Brahma dininin ateşli taraftarlarıdır: Güneş tanrısı Vişnu, doğanın güçlerinin kutsal canlı örneği Şiva ve rahiplerle yasa koyucuların yüce efendisi Brahma. İyi ama buharlı gemiler acı acı düdük çalarak, Ganj'ın kutsal sularını bulandırarak, üstünde uçuşan martıları, yakalarında kaynaşan kaplumbağaları, kıyıları boyunca uzanmakta olan dindarları tedirgin ederek geçip giderken, Brahma, Şiva ve Vişnu, şimdi artık iyiden iyiye "İngilizleşmiş" şu Hindistan'a hangi gözle bakıyorlardı acaba!

Bütün bu panorama şimşek hızıyla geçip gitti gözlerinin önünden ve bembeyaz bir buhar dumanı, sık sık doğanın ayrıntılarını gizledi bizimkilerden.

Dolayısıyla yolcularımız Benares'in yirmi mil güneydoğusundaki Chunar kalesini, Bihar Racaları'nın eski kalesini, gülsuyu fabrikalarıyla anılan Gazipur'u, Lord Cornwallis'in Ganj'ın sol yakasında yükselen mezarını, tahkim edilmiş Buksar kentini, Hindistan'ın en büyük afyon pazarının bulunduğu sanayi ve ticaret kenti Patna'yı; Avrupa kentlerinden ayırt edemeyeceğiniz, Manchester ya da Birmingham kadar İngilizleşmiş; dökümhaneleri, bıçak ve silah fabrikalarıyla ünlü, yüksek fırınları Brahma'nın göğüne –bu düşler ülkesinde, insanın suratına sert bir yumruk indirircesine– kapkara dumanlar savuran Mongir'i zar zor görebildiler!

Derken gece oldu ve tren, lokomotifin önünden kaçan kaplanların, ayıların, kurtların korkunç çığlıkları arasında, hızla yoluna devam etti; bizimkiler Bengal'in geri kalan harikalarını göremediler; ne Golconda'yı, ne yıkıntı haline gelmiş Gur'u, ne bir zamanların başkenti Murşidâbad'ı, ne Burdwan ile Hougly'yi, ne de Passepartout'nun üzerinde dalgalanan bayrağını görmekten gurur duyacağı, Hint toprakları ortasındaki Fransız kenti Şandernagor'u görebildiler!

Sabah yedide nihayet Kalküta'ya varmışlardı. Hong Kong'a gidecek gemi öğlen kalkıyordu. Phileas Fogg'un beş saat vakti var demekti.

Elindeki yolculuk planına göre, beyefendinin Hint başkentine 25 Ekim'de, yani Londra'dan ayrılışının yirmi üçüncü günü varması gerekiyordu ve işte o gün oraya varmıştı. Ne geç kalmış ne de erken gelmişti. Londra ile Bombay arasında kazandığı iki gün, ne yazık ki, Hint yarımadasını geçerken harcanmıştı – ama Phileas Fogg buna hiç üzülmüyordu herhalde.

XV

Banknot Dolu Çanta Birkaç Bin Sterlin Hafifliyor

Tren istasyonda durmuştu. İlkin Passepartout indi, yanındaki genç hanımın inmesine yardım eden Phileas Fogg da ardından. Phileas Fogg, kendisi için çok tehlikeli olan bu ülkede Bayan Aouda'yı yalnız bırakmamak için, onu rahat bir şekilde yerleştirmek üzere doğruca Hong Kong seferini yapacak gemiye gitmeyi tasarlıyordu.

Bay Fogg tam gardan çıkacağı sırada, bir polis memuru yanına geldi.

— Bay Phileas Fogg siz misiniz? dedi.

— Evet, benim.

— Bu adam da uşağınız mı? diye ekledi polis, Passepartout'yu göstererek.

— Evet...

— İkiniz de benimle gelir misiniz lütfen.

Bay Fogg, şaşkınlığını gösteren herhangi bir harekette bulunmadı. Polis memuru yasayı temsil ediyordu, bir İngiliz içinse, yasa kutsaldı. Passepartout, Fransızlara özgü bir tavırla, hemen akıl yürütmeye girişti, ama polis memuru elindeki copla kendisine hafifçe dokunurken, Phileas Fogg da söyleneni yapmasını işaret etti.

— Bu genç hanım da bizimle gelebilir mi? diye sordu Bay Fogg.

— Gelebilir, diye karşılık verdi polis memuru. Ve sonra Bay Fogg'u, Bayan Aouda'yı ve Passepartout'yu alıp, yerlilerin palki-gari dedikleri, dört tekerlekli, dört kişilik, iki atlı arabaya götürdü. Arabaya binip yola çıktılar. Aşağı yukarı yirmi dakika süren yolculuk sırasında kimse ağzını açıp bir şey demedi.

Araba ilkin, pis ve hırpani, kozmopolit bir nüfusun kaynaştığı kulübelerin yan yana dizildiği dar sokaklarıyla "kara kent"ten geçti; sonra, her yerinden direkler yükselen, hindistancevizi ağaçlarının gölgesindeki tuğla evlerden oluşan ve sabahın o erken saatinde bile şık binicilerle görkemli arabaların dolaşmaya başladığı Avrupa mahallesine daldılar.

Palki-gari, ev olarak kullanılmadığı belli, süssüz bir yapının önünde durdu. Polis, mahpuslarını indirdi –onlara gerçekten de böyle denebilirdi– ve demir parmaklıklı pencerelerin bulunduğu bir odaya götürüp şöyle dedi:

— Sekiz buçukta, Yargıç Obadiah'nın karşısına çıkacaksınız.

Sonra kapıyı çekip çıktı.

— Hadi bakalım, kapana düştük işte! diye haykırdı Passepartout, kendini iskemlelerden birine bırakırken.

Bayan Aouda, hemen Bay Fogg'a döndü ve heyecanını boşuna gizlemeye çalıştığı bir sesle:

— Beni bırakmalısınız, beyefendi, dedi. Benim yüzümden kovuşturmaya uğruyorsunuz! Beni kurtardığınız için!

Phileas Fogg, böyle bir şeyin mümkün olmadığını söylemekle yetindi. Yakılma töreni yüzünden kovuşturulmak ha! Olacak iş değil! Davacılar hangi yüzle gelip yargıca başvurabilirlerdi ki? Bir yanlışlık vardı mutlaka. Bay Fogg, her durumda genç kadını bırakmayacağını, kendisiyle birlikte Hong Kong'a götüreceğini sözlerine ekledi.

— İyi ama, gemi on ikide kalkıyor! dedi Passepartout.

— On ikiden önce gemide oluruz, diye karşılık verdi bizim soğukkanlı beyefendi.

Ve bunu öyle açık bir kesinlikle dile getirdi ki, Passepartout içinden:

— Öyle vallahi, orası kesin, on ikiden önce gemide oluruz! demekten kendini alamadı. Ama içi hiç rahat değildi.

Sekiz buçukta odanın kapısı açıldı. Polis memuru geldi, mahpusları yan odaya aldı. Bir duruşma salonuydu burası ve içeride, Avrupalı Hintli karışımı, oldukça büyük bir kalabalık vardı.

Bay Fogg, Bayan Aouda ve Passepartout, yargıçla mahkeme yazmanına ayrılan yerin karşısındaki sıraya oturdular.

Az sonra salona Yargıç Obadiah, ardında yazmanla birlikte girdi. İriyarı, tostoparlak bir adamdı. Çiviye asılmış peruğu alıp çabucak kafasına geçirdi.

— İlk dava, dedi. Ve daha sözünü bitirmeden elini başına atıp:

— Hey, bu benim peruğum değil! diye bağırdı.

— Aslında, Bay Obadiah, benimki o, diye karşılık verdi yazman.

— İyi ama, Sevgili Bay Oysterpuf, bir yargıcın, yazman perukasıyla sağlam yargılar vermesi mümkün mü, rica ederim!

Peruklar değiştirildi. Hazırlıklar yapılırken, Passepartout sabırsızlıktan yerinde oturamıyordu, çünkü mahkeme salonundaki kocaman duvar saatinin yelkovanı müthiş bir hızla ilerliyordu sanki.

— İlk dava, diye devam etti Yargıç Obadiah.

— Phileas Fogg kimdir? diye sordu Yazman Oysterpuf.

— Benim, diye karşılık verdi Bay Fogg.

— Passepartout?

— Buradayım! dedi Passepartout.

— Peki, dedi Yargıç Obadiah. Sanıklar, tam iki gündür, Bombay'dan gelen bütün trenlerde sizleri arıyoruz.

— Ama neyle suçlanıyoruz? diye bağırdı sabrı taşan Passepartout.

— Az sonra öğreneceksiniz, diye karşılık verdi yargıç.

— Beyefendi, dedi bu sırada Bay Fogg, ben bir İngiliz yurttaşıyım ve hakkım...

— Bir saygısızlığa mı uğradınız? diye sordu Bay Obadiah.

— Hiçbir şekilde.

— Peki davacıları getirin.

Yargıcın buyruğu üzerine, kapılardan biri açıldı ve mübaşir üç Hindu rahibini içeri aldı.

— Tamaam! diye mırıldandı Passepartout, bizim genç hanımı yakmak isteyen alçaklar bunlar!

Rahipler yargıcın karşısına gelip dikildiler; yazman, yüksek sesle, Phileas Fogg'la uşağı hakkındaki Brahma dinine göre kutsal sayılan bir mekâna saldırı suçlamasını okudu.

— İşittiniz mi? diye sordu yargıç Phileas Fogg'a.

— Evet, efendim, diye karşılık verdi Bay Fogg saatine bakarak ve itiraf ederim ki...

— Yaa! İtiraf ediyorsunuz demek?..

— İtiraf ediyorum ve şu üç rahibin de Pillaji pagodasında yapmak istedikleri şeyi itiraf etmelerini bekliyorum.

Rahipler bakıştılar. Sanığın sözlerinden hiçbir şey anlamamış gibi bir halleri vardı.

— Kesinlikle! diye coşkuyla bağırdı Passepartout, önünde kurbanlarını yakmaya kalkıştıkları o Pillaji pagodasında.

Din adamları yine alık alık birbirlerine baktılar, Yargıç Obadiah da büyük bir şaşkınlığa düştü.

— Ne kurbanı? diye sordu. Yakılan kim? Hem de Bombay'ın göbeğinde!

— Bombay mı? diye bağırdı Passepartout.

— Evet, Bombay. Söz konusu mekân Pillaji pagodası değil, Bombay'daki Malabar Hill pagodası.

— Ve kanıt olarak, işte dine karşı saygısızlıkta bulunan kişinin pabuçları, diye ekledi yazman, bir çift ayakkabıyı masasının üstüne koyarak.

— Benim pabuçlar bunlar! diye bağırdı çok şaşıran ve bu istemsiz haykırışı bastıramayan Passepartout.

O anda, efendiyle uşağın zihinlerindeki karışıklığı tahmin ediyorsunuzdur sanırım. Bombay'daki tapınakta geçen olayı unutmuşlardı, oysa Kalküta'da, bu yüzden yargıç önüne çıkıyorlardı.

Aslında polis hafiyesi Fix, bu talihsiz olayın kendisine sağlayabileceği avantajı kavramıştı. Yola çıkışını on iki saat geciktirmiş, gidip Malabar Hill pagodası rahiplerine akıl hocalığı yapmıştı; İngiliz hükümetinin bu türlü suçlara karşı pek amansız davrandığını bildiğinden, onlara yüklüce bir zarar ziyan ödentisi vaat etmişti; derken bir sonraki trenle, onları dine yapılan saygısızlığın izlerini sürmek üzere arkadan yollamıştı. Ancak, genç dulu kurtarmak için vakit harcadıklarından, telgrafla trenden iner inmez tutuklanmaları istenen Phileas Fogg'la uşağı, Kalküta'ya Fix'le rahiplerden sonra gelmişlerdi. Ve Phileas Fogg'un Hindistan'ın başkentine henüz gelmediğini öğrendiği zaman Fix'in düştüğü hayal kırıklığını varın siz hesaplayın! Aradığı hırsızın, Peninsular Railway'in ara istasyonlarından birinde inip kuzey eyaletlerinden birine sığındığını düşünmüştü herhalde. Fix yirmi dört saat boyunca, korkunç kaygılar içinde, garda onu beklemişti. Ama Bay Fogg'u o sabah, yanında varlığına akıl erdiremediği genç bir kadınla trenden inerken görünce bilseniz ne sevinmişti. Polislerden birini hemen üstüne salmış ve böylece Bay Fogg, Passepartout ve Bundelkhand Racası'nın dul karısı, Yargıç Obadiah'nın önüne getirilmişti.

Ve Passepartout kendi derdine düşmemiş olsaydı, mahkeme salonunun bir köşesinde, anlaşılması kolay bir ilgiyle davayı izleyen polis hafiyesini görebilecekti – zira Bombay'da, Süveyş'te olduğu gibi Kalküta'da da henüz elinde tutuklama emri yoktu.

O arada, Yargıç Obadiah, Passepartout'nun geri almak için her şeyini feda edebileceği ihtiyatsız sözlerini açık seçik bir itiraf saymıştı.

— Olayı kabul ediyor musunuz? diye sordu yargıç.

— Ediyoruz, diye karşılık verdi Bay Fogg, soğuk bir sesle.

— Bu duruma göre, diye devam etti yargıç, İngiliz yasaları Hindistan halklarının bütün dinlerini eşit ve kesin olarak korumak istediğinden, suç Bay Passepartout tarafından kabul edildiğine göre ve 20 Ekim günü, Bombay'daki Malabar Hill pagodasının kutsal zeminini saygısız ayaklarıyla çiğnediği sabit görülen adı geçen Passepartout on beş günlük hapis ve üç yüz sterlin para cezasına çarptırılmıştır.

— Üç yüz sterlin mi? diye haykırdı sadece para cezasına hassasiyetle yaklaşan Passepartout.

— Susunuz! diye bağırdı yazman cıyak cıyak bir sesle.

— Ayrıca, diye ekledi Yargıç Obadiah, efendiyle uşak arasında suç ortaklığı bulunduğu konusunda elde somut kanıtlar olmamakla birlikte, bir efendi parayla yanında çalıştırdığı uşağının edim ve hareketlerinden sorumlu sayılacağından, mahkememiz adı geçen Phileas Fogg'u da tutuklamakta, sekiz gün hapis ile yüz elli sterlin para cezasına çarptırmaktadır. Yazman, öbür dava gelsin!

Fix, gizlendiği köşede, tarifsiz bir sevinç duymaktaydı. Phileas Fogg'un Kalküta'da sekiz gün kalması, beklediği tutuklama emrinin rahat rahat gelmesi demekti.

Passepartout şaşkına dönmüştü. Bu ceza efendisini mahvetmişti. Yirmi bin sterlinlik bir bahis kaybedilmişti, üstelik de tam bir alık gibi o lanet tapınağa girdiği için!

Phileas Fogg ise cezaya çarptırılan kendisi değilmiş gibi kendinden emindi, kaşları bile çatılmamıştı. Yazman başka bir davaya geçeceği sırada ayağa kalktı ve:

— Kefalet akçesi yatırmak istiyorum, dedi.

— Hakkınızdır, diye karşılık verdi yargıç.

Fix'in sırtından soğuk terler boşandı, ama hemen kendini toparladı, çünkü yargıcın "Phileas Fogg'la uşağının yabancı oldukları göz önünde bulundurularak" her biri için bin sterlin gibi muazzam miktarlarda kefalet akçesi biçtiğini işitmişti.

Böylece, cezasını çekmek istemezse, Bay Fogg'un tam iki bin sterlin ödemesi gerekecekti.

— Ödüyorum, dedi bizim beyefendi.

Ve Passepartout'nun elindeki çantadan bir deste banknot alıp yazmanın masasına bıraktı.

— Paranız, hapisten çıktığınız zaman geri verilecek, dedi yargıç. Şimdilik, kefaletle serbestsiniz.

— Yürüyün, gidiyoruz, dedi Phileas Fogg uşağına.

— Bari pabuçlarımı versinler! diye bağırdı öfkesinden deliye dönen Passepartout.

Pabuçlarını geri verdiler.

— Amma da pahalı pabuçlar ha! diye mırıldandı. Teki bin sterline geliyor! Üstelik de ayağımı sıkıyorlar!

Büsbütün acınacak hale gelen Passepartout, genç hanımı koluna takıp yürüyen Bay Fogg'un ardına düştü. Fix hâlâ hırsızının iki bin sterlin gibi korkunç bir parayı gözden çıkaramayacağını, sekiz gün hapis yatacağını sanıyordu. Bu yüzden, o da arkalarına takıldı.

Bay Fogg bir araba tuttu, Bayan Aouda, Passepartout ve kendisi hemen bindiler. Fix başladı arkalarından koşmaya. Araba kentin rıhtımlarından birinde durdu.

Seren direğine hareket bayrağını çekmiş olan *Rangoon* yarım mil kadar açıkta demirlemişti. Saat on birdi. Bay Fogg'un daha bir saati vardı. Fix, onun arabadan indiğini, Bayan Aouda ve uşağıyla birlikte bir sandala bindiğini gördü. Bunun üzerine, polis hafiyesi, hırsla ayağını yere vurdu.

"Vay alçak herif vay!" diye bağırdı. "Gidiyor! İki bin sterlini gık demeden gözden çıkardı! Tam bir hırsız gibi eliaçık hınzırın! Yoo, gerekirse dünyanın öbür ucuna dek izleyeceğim onu; ama bu gidişle, çaldığı paralar kısa bir süre sonra suyunu çekeceğe benzer!"

Polis hafiyesi böyle düşünmekte haklıydı elbet. Phileas Fogg, Londra'dan çıkalı beri, yol parası, ödül, fil parası, para cezası ve kefalet olarak beş bin sterlinden fazlasını (125 000 frank) yollara saçmıştı; dolayısıyla, ele geçirilecek paradan hırsızı yakalayacak polis hafiyelerine verilecek yüzde de gittikçe azalmaktaydı.

XVI

Fix, Anlatılan Şeyleri Hiç de Anlamış Gibi Görünmüyor

P. & O. işletmesinin Çin ve Japon denizlerinde çalıştırdığı gemilerden biri olan *Rangoon*, demir gövdeli, pervaneli, yüküyle birlikte bin yedi yüz yetmiş ton çeken, dört yüz beygir gücünde, buharlı bir gemiydi. Hızı *Mongolia*'nınkine eşitti, ama onun kadar rahat değildi. Bu yüzden Bayan Aouda, Bay Fogg'un dilediği kadar rahat ettirilemedi. Neyse ki, topu topu üç bin beş yüz millik, yani on bir-on iki günlük, yolları vardı ve genç kadın da kılı kırk yaran bir yolcu değildi.

Yolculuğun ilk günlerinde, Bayan Aouda, Phileas Fogg'la daha yakından tanıştı. Her fırsatta duyduğu büyük gönül borcunu belli ediyordu kendisine. Bizim soğuk beyefendi, hiç değilse dış görünüşüyle, buz gibi bir tavırla onu dinliyor, ne ses tonuyla ne de el kol hareketleriyle en küçük bir duygu belirtisi göstermiyordu. Genç kadının bir eksiğinin kalmamasına dikkat ediyordu. Belli saatlerde düzenli olarak, konuşmaya değilse bile, onu dinlemeye geliyordu. Bayan Aouda'ya karşı nezakette hiç kusur etmiyor, ama bunu, hareketleri buna göre ayarlanmış bir robot şaşmazlığıyla yapıyordu. Bayan Aouda ne düşüneceğini bilemiyordu, ama

Passepartout ona efendisinin garip kişiliğini biraz anlatmıştı. Efendisini dünya gezisine çıkaran bahisten söz etmişti. Bayan Aouda bunları duyunca gülümsemişti; ancak, her şeye rağmen, canını Phileas Fogg'a borçluydu ve kurtarıcısına ancak duyduğu büyük gönül borcu açısından bakabilmekteydi.

Bayan Aouda, kılavuzun kendisi hakkında anlattığı dokunaklı öyküyü doğrulamıştı. Kendisi, gerçekten de, Hindistan'daki ırklar arasında birinci sırada bulunan Parsi ırkındandı. Birkaç Parsi tüccarı, pamuk ticaretiyle, Hindistan'ın en büyük varlıklarını elde etmişlerdi. Bunlardan Sir James Jejeebhoy'a İngiliz hükümetince soyluluk unvanı verilmişti ve Bayan Aouda da Bombay'da oturan bu zengin adamın akrabasıydı. Hong Kong'da da, işte bu adamın kuzeni olan saygıdeğer Jejeeh'in yanına gitmeyi tasarlıyordu. Onu koruyup kollayacak, yardım edecek miydi? Şimdiden bir şey söyleyemezdi doğrusu. Bunun üzerine, Bay Fogg hiç kaygılanmamasını, her şeyin matematiksel bir hesap gibi tıkır tıkır çözüleceğini söyledi! Kullandığı ifade buydu.

Genç kadın, bu korkunç ifadeyi anlıyor muydu acaba? Bilmiyoruz. Bununla birlikte, "Himalayalar'daki kutsal göller kadar duru" iri gözlerini Bay Fogg'dan ayıramıyordu. Ancak, ceketinin düğmeleri her zamanki gibi sıkı sıkıya ilikli olan inatçı Bay Fogg, hiç de kendini bu göle atacak bir adama benzemiyordu.

Rangoon'daki yolculuğun ilk bölümü mükemmel koşullarda geçti. Hava yumuşaktı. Denizcilerin "Bengal'in kulaçları" adını taktıkları o koca körfezi rahatça geçtiler. Kısa bir süre sonra, takımadaların en önemlisi olan Büyük Andaman göründü; bu adadaki iki bin dört yüz ayak yükseklikteki göz alıcı Saddle Peak Dağı, denizciler için ta uzaklardan seçilen bir işarettir.

Adanın epey yakınından geçtiler. Ama adada yaşayan vahşi Papu'lar görünmediler. İnsanlık merdiveninin en son basamaklarında yer alan bu insancıklara, haksız yere, yamyam denmiştir.

Bu takımadaların genel görünümü harikaydı. Latanya, tembul, bambu, küçük hindistancevizi ağaçları, Hint meşeleri, dev gibi mimozalar, ağaç şeklindeki eğrelti otlarından oluşan uçsuz bucaksız ormanlar ön taraftaki alanı kaplıyor, onların ardındaysa dağların hoş siluetleri göze çarpıyordu. Kıyıdaysa, Gök İmparatorluğu'nda çok aranan besinlerden sayılan yenilebilen yuvalarıyla milyonlarca değerli salangan kuşu toplanmıştı. Ancak, Andaman takımadalarının gözler önüne serdiği bu renkli görünüm çabucak geçip gitti ve *Rangoon*, Çin denizine geçiş yolu olan Malakka boğazına doğru yollandı.

Bu arada, aksi gibi böyle denizaşırı bir yolculuğa sürüklenen polis hafiyesi Fix ne yapıyordu acaba? Kalküta'dan ayrılmadan, tutuklama emri için talimatlar verdikten sonra gelirse hemen Hong Kong'a yollanmasını istemiş, Passepartout'ya gözükmeden *Rangoon*'a binmişti ve limana varana dek gizlenebileceğini umuyordu. Çünkü kendisini hâlâ Bombay'da sanan Passepartout'yu kuşkulandırmadan orada bulunuşunu açıklayabilmesi olanaksızdı. Ancak, içinde bulundukları durumun zorunlu sonucu olarak, bizim dürüst oğlanla yeniden karşılaşacaktı. Nasıl mı? Az sonra göreceğiz nasıl olduğunu.

Bizim polis hafiyesinin bütün umudu, bütün arzusu artık dünyanın benzersiz bir noktasına, Hong Kong'a odaklanmıştı, çünkü gemi Singapur'da pek az kalacaktı. Dolayısıyla, hırsızı Hong Kong'da yakalarsa yakalayacak, yoksa tümden kaçıracaktı.

Gerçekten de, Hong Kong, izledikleri yol üzerindeki son İngiliz toprağıydı. Ondan sonra, Bay Fogg, Çin'e, Japonya'ya ya da Amerika'ya sığınabilirdi artık. Fix ardından geldiğine kuşkusu bulunmayan tutuklama emrini Hong Kong'da ele geçirebilirse, Bay Fogg'u tutuklayıp kent polisine teslim edecekti. Hiçbir sorun yoktu. Hong Kong'dan sonraysa, basit bir tutuklama emri yetmezdi. Yabancı bir ülkede olacağı için, suçlunun resmen iadesinin istenmesi gerekirdi. Ve alçak adam bütün bu gecikmelerden, yavaşlamalardan ve her türlü engelden yararlanıp kesinlikle sıvışırdı. Onun için, işi Hong Kong'da bitiremezse, bundan böyle başarıya ulaşabilmesi olasılığı büsbütün ortadan kalkmasa bile, iyice azalacaktı.

"Demek ki," diye kendi kendine yineleyip duruyordu Fix kamarasında geçirdiği bitmez tükenmez saatler boyunca, "ya tutuklama emri Hong Kong'a gelir ve ben adamımı tutuklarım; ya da gelmez ve o zaman da, ne yapıp eder hareketini geciktiririm! Bombay'da başaramadım, Kalküta'da da öyle! Hong Kong'da da tutturamazsam, itibarım zedelenir! Her ne pahasına olursa olsun başarmalıyım. İyi ama bu yola başvurmak zorunda kalırsam, nasıl edip de hareketini geciktirmeli şu lanet Fogg'un?"

Fix, son çare olarak Passepartout'ya durumu açmaya, suç ortağı olmadığı halde, nasıl bir efendiye hizmet ettiğini anlatmaya karar vermişti. Bu açıklamadan sonra, suç ortağı sayılmaktan korkan Passepartout, hiç kuşkusuz, kendisinden yana çıkacaktı. Yalnız, bu da epey tehlikeli, ancak başka çare kalmayınca başvurulacak bir yoldu. Passepartout'nun efendisine söyleyeceği tek bir söz bütün işi yatırırdı.

Bu nedenle, polis hafiyesi son derece kararsızdı; ancak, Bayan Aouda'nın da Phileas Fogg'la birlikte *Rangoon*'da oluşu yeni umut kapıları açtı kendisine.

Bu kadın da neyin nesiydi? Hangi koşullarda Fogg'un yoldaşı olmuştu? Bombay'la Kalküta arasında karşılaşmışlardı belli ki. Ama yarımadanın neresinde olmuştu bu karşılaşma? Phileas Fogg'la bu genç hanımı bir araya getiren şey acaba salt rastlantı mıydı? Yoksa bizim beyefendi, sırf bu çekici insanla buluşmak için mi Hindistan'ın bir ucundan diğerine bu yolculuğa girişmişti? Kadın çekiciydi doğrusu!

Fix, onu Kalküta'daki mahkeme salonunda inceden inceye izlemişti.

Polis hafiyesinin kafasının ne denli karıştığını tahmin ediyorsunuzdur sanırım. Kadının zorla kaçırılıp kaçırılmadığını merak ediyordu. Evet! Mutlaka öyle olmuştu. Bu düşünce iyiden iyiye yer etti bizim hafiyenin zihninde ve bu durumdan elde edebileceği yararı keşfetti. Bu genç kadın, ister evli ister bekâr olsun, mutlaka kaçırılmıştı ve Hong Kong'da onu kaçıranın başına öyle parayla falan da kurtulamayacağı bir çorap örülebilirdi.

Ayrıca, *Rangoon*'un Hong Kong'a varmasını beklemek de gereksizdi. Fogg'un, geminin birinden öbürüne atlamak gibi berbat bir huyu vardı ve daha operasyon başlamadan çoktan kayıplara karışmış olabilirdi.

Dolayısıyla İngiliz yetkililerini önceden haberdar etmek ve gemi rıhtıma yanaşmadan olayı bildirmek gerekiyordu. Gemi Singapur'da duracağından ve bu kentle Çin arasında telgraf bağlantısı bulunduğundan, haberi ulaştırmak işten bile değildi.

Bununla birlikte Fix daha emin adımlarla ilerlemek için harekete geçmeden önce Passepartout'yu sorguya çekmeye karar verdi. Bu oğlanı konuşturmanın hiç de güç olmadığını biliyordu; ayrıca, o güne dek sakladığı kimliğini açıklamaya karar vermişti. Yitirilecek zamanı yoktu çünkü. Ekimin 30'uydu ve gemi, ertesi gün Singapur'a yanaşacaktı.

Böylece Fix, o gün büyük şaşkınlık gösterileriyle "birinci" Passepartout'yu selamlamak üzere kamarasından güverteye çıktı. Passepartout ön güvertede dolaşmaktaydı. Polis hafiyesi ona doğru atıldığında bağırarak şöyle dedi:

— Siz de *Rangoon*'dasınız ha!

— Bay Fix, siz de mi gemidesiniz! diye karşılık verdi *Mongolia*'daki yolculuk arkadaşını karşısında görünce büyük bir şaşkınlığa düşen Passepartout. Eh! Sizi Bombay'da bırakıp Hong Kong yolunda buluyorum! Siz de mi dünya gezisine çıktınız yoksa?

— Hayır, hayır, diye karşılık verdi Fix, Hong Kong'da kalmayı tasarlıyorum – hiç değilse birkaç gün.

— Yaa! dedi bir an için şaşıran Passepartout. İyi ama nasıl oldu da Kalküta'dan ayrılalı beri ortalıkta göremedim sizi?

— Vallahi, şey... rahatsızdım da, deniz tuttu azıcık... Kamaramda kalıp dinlendim... Bengal körfezi, Hint okyanusu kadar iyi gelmedi bana. Efendiniz, Bay Phileas Fogg nasıllar acaba?

— Turp gibi maşallah ve kronometre gibi ayarlı! Bir gün bile gecikmiş değil! Ah Bay Fix, sizin haberiniz yok, ama bir de genç hanım var şimdi yanımızda!

— Genç bir hanım mı? diye karşılık verdi arkadaşının ne demek istediğini anlamıyormuş numarası yapan polis hafiyesi.

Passepartout hemen bütün hikâyeyi anlattı. Bombay'daki pagodada geçen olayı, iki bin sterline bir fil satın alışlarını, kurban törenini, Aouda'nın kaçırılışını, Kalküta mahkemesinde hüküm giyişlerini ve kefaletle serbest bırakılışlarını aktardı. Hikâyenin son bölümünü bilen Fix, yine de her şeyden habersizmiş gibi bir izlenim yarattı ve Passepartout başlarından geçenleri, kendisini böylesine ilgiyle dinleyen birine ballandıra ballandıra anlatmanın büyüsüne kapıldı.

— Neticede, efendiniz bu genç kadını Avrupa'ya götürmek niyetinde, öyle mi? diye sordu Fix.

— Hayır, Bay Fix, hayır! Hong Kong'un varlıklı tüccarlarından biri olan bir akrabasına emanet edeceğiz onu.

"Söylenecek bir şey yok!" diye düşündü hayal kırıklığını gizlemeye çalışan polis hafiyesi. "Bir bardak cine ne dersiniz, Bay Passepartout?"

— Hay hay, Bay Fix. En azından *Rangoon*'da da buluşmamıza içelim!

XVII

Singapur'la Hong Kong Arasında Bir Şeyler Oluyor

O günden sonra, Passepartout'yla polis hafiyesi sık sık buluştular, ama Fix ahbabına karşı son derece ihtiyatlı davrandı ve bir daha onu konuşturmaya çalışmadı. Bay Fogg'u ise sadece bir iki kez şöyle uzaktan görebildi; genellikle *Rangoon*'un büyük salonunda vakit geçiren Bay Fogg, kâh Bayan Aouda'ya eşlik ediyor, kâh değişmez alışkanlığı uyarınca whist oynuyordu.

Passepartout'ya gelince, Bay Fix'i bir kez daha efendisinin yoluna çıkaran rastlantıyı ciddi ciddi düşünmeye başlamıştı. Gerçekten de, en azından şaşırtıcı bir rastlantıydı bu. Önce Süveyş'te rastladıkları, *Mongolia*'ya binen, Bombay'da inip orada kalması gerektiğini söyleyen, ama sonra Hong Kong'a gitmekte olan *Rangoon*'da yeniden karşılarına çıkan, kısacası Bay Fogg'un rotasını adım adım izleyen bu pek sevimli, pek kibar beyefendi üzerinde durulmaya değerdi doğrusu. En azından garip bir rastlantıydı bu. Neyin peşindeydi bu Fix? Passepartout –gözü gibi sakladığı– süslü terliklerine bahse girerdi ki, Fix, Hong Kong'dan kendileriyle birlikte, hatta aynı gemiyle ayrılacaktı.

Passepartout böyle yüz yıl düşünse, polis hafiyesinin üstlendiği görevi tahmin edemezdi. Phileas Fogg'un, dünya çevresinde, tıpkı bir hırsız gibi "izlendiğini" aklının köşesinden geçiremezdi. Ama her şeye bir açıklama bulmak insanın yaradılışında olduğundan, Passepartout da ansızın zihninde çakan bir şimşekle, Fix'in sürekli yanlarında bulunuşunu kendine göre yorumlayıverdi ve yorumu aslında çok mantıklıydı. Passepartout'ya göre Fix, gezinin önceden belirlenen programa uygun olarak, dünya çevresinde yapılıp yapılmadığını denetlemek amacıyla Bay Fogg'un ardına Reform-Kulüp'teki arkadaşları tarafından takılmış bir ajandı sadece ve başka bir şey olamazdı.

"Apaçık ortada! Apaçık!" diye söyleniyordu bu dürüst oğlan, kavrayışlı biri olmasıyla gurur duyarak. "O beyefendilerin ardımıza taktığı bir casus bu! Ama çok ayıp doğrusu! Bay Fogg gibi dürüst, onurlu bir insan! Böyle bir adamın ardına hafiye takmak ha! Ah, Reform-Kulüp'teki beyefendiler, pahalıya ödeyeceksiniz bu saygısızlığınızı!"

Keşfinin sevinciyle kendinden geçen Passepartout, bahse tutuştuğu insanların gösterdiği güvensizlikten ötürü efendisinin haklı olarak incinmesinden korkarak ona hiçbir şey söylememeye karar verdi. Bununla birlikte, ilk fırsatta, kendini tehlikeye atmaksızın imalı sözlerle Fix'le dalga geçmeye yemin etti.

30 Ekim Çarşamba günü, öğleden sonra, *Rangoon*, Malakka yarımadasıyla Sumatra'yı birbirinden ayıran Malakka boğazından geçiyordu. Alabildiğine sarp, ama bir o kadar da güzel adacıklar, yolcuların Sumatra adasını görmelerine engel oluyordu.

Ertesi gün, sabah dörtte, *Rangoon*, tarifeye göre yarım gün kazanmış olarak, kömür almak üzere Singapur limanına yanaşıyordu.

Phileas Fogg bu yarım günü çizelgesinin kazanç sütununa işledi ve bu kez, kentte birkaç saat dolaşma isteğini dile getiren Bayan Aouda'ya eşlik ederek, karaya çıktı.

Fogg'un her davranışını kuşkulu bulan Fix, çaktırmadan artlarına düştü. Fix'in çevirdiği dolaplara kıs kıs gülen Passepartout'ysa, her zamanki gibi alışverişe çıktı.

Singapur adası ne fazla büyüktür, ne de dikkat çekici bir görüntüsü vardır. Dağları, ana hatlarıyla gözümüzün önünde belirip ufku kaplayan bir manzarası yoktur. Bununla birlikte, ince uzun, sevimli bir adacıktır. Güzel yollarla bölünmüş bir parkı andırır. Avustralya'dan getirilmiş yağız atların çektiği güzel bir araba, Bayan Aouda'yla Phileas Fogg'u alıp parlak yapraklı palmiye ve karanfil ağaçları korularının arasından geçirdi; karanfiller yarı açılmış çiçeklerin tomurcuklarından oluşuyordu. Karabiber çalıları Avrupa kırlarının dikenli çitlerinin yerini aldı; sagu ağaçları ve görkemli dallarıyla gösterişli eğrelti otları, bu tropikal bölgenin görünümünü değiştiriyor; cilalı yapraklı hindistancevizi ağaçları ortalığa insanın genzini yakan bir koku salıyorlardı. Ağaçlarda çevik ve şaklaban suratlı maymun sürüleri, ormanlarda da kaplanlar kol geziyordu. Bu görece küçük adada bu etobur hayvanların kökünün kazınamamış olmasına şaşacak kimselere, kaplanların boğazı yüzerek geçip Malakka'dan geldiklerini söyleyebiliriz.

Bayan Aouda'yla arkadaşı –ki hiçbir şey görmeden, üstünkörü çevresine bakınmakla yetiniyordu– iki saat kırlarda dolaştıktan sonra kente döndüler; burası, mangustan ağaçları, ananaslar ve dünyanın en güzel meyveleriyle dolu sevimli bahçelerle çevrili, hantal ve basık evlerden oluşan uçsuz bucaksız bir yerleşim yeriydi.

Saat onda, gemiye döndüler, bir araba tutup artlarına düşmek zorunda kalan polis hafiyesince izlendiklerini akıllarına bile getirmemişlerdi.

Passepartout onları *Rangoon*'un güvertesinde bekliyordu. İyi yürekli oğlan, orta boy elma büyüklüğünde, birkaç düzine mangustan satın almıştı; dıştan koyu kahve, içiyse kan kırmızı olan bu meyvenin ortasındaki beyaz çekirdek ağzınıza aldınız mı erir ve gerçek gurmelere benzersiz bir haz verir. Passepartout onları Bayan Aouda'ya sunmaktan çok mutluydu, o da büyük bir incelikle kendisine teşekkür etti.

Saat on birde, kömürünü alan *Rangoon* palamarları çözüyor; birkaç saat sonraysa yolcular, ormanları dünyanın en güzel kaplanlarını barındıran Malakka'nın yüce dağlarını gözden yitiriyorlardı.

Çin kıyılarından ayrı küçük bir İngiliz toprağı olan Hong Kong adasıyla Singapur arası aşağı yukarı bin üç yüz mildir. Phileas Fogg'un 6 Kasım'da Japonya'nın belli başlı limanlarından Yokohama'ya hareket edecek gemiye yetişebilmek için, bu yolu en çok altı günde almasında yarar vardı.

Rangoon iyice yüklüydü. Singapur'da, çoğu ikinci mevkiye yerleşen Hintli, Seylanlı, Çinli, Malezyalı, Portekizli bir sürü yeni yolcu binmişti.

O güne dek güzel giden hava, ayın sondördününde bozuverdi. Deniz kabardı. Rüzgâr fırtına biçimini aldı, ama bereket versin ki güneydoğudan estiği için geminin hızını kesmiyordu. Rüzgâr uygun olduğu zaman, kaptan yelkenleri de açtırıyordu. İyice yükünü almış bulunan *Rangoon*, çoğunlukla gabya ve mizana yelkenleriyle yol aldı ve gerek buhar kazanlarının, gerekse rüzgârın etkisiyle hızı arttı. Böylece, Annam ve Cochinchine kıyılarını epey ter dökerek, adeta bıçak sırtında yürür gibi geçtiler.

Ama suç denizden çok *Rangoon*'daydı, çoğu hastalanıp yatağa serilen yolcular yorgunluklarının sorumluluğunu gemiye yüklediler. Gerçekten de, Çin denizinde çalışan P.& O. gemilerinin yapımında önemli bir kusur vardır. Gemilerin yüklü ve boş oldukları zamanlarda suyun altında kalan kısımları iyi hesaplanmadığı için, denize gösterdikleri direnç zayıftır. Kapalı ve su geçirmez kütleleri yetersizdir. Denizci ağzıyla söylersek, fazla "batık"tırlar ve yapıları böyle olduğundan denizden gelen bir iki dalga seyirlerinden sapmalarına yeter. Sizin anlayacağınız, bu gemiler –motor ve buhar aygıtı yönünden değilse bile, yapı bakımından– Fransız Denizyolları İşletmesi'nin *Impératrice* ya da *Cambodge* gibi gemilerinden geridir. Mühendislerin yaptıkları hesaplara göre, Fransız gemileri ancak kendi ağırlıkları kadar suyla dolunca batarken, P. & O. gemileri *Golgonda*, *Corea* ve *Rangoon* ağırlıklarının altıda birinden daha az su aldıklarında dibi boylayabilir.

Bu yüzden, kötü havada son derece tedbirli davranmak gerekiyordu. Zaman zaman pupa yelken gitmek zorunda kalıyorlardı. Böylece yitirdikleri zaman Phileas Fogg'u hiç mi hiç etkilemiyor, buna karşılık, Passepartout müthiş sinirleniyordu. O vakit hemen kaptanı, çarkçıbaşını, işletmeyi suçluyor, beceremeyecekleri işlere girişip yolcu taşımaya kalkışanları cehennemin dibine gönderiyordu. Onun bu sabırsızlığında, evde kendi hesabına yanmakta olan havagazı lambasının da büyük payı vardı herhalde.

— Hong Kong'a bir an önce varmak istiyorsunuz galiba? diye sordu bir gün polis hafiyesi.

— Evet, bir an önce! diye karşılık verdi Passepartout.

— Bay Fogg'un Yokohama gemisine yetişmek üzere sabırsızlandığını mı sanıyorsunuz?

— Hem de nasıl.

— Demek ki, şimdi artık bu tuhaf dünya gezisine siz de inanıyorsunuz?

— Kesinlikle. Ya siz, Bay Fix?

— Ben mi? Hayır, inanmıyorum!

— Sizi gidi dalgacı sizi! diye karşılık verdi Passepartout, çapkın çapkın göz kırparak.

Bu laf üzerine polis hafiyesi düşüncelere daldı. Nedendir bilinmez, bu sıfat kaygılandırdı onu. Fransız, kim olduğunu sezmiş miydi acaba? Ne düşüneceğini bilmiyordu. İyi ama kendisinden başka kimsenin bilmediği polis hafiyeliğini Passepartout nereden öğrenebilirdi? Yalnız, kendisiyle böyle konuştuğuna göre, Passepartout'nun bir art düşüncesi olmalıydı.

Hatta bizim yiğit delikanlı, başka bir gün, kendini tutamayıp daha da ileri gitti.

— Ee, Bay Fix, diye sordu kurnaz kurnaz sırıtarak, Hong Kong'a gelince sizden ayrılma talihsizliğine uğrayacak mıyız acaba?

— Şey, bilmem ki!.. diye karşılık verdi epeyce telaşlanan Fix. Bakarsınız...

— Ah! dedi Passepartout. Bizimle gelseniz, ne çok sevinirdim! Hem, sizin gibi bir işletme memuru yarı yoldan dönmez ki canım! Bombay'a kadar geliyordunuz, bakın şimdi Çin'desiniz! Amerika şuracıkta, Amerika'yla Avrupa arasıysa iki adım!

Fix, dikkatle karşısındakinin suratına bakıyordu; dünyanın en sevimli yüzüyle karşı karşıya olduğundan, Passepartout'nun şakasına onunla birlikte gülmekten başka çare bulamadı. Ama bizimki o gün kıvamındaydı, işi bu kadarla da bırakmayıp, "Nasıl, iyi para getiriyor mu sizin meslek?" diye sordu.

— Hem evet hem hayır, diye karşılık verdi Fix hiç istifini bozmadan, işin de iyisi var, kötüsü var elbet. Ancak, tahmin edeceğiniz gibi, kendi kesemden yolculuk etmiyorum!

— Ooo! Buna hiç kuşkum yok işte! diye bağırdı kocaman bir kahkaha savuran Passepartout.

Konuşma bitince Fix odasına çekildi ve düşünmeye başladı. Kimliğinin ortaya çıkarıldığına kuşku yoktu. Fransız, şöyle ya da böyle, kendisinin bir hafiye olduğunu anlamıştı. Yalnız, kimin hesabına çalıştığını da bulmuş muydu acaba? Oynadığı rol neydi? Efendisinin suç ortağı mıydı, değil miydi? Çevirdiği dolap sezilmiş, dolayısıyla iş tümden yatmış mıydı? Bizim polis hafiyesi, böylece, kâh her şeye bitmiş gözüyle bakarak, kâh Fogg'un durumdan haberi olmadığını umarak, kısacası tam bir kararsızlık içinde birkaç saat geçirdi.

Derken zihnindeki kargaşa yatıştı, Passepartout'ya karşı açık oynamaya karar verdi. Hong Kong'da uygun koşulları bulamazsa, Fogg'u tutuklayamaz da adam İngiliz topraklarından uzaklaşmaya kalkarsa, gidip Passepartout'yla konuşacaktı. Uşak ya efendisinin suç ortağıydı –ki o zaman Fogg her şeyi biliyor demekti ve bu iş tümden yatardı– ya da hırsızlıkla hiç ilişiği yoktu, dolayısıyla hırsızı kendisine teslim ederdi.

Bizim iki ahbap çavuşun durumu buydu işte; Phileas Fogg ise bütün bunların üstünde, kendi görkemli kayıtsızlığı içinde yaşamaktaydı. Çevresinde yerçekimiyle hareket eden göktaşlarına aldırmadan, dünya çevresindeki gezisini akılcı bir tavırla tamamlıyordu.

Oysa –yine gökbilimcilerin terimleriyle söylersek– yanında yöresinde, bizim beyefendinin yüreğinde bazı tedirginliklere yol açabilecek rahatsız edici bir gök cismi dolaşmaktaydı. Ama hayır, hayır! Bayan Aouda'nın çekiciliği, Passepartout'yu hayretler içinde bırakarak, en küçük bir etki yaratmıyordu ve birtakım karışıklıklar varsa bile, bunlar, Uranüs'ün yörüngesinde saptanan ve Neptün'ün keşfine yol açan sapmalardan çok daha zor yakalanabilirdi.

Evet! Genç kadının gözlerinde efendisine duyulan büyük gönül borcunu okuyan Passepartout için bu durum sürekli bir şaşkınlık konusuydu! Hiç kuşkusuz Phileas Fogg'un yalnızca kahramanca davranmak gerektiğinde bir yüreği vardı, ama aşka gelince yoktu! Bu dünya gezisinin kendisine açacağı kapılarıysa hiç mi hiç düşündüğü yoktu. Passepartout ise sürekli trans halindeydi. Bir gün, "makine dairesi"nin korkuluğuna dayanmış, geminin öne arkaya sallanması sırasında uskurun su dışında kalmasıyla zangır zangır titremeye başlayan güçlü makineleri seyrediyordu. Buhar, o vakit supaplardan fışkırıyordu; bunu gören bizim onurlu Passepartout öfkesinden deliye döndü.

— Yeterince ağır değil bu supaplar be! diye bağırdı. Hiç yol almıyoruz! Ah bu İngilizler, ah! Altımızdaki Amerikan gemisi olsaydı, havaya uçardık belki ama daha hızlı giderdik!

XVIII

Bu Bölümde Phileas Fogg, Passepartout ve Fix Ayrı Ayrı Kendi İşlerinin Ardında Koşuyorlar

Yolculuğun son günleri hava kötü gitti. Rüzgâr çok şiddetlendi. Kuzeybatıya çöreklenip geminin hızını kesti. Çok sallanan *Rangoon* büyük ölçüde yuvarlandı ve yolcular rüzgârın açık denizden koparıp getirdiği, insanı canından bezdiren bu koca dalgalara haklı olarak kızdılar.

Hele 3 ve 4 Kasım günleri rüzgâr tam bir fırtına biçimini aldı. Bora, denizin altını üstüne getirdi. *Rangoon* yarım gün, faça edip durmak zorunda kaldı; dalgaların arasında yanlamasına ilerlemek amacıyla pervanelerini yalnızca on kez döndürerek pozisyonunu korudu. Bütün yelkenler indirilip sımsıkı bağlandığı halde, geminin donanımı fırtınada acı acı ıslık çalmaktaydı.

Tahmin edileceği üzere, gemi iyiden iyiye yavaşladı, bu gidişle Hong Kong'a yirmi dört saat gecikmeyle varabilecek, fırtına düzelmezse, bu daha da artacaktı.

Phileas Fogg düpedüz kendisiyle inatlaşıyormuşa benzeyen bu azgın denizi her zamanki soğukkanlılığıyla izlemekteydi. Yüzünde bir an bile moralinin bozulduğuna dair bir ifade belirmedi. Oysa yirmi dört saatlik gecikme, Yokohama'dan kalkan gemiyi kaçırmasına yol açarak yolculuğunu tehlikeye düşürebilirdi. Ama bu sinirsiz adam ne sabırsızlanıyor, ne de üzülüyordu. Bu fırtına bile programında vardı, önceden tahmin edilmişti sanki. Yol arkadaşıyla kötü hava hakkında hoşbeş eden Bayan Aouda, onu eskisi kadar sakin buldu.

Fix ise işleri öyle görmüyordu. Tam tersine. Fırtına hoşuna gidiyordu. Hatta *Rangoon* fırtınadan yılıp geri dönse, bayram ederdi. Bütün rötarları işine geliyordu, çünkü böylece Bay Fogg, Hong Kong'da birkaç gün beklemek zorunda kalacaktı. Gökyüzü en sonunda bora ve fırtınalarıyla kendisinden yana çıkıyordu. Azıcık hastalanmıştı, ama ne önemi vardı! Bulanan midesiyle uğraşmıyor, deniz tutmasıyla kıvranırken sevinçten içi içine sığmıyordu.

Passepartout'ya gelince, sınandıkları bu zamanı gizleyemediği bir kızgınlıkla geçirdiğini tahmin edersiniz sanırım. O ana dek her şey yolunda gitmişti! Toprak ve deniz efendisinin buyruğundaydı sanki. Denizyolları da, demiryolları da ona itaat ediyordu. Rüzgârla buhar el ele verip yolculuğunu kolaylaştırmıştı. Hayal kırıklığı zamanı mı gelip çatmıştı yoksa? Tutuşulan bahsin yirmi bin sterlini kendi cebinden çıkacakmış gibi, Passepartout nefes alamıyordu artık. Fırtına onu çileden çıkarıyor, sağanak cinlerini tepesine topluyordu; elinden gelse, bu söz dinlemez denizi bir temiz pataklardı! Zavallıcık! Fix, duyduğu sevinci ondan gizledi, iyi de etti, çünkü Passepartout onun bu gizli sevincini sezse, Fix'in hali duman olurdu herhalde.

Passepartout fırtına süresince *Rangoon*'un güvertesinden ayrılmadı. Aşağıda kalamazdı çünkü; seren direğine tırmanıyor, bir maymun çevikliğiyle her işe koşup mürettebatı şaşırtıyordu. Onun bu telaşını görüp gülmekten kendilerini alamayan kaptanı, gemi subaylarını ya da tayfaları belki yüz kere sorguya çekti. Passepartout, fırtınanın ne kadar süreceğini kesin olarak öğrenmek istiyordu. O vakit kendisini, yükselmek bilmeyen barometreye yolluyorlardı. Passepartout aygıtı alıp sallıyor, ama ne sarsıntılar ne de sorumsuz aygıta savurduğu küfürler bir işe yarıyordu.

Sonunda fırtına dindi. 4 Kasım günü deniz yatıştı. Rüzgâr iki çeyrek güneye kayıp sakinleşti.

Passepartout hava konusunda yeniden dinginliğe kavuştu. Gabya yelkeniyle alt yelkenler açıldı ve *Rangoon* tam hızla yola koyuldu.

Ama yitirilen zamanı kazanmak olanaksızdı. Gecikmeyi sineye çekmek gerekiyordu, kara ancak 6 Kasım günü sabah beşte gözüktü. Phileas Fogg'un yol çizelgesinde geminin varış zamanı 5 Kasım olarak kaydedilmişti. Oysa ancak ayın 6'sında varıyorlardı limana. Demek ki yirmi dört saat gecikmişlerdi, dolayısıyla Yokohama'ya giden gemiyi mutlaka kaçıracaklardı. Saat altıda kılavuz kaptan *Rangoon*'a çıkarak kaptan köprüsünde yerini aldı, gemiyi kanallardan geçirip Hong Kong limanına yanaştıracaktı.

Passepartout bu adamı sorguya çekmek, ona Yokohama gemisinin hareket edip etmediğini sormak için yanıp tutuşuyordu. Ama son ana dek bir umut kırıntısı saklayabilmek için bunu yapmaya cesaret edemiyordu. Kaygısını Fix'e açmış, beriki de –tilki kurnazlığıyla– onu avutmaya çalışmış, Bay Fogg'un bir sonraki gemiye binebileceğini söylemişti. Bu da Passepartout'yu öfkeden çılgına çeviriyordu.

Passepartout kılavuz kaptana sormayı göze alamadıysa da, Bay Fogg Bradshaw'un rehberine bir göz attıktan sonra, adama gidip her zamanki sakinliğiyle Hong Kong-Yokohama seferini yapan geminin hareket edip etmediğini sordu.

— Yarın, şafakta hareket edecek, diye karşılık verdi kılavuz kaptan.

— Yaa! dedi Bay Fogg, en küçük bir şaşkınlık belirtisi göstermeden.

O sırada yanlarında bulunan Passepartout kendini tutmasa kılavuz kaptanın boynuna sarılacaktı, Fix ise adamın boynunu koparmak istiyordu.

— Geminin adı ne acaba? diye sordu Bay Fogg.

— *Carnatic*, diye karşılık verdi kılavuz kaptan.

— Dün yola çıkması gerekmiyor muydu?

— Evet, efendim, ama kazanlarından birinin onarılması gerekti, dolayısıyla hareket yarına kaldı.

— Teşekkür ederim, diye karşılık verdi Bay Fogg, sonra her zamanki sakin yürüyüşüyle *Rangoon*'un salonuna indi. Passepartout ise kılavuz kaptanın elini kavrayıp sertçe sıkarken, "Siz, kılavuz kaptan, siz iyi bir insansınız!" dedi.

Kılavuz kaptan, sorulara verdiği karşılıkların neden böyle dostça karşılandığını hiçbir zaman öğrenemedi elbette. Bir düdük sesi üzerine kaptan köprüsüne çıktı ve Hong Kong boğazını dolduran yelkenliler, yerli halkın yaşadığı tekneler ve balıkçı teknelerinden oluşan küçük filonun arasından gemiyi yürüttü.

Saat birde *Rangoon* rıhtımdaydı ve yolcular karaya çıkıyordu.

Bu durumda, kabul etmek lazım ki talih inanılmaz biçimde bu sefer de Phileas Fogg'a gülmüştü. Kazan onarımı olmasa, *Carnatic* 5 Kasım'da yola çıkmış olacak, Japonya yolcuları ikinci sefer için tam sekiz gün beklemek zorunda kalacaktı. Gerçi Bay Fogg şimdi de yirmi dört saat gecikmiş durumdaydı, ama bu gecikme yolculuğun geri kalan kısmı açısından can sıkıcı sonuçlar doğurmazdı.

Gerçekten de, Yokohama'dan San Francisco'ya Pasifik okyanusunu geçecek buharlı gemi, Hong Kong'dan gelen gemiyle doğrudan temastaydı ve o gelmeden hareket edemezdi. Belli ki Yokohama yolculuğuna yirmi dört saat geç başlayacaklardı, ama Pasifik okyanusunu geçecekleri yirmi iki günlük yolculuk sırasında bu kayıp zaman kolayca telafi edilirdi. Böylece, Phileas Fogg Londra'dan hareketinden otuz beş gün sonra, seyahat planında aşağı yukarı dört saatlik bir gecikme içinde buldu kendini.

Carnatic ertesi gün saat beşte hareket edeceğinden, Bay

Fogg'un önünde işleriyle, daha doğrusu Bayan Aouda'nın işleriyle ilgilenebilmek için tam on altı saat vakit vardı. Gemi rıhtıma yanaşınca kolunu genç kadına uzattı ve onu bir tahtırevana götürdü.

Tahtırevanı taşıyan adamlardan bir otel tavsiye etmelerini istedi; onlar da Kulüp Oteli'ni gösterdiler. Önde tahtırevan, arkada Passepartout yola koyuldular, yirmi dakika sonra oteldeydiler.

Genç kadına bir daire tutuldu, Phileas Fogg hiçbir şeyinin eksik olmamasına dikkat etti. Sonra, Bayan Aouda'ya derhal onu teslim edeceği Hong Kong'lu akrabasını aramaya çıkacağını söyledi. Bu arada, genç kadının yalnız kalmaması için Passepartout'ya kendisi dönene kadar otelden ayrılmamasını buyurdu.

Beyefendi tahtırevanla borsaya gitti. Orada, kentin en zengin tüccarlarından olan saygıdeğer Jejeeh gibi bir şahsiyeti tanırlardı mutlaka.

Bay Fogg'un başvurduğu simsar Parsi tüccarı tanıyordu. Ama adam iki yıldır Çin'de yaşamıyordu. Yükünü tuttuktan sonra, Avrupa'ya –galiba Hollanda'ya– yerleşmişti, dolayısıyla bu da ticari hayatı boyunca bu ülkeyle kurduğu çok sayıdaki bağı açıklıyordu.

Phileas Fogg, Kulüp Oteli'ne döndü. Bayan Aouda'dan izin isteyip odasına gitti ve sözü uzatmadan, saygıdeğer Jejeeh'in artık Hong Kong'da ikamet etmediğini, büyük olasılıkla Hollanda'ya yerleştiğini anlattı.

Bayan Aouda ilkin hiçbir şey demedi. Elini alnında gezdirip biraz düşündü. Sonra, o tatlı sesiyle:

— Şimdi ne yapacağım, Bay Fogg? dedi.

— Çok basit, diye karşılık verdi bizim beyefendi. Avrupa'ya dönün.

— İyi ama iyi niyetinizi kötüye...

— Hiçbir şeyi kötüye kullanmıyorsunuz, varlığınız programımı aksatmaz... Passepartout?

— Buyrun efendim? diye karşılık verdi Passepartout.

— *Carnatic*'e gidip üç kamara tutun.

Yolculuğa kendisine çok iyi davranan genç kadınla birlikte devam edeceğine pek sevinen Passepartout hemen Kulüp Oteli'nden ayrıldı.

XIX

Passepartout'nun Efendisiyle Canıgönülden İlgilenişi ve Bunun Doğurduğu Sonuçlar

Hong Kong, 1842 savaşının ardından Nanking antlaşmasıyla İngiltere'ye verilen bir adacıktır yalnızca. Büyük Britanya'nın üstün sömürgecilik yeteneğiyle burada, birkaç yılda, önemli bir kent ve bir liman, Victoria limanı kurulmuştur. Bu adacık, Kanton nehrinin ağzında bulunur ve nehrin karşı kıyısında kurulmuş Portekiz kenti Makao'yla arasında yalnızca altmış millik bir mesafe vardır. Hong Kong ticari bir rekabette Makao'yu yenecekti elbet, nitekim Çin ithalat ve ihracatının büyük bir bölümü İngiliz kenti üzerinden yapılmaktadır.

Ticari malların saklandığı rıhtımdaki depolar, hastaneler, iskeleler, ambarlar, Gotik tarzda bir katedral, bir "vali konağı", taş döşenmiş yollar, insanda, Kent ya da Surrey kontluklarındaki ticaret kentlerinden biri yerküreyi katedip, Çin'in aşağı yukarı karşısına rastlayan bu noktasında yeniden ortaya çıkmış izlenimini uyandırmaktadır.

Passepartout elleri cebinde, Çin İmparatorluğu'nda hâlâ kullanılmakta olan tahtırevanlara, rüzgârla hareket eden el arabalarına, yollarda koşuşan Çinli, Japon ve Avrupalı insan kalabalığına bakarak Victoria limanına indi. Bizim ağırbaşlı oğlan izlediği güzergâh üzerinde kendini aşağı yukarı yeniden Bombay'da, Kalküta'da ya da Singapur'da bulmuştu sanki. Dünyanın dört bir yanında İngiliz kentlerinin izlerine rastlanır.

Passepartout, Victoria limanına vardı. Orada, Kanton nehrinin ağzında, bütün ülkelerden, İngiltere, Fransa, Amerika ve Hollanda'dan gemiler karınca gibi kaynamaktaydı; savaş ve ticaret gemileri, Çin ya da Japon tekneleri, yelkenliler, sampanlar, yerli halkın yaşadığı tekneler ve hatta yüzen eğlence kayıkları su yüzeyini çok sayıda çiçek tarhı gibi kaplamıştı. Passepartout dolaşırken, sarı giysili, yaşlı mı yaşlı birtakım yerlilere rastladı. "Çinli gibi" tıraş olmak için girdiği berber dükkânında, oldukça düzgün İngilizce konuşan bu yerli Figaro'dan, bu yaşlı adamların en az seksen yaşında olduklarını ve bu yaşta, imparatorluk rengi olan sarı kumaştan giysiler giyme ayrıcalığını kazandıklarını öğrendi. Nedendir bilinmez, Passepartout bunu çok komik buldu.

Tıraş olduktan sonra, *Carnatic*'in yanaştığı rıhtıma gitti, orada bir aşağı bir yukarı dolaşan Fix'le karşılaştı ve hiç şaşmadı. Polis hafiyesinin suratından düşen bin parçaydı.

"Güzeel!" dedi Passepartout kendi kendine. "Reform-Kulüp üyesi beylerin işi iyi gitmiyor besbelli!"

Ve suratının asıklığını görmezlikten gelerek, şen bir tebessümle Fix'in yanına gitti.

Bizim hafiyeyse, yakasını bırakmayan kötü şansa lanetler yağdırmakta haklıydı doğrusu. Tutuklama emri ortalarda yoktu! Ardından geldiğine ve ancak burada birkaç gün oyalanırsa eline geçeceğine kuşku yoktu. Beri yandan, Hong Kong güzergâh üzerindeki son İngiliz toprağı olduğundan, onu burada tutmayı başaramazsa, Bay Fogg'u kesinlikle elinden kaçıracaktı.

— Ee, Bay Fix, bizimle Amerika'ya kadar geliyor musunuz bakalım? diye sordu Passepartout.

— Evet, diye karşılık verdi Fix dişlerini sıkarak.

— Hadi canım! diye haykırdı Passepartout bir kahkaha patlattıktan sonra. Bizden ayrılamayacağınızı biliyordum, zaten. Hadi gelin de yer ayırtalım!

Birlikte denizyolları yazıhanesine girip dört kişi için kamara ayırttılar. Bilet satan memur, *Carnatic*'in onarımının sona erdiğini, önceden duyurulduğu üzere ertesi sabah değil, hemen o akşam sekizde yola çıkacağını haber verdi.

"Çok iyi!" diye karşılık verdi Passepartout, "efendimin işine yarayacak bu. Gidip haber vereyim."

İşte o anda, Fix büyük bir karar aldı. Passepartout'ya her şeyi anlatacaktı. Phileas Fogg'u birkaç gün Hong Kong'da alıkoymanın tek yolu buydu belki de.

Yazıhaneden çıkınca Fix, yol arkadaşına meyhanelerden birinde boğazlarını ıslatmayı önerdi. Passepartout'nun vakti vardı. Fix'in davetini kabul etti.

Hemen rıhtıma bakan bir meyhane vardı. Görünüşü de çok çekiciydi. İkisi birlikte girdiler. Burası güzel süslenmiş geniş bir salondu, dipte bol yastıklı bir kamp yatağı göze çarpıyordu. Üstünde de uyuyan birtakım adamlar yan yana dizilmişti.

Otuza yakın müşteri, salondaki hasır masaların başına çökmüştü. Kimisi İngiliz birası, ale ya da porter içiyordu, kimisi de cin ya da brendi gibi alkollü içkiler. Ayrıca çoğu, içlerine tıka basa gülsulu afyon doldurulmuş uzun, kırmızı toprak pipoları tüttürmekteydi. Ara sıra, afyon içenlerden biri kendini tutamayıp masanın altına kayıyor, garsonlar adamı bacaklarından ve kafasından yakalayıp kocaman yatağa, keşlerden birinin yanına taşıyorlardı. Böyle kendinden geçmiş yirmi kadar keş yan yana yatıyordu.

Fix'le Passepartout, İngiliz tüccarların yılda iki yüz altmış milyon franklık gelir elde ederek adına afyon denen bu uyuşturucu maddeyi sattığı bu sefillerin, sersemlerin, bu sıskaların ve aptalların müdavimi oldukları dumanaltı mekânlardan birine girdiklerini anladılar! İnsan doğasının en öldürücü kusurlarından birine yaslanarak kazanılan hazin milyonlar!

Çin hükümeti sert yasalarla böylesi bir suiistimali önlemeye çalışmış, ama başa çıkamamıştı. Bu alışkanlık, başlangıçta afyon kullanımı hakkı açıkça kendisine tanınan varlıklı sınıftan, alt sınıflara indi ve bunun yarattığı tahribat durdurulamadı. Orta Krallık'ta, ülkenin her yerinde ve her zaman afyon içilir. Kadın erkek herkes bu iğrenç tutkuya kapılmakta ve bunu içlerine çekmeye alıştıklarında da, korkunç mide sancıları çekmedikçe, bırakamamaktadırlar. Büyük tiryakiler günde sekiz pipo kadar içebilirler, ama beş yılda ölüp giderler.

Fix'le Passepartout da işte, serinlemek üzere, Hong Kong'un dört bir yanı kaplayan bu dumanaltı mekânlardan birine dalmışlardı. Passepartout'nun parası yoktu, ama zamanı ve yeri gelince karşılığını vermek üzere, yol arkadaşının "nazik davetini" seve seve kabul etmişti.

İki şişe porto ısmarladılar; Fransız hemen şarabın hakkını verirken, Fix daha ihtiyatlıydı, büyük bir dikkatle arkadaşını gözlüyordu. Oradan buradan, özellikle Fix'in *Carnatic*'e binme konusundaki eşsiz fikrinden söz ettiler. Söz dönüp dolaşıp hareketi birkaç saat öne alınan gemiye gelince, Passepartout şişeler de hızla boşaldığından, efendisine haber vermek üzere kalktı.

Fix onu durdurdu.

— Bir saniye, dedi.

— Ne istiyorsunuz, Bay Fix?

— Ciddi şeyler konuşmak istiyorum sizinle.

— Ciddi şeyler mi! diye bağırdı bardağında kalan birkaç damla şarabı da yuvarlayan Passepartout. Yarın konuşuruz canım. Bugün vaktim yok.

— Oturun, diye karşılık verdi Fix. Efendiniz söz konusu!

Passepartout bunun üzerine dikkatle karşısındakine baktı.

Fix'in yüzünde garip bir anlatım vardı.

Passepartout yeniden oturdu.

— Nedir bana söylemek istediğiniz? diye sordu.

Fix elini arkadaşının koluna koydu, sesini alçaltıp:

— Kim olduğumu keşfettiniz mi? diye sordu.

— Elbette! dedi Passepartout sırıtarak.

— Öyleyse, size her şeyi itiraf edeceğim...

— Bütün bildiklerimden sonra mı, dostum! Eh, pek iç açıcı bir iş sayılmaz bu! Neyse, anlatın bakalım. Yalnız, şu kadarını söylememe izin verin, sizin o beyler boşu boşuna masrafa giriyorlar!

— Boşu boşuna mı! dedi Fix. Düşünmeden konuşuyorsunuz! Söz konusu miktarı bilmiyorsunuz besbelli!

— Yoo, biliyorum, diye karşılık verdi Passepartout. Yirmi bin sterlin!

— Elli beş bin! diye düzeltti Fix, Fransızın elini sıkarak.

— Nee? diye bağırdı Passepartout, Bay Fogg böyle bir şeye cesaret etti ha!.. Elli beş bin sterlin!.. Öyleyse, bir saniye bile yitirmeye gelmez, diye ekledi yeniden ayağa fırlarken.

— Elli beş bin sterlin! diye devam etti Fix ve bir şişe brendi getirttikten sonra, Passepartout'yu oturmaya zorladı. Başarıya ulaşırsam, iki bin sterlin ödül alıyorum. Bana yardım ederek bunun beş yüzünü (12 500 frank) almak istemez miydiniz?

— Size yardım etmek mi? diye haykırdı gözleri fal taşı gibi açılan Passepartout.

— Evet, Bay Fogg'u Hong Kong'da birkaç gün alıkoyma konusunda!

— Hey, ne diyorsunuz siz kuzum? diye karşılık verdi Passepartout.

Nasıl! Bu beyefendiler efendimi izlettikleri, dürüstlüğünden kuşkulandıkları yetmiyormuş gibi, bir de ona köstek mi olmak istiyorlar! Onlar adına utandım doğrusu!

— Nasıl yani! Ne demek istiyorsunuz siz? diye sordu Fix.

— Diyeceğim o ki, düpedüz nezaketsizlik bu. Gelip Bay Fogg'u soysunlar, varını yoğunu alsınlar bari!

— Evet, biz de bunu tasarlıyoruz zaten!

— Ama tuzak bu! diye bağırdı Passepartout –Fix'in kendisine ikram ettiği ve farkında olmadan yuvarladığı brendinin etkisiyle canlanarak– düpedüz tuzak! Düşünün bir, beyefendiler! Kulüp arkadaşları!

Fix'in kafası karışmaya başlamıştı.

— Kulüp arkadaşları! diye bağırdı Passepartout, Reform-Kulüp üyeleri! Bana bakın, Bay Fix, efendim dürüst bir adamdır ve bir bahse tutuştu mu, bunu kuralına uygun biçimde kazanmak ister.

— İyi ama kim sanıyorsunuz siz beni? diye sordu Fix, gözlerini Passepartout'nun gözlerine dikerek.

— Ne sanıcam! Efendimin izleyeceği yolu denetlemekle görevlendirilmiş, Reform-Kulüp üyelerinin tuttuğu bir hafiye tabii! Yaptığınız işse, çok küçük düşürücü! O yüzden, her ne kadar kimliğinizi çoktan keşfetmiş olsam da, gidip bunu Bay Fogg'a açıklamaktan kaçındım!

— Kendisi bu konuda hiçbir şey bilmiyor mu?.. diye sordu Fix, heyecanla.

— Hayır, bilmiyor, diye karşılık verdi Passepartout önündeki kadehi kafasına dikerek.

Polis hafiyesi alnında biriken terleri eliyle sildi. Söze devam edip etmeme konusunda kararsızdı. Ne yapmalıydı? Passepartout'nun yanılgısı içten gözüküyordu, ama o zaman işi iyiden iyiye güçleşiyordu. Bu oğlanın tam bir iyi niyetle konuştuğu ve –Fix'in korktuğu gibi– efendisinin suç ortağı olmadığı açıktı.

"Eh," dedi kendi kendine, "suç ortağı değilse, yardım eder bana."

Polis hafiyesi, ikinci kez kararını vermişti. Ayrıca, beklеyecek zamanı da yoktu. Ne pahasına olursa olsun, Fogg'u Hong Kong'da tutuklamak gerekiyordu.

— Dinleyin beni, dedi Fix kesin bir tavırla, hem de iyi dinleyin. Sandığınız adam, yani Reform-Kulüp üyelerinin tuttuğu bir hafiye değilim ben...

— Pöh! dedi Passepartout alaycı bir tavırla.

— Metropolitan Polisi tarafından özel bir görev verilmiş bir polis hafiyesiyim...

— Siz... polis hafiyesi ha!..

— Evet ve bunu kanıtlayabilirim, diye devam etti Fix. İşte görev belgem.

Ve hafiye cüzdanından bir kâğıt çıkararak, polis müdürünce imzalanmış görev belgesini arkadaşına gösterdi. Passepartout, şaşkınlıktan allak bullak olmuş, tek söz etmeden Fix'e bakıyordu.

— Bay Fogg'un tutuştuğu bahis, gerek sizi, gerek Reform-Kulüp'teki arkadaşlarını kandırmak için bulunmuş bir bahaneden başka bir şey değil, diye devam etti Fix, çünkü sizin bilinçsiz suç ortaklığınıza gereksinimi vardı.

— İyi ama neden?.. diye bağırdı Passepartout.

— Dinleyin. Eylülün 28'inde, sonradan eşkâli tespit edilebilen bir kişi, İngiltere Merkez Bankası'ndan elli beş bin sterlin çaldı. Adamın eşkâli burada ve tıpatıp Bay Fogg.

— Hadi canım siz de! diye bağırdı Passepartout masaya güçlü bir yumruk indirerek. Efendim dünyanın en dürüst insanıdır.

— Nereden biliyorsunuz? diye karşılık verdi Fix. Daha tanımıyorsunuz bile onu! Yola çıkacağı gün girdiniz hizmetine ve akıl almaz bir bahaneyle, bavul bile almadan, banknot şeklinde büyük bir meblağı yanına alıp apar topar yola çıktı! Siz de kalkmış, dürüst bir adam olduğunu ileri sürüyorsunuz.

— Evet, evet! diye makine gibi tekrarlıyordu zavallı oğlan.

— Suç ortağı olarak tutuklanmak mı istiyorsunuz?

Passepartout başını ellerinin arasına almıştı. Tanınmaz haldeydi. Polis hafiyesinin yüzüne bakamıyordu. Bayan Aouda'yı kurtaran o eliaçık ve cesur adam, yani efendisi hırsızdı ha! İnanılacak şey değildi doğrusu. Oysa görünüşe göre öyleydi işte. Passepartout beynine üşüşen kuşkuları kovmaya çalışıyordu. Efendisinin suçluluğuna inanmak istemiyordu bir türlü.

— Peki, nedir benden istediğiniz? dedi polis hafiyesine, büyük çabayla kendini tutarak.

— İstediğim şu, diye karşılık verdi Fix. Bay Fogg'u buraya dek izledim, ama Londra'dan istediğim tutuklama emri henüz elime geçmedi. Onun için, kendisini Hong Kong'da alıkoymama yardım etmelisiniz...

— Nee! Ben ha...

— Bunu yaparsanız, İngiltere Merkez Bankası'nın vaat ettiği iki bin sterlinlik ödülü sizinle paylaşırım!

— Asla! diye karşılık verdi Passepartout, sonra ayağa kalkmak istedi, ama başaramadı; sağduyusunun ve gücünün onu terk ettiğini hissediyordu.

— Bakın, Bay Fix, dedi kekeleyerek, bana söylediğiniz her şey doğru olsa... efendim aradığınız hırsız olsa bile... ki ben bunu reddediyorum... yanında çalıştım çünkü... iyi ve eliaçık bir insan... olduğunu gördüm... Ona ihanet etmek ha...asla... hayır... asla... dünyanın altınını verseniz olmaz bu iş... Benim doğduğum köyde böyle haltlar yenmez!..

— Reddediyorsunuz, öyle mi?

— Reddediyorum.

— O halde söylediklerimi unutun ve içelim.

— Evet, evet, içelim!

Passepartout gittikçe sarhoş olduğunu hissediyordu. Onu her ne pahasına olursa olsun efendisinden ayırmak gerektiğini anlayan Fix, bu işi burada bitirmek istiyordu. Masada birkaç tane afyon çubuğu vardı. Fix bunlardan birini Passepartout'nun eline tutuşturdu; oğlan pipoyu aldı, dudaklarına götürdü, yaktı, birkaç soluk çekti, uyuşturucu maddenin etkisiyle ağırlaşan başı küt diye masaya düştü.

"Böylece," dedi Passepartout'nun kendinden geçtiğini gören Fix, "Bay Fogg, *Carnatic*'in hareket saatini öğrenemeyecek, öğrense bile, hiç değilse şu sefil Fransızı alamadan yola çıkacak!"

Sonra hesabı ödeyip çıktı.

XX

Fix Doğrudan Doğruya Phileas Fogg'la Bağlantı Kuruyor

Phileas Fogg, belki de geleceğini büyük ölçüde tehlikeye düşürecek bu olay sırasında, Bayan Aouda'yla birlikte İngiliz kentinin sokaklarında dolaşmaktaydı. Bayan Aouda, Avrupa'ya götürülmeyi kabul edeli beri, Bay Fogg bu uzun yolculuğun bütün ayrıntılarını düşünmüştü. Onun gibi bir İngilizin elinde hafif bir çantayla dünya gezisine çıkması pekâlâ mümkündü; ama bir kadın böyle bir yolculuğa bu koşullar altında katlanamazdı. Dolayısıyla, yolculuk için giysi ve öteberinin satın alınması gerekiyordu. Bay Fogg, bu işi de her zamanki soğukkanlılığıyla yerine getirdi ve bunca nezaket karşısında mahcup olan, özürler dileyen, karşı çıkan genç dula:

— Bütün bunlar yolculuğuma uygun, programımda var, diye karşılık verdi hep.

Alışverişten sonra, Bay Fogg'la genç kadın otele döndüler ve otel müdürünün masasında şatafatlı bir servisle sunulan akşam yemeğini yediler. Biraz yorgun olan Bayan Aouda, soğukkanlı kurtarıcısının elini "İngiliz usulü" sıktıktan sonra odasına çıktı.

Saygıdeğer beyefendiyse, bütün akşam okuduğu *Times* ve *Illustrated London News* gazetelerine gömüldü.

Bir şeylere şaşacak bir adam olsa, uşağının yatma vakti geldiği halde ortalarda görünmeyişine şaşması gerekirdi. Ancak, Yokohama postasının ertesi sabah kalkacağını bildiğinden, hiç üstünde durmadı bunun.

Ama Passepartout, ertesi gün, zile bastığı zaman da gelmedi.

Uşağının otele dönmediğini öğrenince bizim saygıdeğer beyefendinin ne düşündüğünü kimsecikler bilemezdi doğrusu. Bay Fogg çantasını alıp Bayan Aouda'ya haber göndermekle ve bir tahtırevan çağırtmakla yetindi.

O sırada saat sekizdi ve *Carnatic*'in limandan çıkmak için gereksinim duyduğu deniz yükselmesi saat dokuz buçukta olacaktı.

Tahtırevan otelin kapısına gelince, Bay Fogg'la Bayan Aouda bu rahat taşıta kuruldular, bavullarsa arkadaki çekçeke yerleştirildi.

Yarım saat sonra, bizim yolcular rıhtımdaydı ve Bay Fogg, *Carnatic*'in dün gece yola çıktığını öğrendi.

Rıhtımda hem gemiyi, hem de uşağını bulacağını uman Bay Fogg, şimdi ikisinden de yoksun kalmıştı. Ama en küçük bir umutsuzluk belirmedi yüzünde ve kaygıyla kendisine bakan Bayan Aouda'ya:

— Önemli bir şey değil hanımefendi, olur böyle şeyler, demekle yetindi.

Tam bu sırada, bir köşeden dikkatle kendisini gözleyen biri yaklaştı yanına. Polis hafiyesi Fix'ti bu. Fogg'u selamladıktan sonra:

— Benim gibi, dün limana gelen *Rangoon* yolcularından değil misiniz, beyefendi? dedi.

— Evet, beyefendi, diye karşılık verdi Bay Fogg soğuk bir sesle, kiminle tanışmak onuruna erişiyorum acaba?..

— Özür dilerim, uşağınızı burada bulacağımı umuyordum.

— Nerede olduğunu biliyor musunuz, beyefendi? diye sordu genç kadın heyecanla.

— Nasıl? diye karşılık verdi Fix düzmece bir şaşkınlıkla. Yanınızda değil mi?

— Hayır, diye karşılık verdi Bayan Aouda. Dünden beri gözükmedi. Biz olmadan *Carnatic*'e binip gitmiş olmasın?

— Siz olmadan mı, hanımefendi?.. diye karşılık verdi polis hafiyesi. İyi ama sorumu bağışlayın, bu gemiyle gitmek niyetinde miydiniz?

— Evet, beyefendi.

— Ben de öyle, hanımefendi ve gördüğünüz gibi canım müthiş sıkkın. Onarımı tamamlanan *Carnatic*, kimseciklere haber vermeden, tam on iki saat önce kalkıp gitmiş, şimdi sekiz gün beklemek gerekecek öteki gemiyi!

Fix, "sekiz gün" derken keyfinden ağzı kulaklarına varıyordu. Sekiz gün! Fogg tam sekiz gün Hong Kong'da kalacaktı! Bu arada tutuklama emri mutlaka gelirdi. Talih yasa temsilcisinin yüzüne gülüyordu en sonunda!

Ama Phileas Fogg'un sakin bir sesle:

"Hong Kong limanında *Carnatic*'ten başka gemiler de var sanırım," dediğini duyunca tepesine nasıl bir balyoz yediğini varın siz hesaplayın.

Ve Bay Fogg, kolunu Bayan Aouda'ya uzatıp Japonya'ya gidecek gemi aramak üzere rıhtıma doğru yollandı.

Şaşkınlıktan ağzı dili tutulan Fix de arkalarındaydı. Gören, gizli bir iple Bay Fogg'a bağlı sanırdı.

Ancak talih, o ana dek yüzüne güldüğü adamı yüzüstü bırakmış gibiydi. Phileas Fogg tam üç saat rıhtımın etrafında dolandı: Gerekirse, kendisini Yokohama'ya götürecek bir tekne kiralamaya bile razıydı; ama rıhtımda yük alan ya da boşaltan gemilerden başkası yoktu, bunlar da yola çıkamayacaktı elbette. Fix yeniden umutlanmaya başlamıştı.

Ama Bay Fogg hiç istifini bozmuyor, Makao'ya dek uzanma pahasına, ha bire araştırıyordu; derken, iskelenin ucunda bir adam yanaştı yanına.

— Saygıdeğer beyefendi gemi mi arıyorlar? diye sordu denizci şapkasını çıkararak.

— Harekete hazır geminiz mi var? diye sordu Bay Fogg.

— Evet, efendim, flotillanın en iyisi olan 43 numaralı kılavuz gemisi hareket etmek üzere.

— Hızlı gider mi?

— Aşağı yukarı sekiz dokuz mil. Görmek ister miydiniz?

— Evet.

— Saygıdeğer beyefendi gemiden hoşlanacaklardır. Deniz gezintisi mi yapmak istiyordunuz?

— Hayır. Yolculuk.

— Yolculuk mu?

— Bizi Yokohama'ya götürme görevini verebilir miyim size?

Bunları duyan gemicinin kolları iki yanına düştü, gözleri fal taşı gibi açıldı.

— Saygıdeğer beyefendi şaka mı ediyorlar acaba? dedi.

— Hayır! *Carnatic*'i kaçırdım, oysa en geç 14'ünde Yokohama'da olup San Francisco gemisine yetişmeliyim.

— Özür dilerim, ama imkânsız, diye karşılık verdi kılavuz.

— Günde yüz sterlin (2500 frank) veririm, ayrıca vaktinde yetişirsek, iki yüz sterlin de ödül.

— Ciddi mi söylüyorsunuz? diye sordu gemici.

— Çok ciddi, diye karşılık verdi Bay Fogg.

Gemici şöyle azıcık uzaklaşmıştı. Böyle yüklü bir paraya konma arzusuyla, tehlikeli bir serüvene atılma korkusu arasında bocalıyordu besbelli. Fix ise öldürücü sinir krizleri geçiriyordu.

Bu arada, Bay Fogg, Bayan Aouda'ya dönmüştü.

— Böyle bir yolculuktan korkmazsınız, değil mi, hanımefendi? diye sordu.

— Sizin yanınızda korkmam, Bay Fogg, diye karşılık verdi genç kadın.

Gemici yeniden Bay Fogg'a yaklaşmış, kasketini elinde evirip çevirmekteydi.

— Ee, ne karara vardınız bakalım, Kaptan? diye sordu Bay Fogg.

— Şey, saygıdeğer beyefendi, diye karşılık verdi gemici, çok çok yirmi tonluk bir tekneyle ve bu mevsimde ne tayfalarımı, ne kendimi, ne de sizi tehlikeye atabilirim. Ayrıca, vaktinde de varamayız, çünkü Hong Kong'la Yokohama arası bin altı yüz elli mildir.

— Hayır, tam bin altı yüz mil, dedi Bay Fogg.

— Aynı şey.

Fix şöyle derin bir soluk aldı.

— Ama başka bir çare buluruz belki, diye ekledi kaptan.

Fix'in soluğu yeniden kesildi.

— Nasıl? diye sordu Phileas Fogg.

— Japonya'nın en güneyindeki, 1100 mil ötedeki Nagasaki'ye ya da Hong Kong'tan sekiz yüz mil ötedeki Şanghay'a gideriz. Hele bu sonuncusu, Çin kıyılarından uzaklaşmayacağımız, akıntı da bizi kuzeye sürükleyeceği için, iyice işimize gelir.

— Kaptan, dedi Phileas Fogg, ben Amerika gemisine Şanghay ya da Nagasaki'den değil, Yokohama'dan bineceğim.

— Neden olmasın! diye karşılık verdi kaptan. San Francisco gemisi Yokohama'dan kalkmıyor ki. Yokohama'da ve Nagasaki'de durur, ama ilk hareket Şanghay'dandır.

— Bu dediğinizden emin misiniz?

— Elbette.

— Peki, gemi ayın kaçında ayrılıyor Şanghay'dan?

— 11'inde, akşamüstü yedide... Demek ki dört günümüz var. Dört gün, yani doksan altı saatte, iyi yakıt alırsak, rüzgâr güneyden eserse, deniz sakinse, ortalama sekiz millik bir hızla, Şanghay'la aramızdaki sekiz yüz mili rahat rahat alırız.

— Peki, siz ne zaman yola çıkabilirsiniz?..

— Bir saat sonra... Yani, yiyecek içecek satın almak ve yola çıkma hazırlıkları.

— Tamam, anlaştık... Geminin sahibi siz misiniz?

— Evet, adım John Bunsby, *Tankadère*'in sahibiyim.

— Avans ister misiniz?

— Beyefendi uygun görürlerse...

— İşte size iki yüz sterlin... Siz de bundan yararlanmak isterseniz, beyefendi... dedi Phileas Fogg, Fix'e dönüp.

— Ben de sizden bunu rica edecektim, beyefendi, diye karşılık verdi Fix kararlı bir sesle.

— Peki. Yarım saat sonra gemide oluruz.

— İyi ama, şu zavallı oğlan ne olacak?.. dedi zihni Passepartout'nun ortadan kayboluşuyla fazlasıyla meşgul Bayan Aouda.

— Onun için de elimden geleni yapacağım, diye karşılık verdi Phileas Fogg.

Ve sinirinden kuduran Fix, kaptanla birlikte gemiye giderken, bizimkiler de Hong Kong emniyetine yollandılar. Oraya varınca, Phileas Fogg, Passepartout'nun eşkâlini verip bulunduğu zaman yurduna gönderilmesi için yetecek parayı bıraktı. Sonra Fransız Konsolosluğu'na uğrayıp aynı işlemi yinelediler ve otele uğrayıp bavulları aldıktan sonra, tahtırevan bizim yolcuları iskele başına getirdi.

Saat üçü vuruyordu. 43 numaralı kılavuz gemisi tayfalarını ve yiyecekleri almış, harekete hazır bekliyordu.

Tankadère, yirmi tonluk sivri burunlu, çok geniş gövdeli, çok uzun bir tekneydi. Gören yarış teknesi sanırdı. Pırıl pırıl parlayan bakır kesimleri, galvanizli demirleri, fildişindenmiş gibi ışıldayan beyaz kaptan köşkü, John Bunsby'nin gemisine iyi baktığını gösteriyordu. İki yelken direği hafifçe geriye yatıktı. Randa, mizana, trinketa, flok ve gabya yelkeni vardı; rüzgâr arkadan esti mi pupa yelken gidebilirdi. Epey hızlıydı herhalde, nitekim, kılavuz gemileri arasındaki "yarışlar"dan birkaçını kazanmıştı.

Tankadère'de kaptan John Bunsby'den başka dört de tayfa vardı. Bunlar, en kötü havalarda denize açılıp gemilere yol gösteren, denizleri avuçlarının içi gibi bilen cesur denizcilerdi. Aşağı yukarı kırk beş yaşlarında, güçlü kuvvetli, güneşten kararmış, bakışları canlı, yüzü enerjik, dengeli, hareketlerinde rahat bir adam olan John Bunsby en ürkek insanlara bile güven verebilirdi.

Phileas Fogg'la Bayan Aouda gemiye bindiler. Fix çoktan gelmişti. İki direkli geminin kıç kaportasından, kare biçiminde bir odaya iniliyordu; odanın duvarları, yuvarlak bir divanın çevresinde çerçeve biçiminde yükselmekteydi. Tam ortada, bir gemici fenerinin aydınlattığı bir masa vardı. Oda küçük, ama temizdi.

— Size daha iyisini sunamadığım için üzgünüm, dedi Bay Fogg, hiçbir şey demeden eğilip kendisini selamlayan Fix'e.

Polis hafiyesi, Bay Fogg'un nezaketinden yararlandığı için bir çeşit utanç duyuyordu.

"Kesinlikle çok nazik bir alçak," diye düşünüyordu, "ama yine de alçak."

Üçü on geçe yelkenler fora edildi. Seren direğinde İngiliz bayrağı dalgalanıyordu. Yolcular güvertede oturuyorlardı. Bay Fogg'la Bayan Aouda, Passepartout'yu görebilir miyiz diye, son bir kez dönüp rıhtıma baktılar.

Fix'in içi de pek rahat değildi doğrusu, çünkü pek yakışıksız bir biçimde davrandığı zavallı oğlan şans eseri tam da buraya çıkagelebilir, ondan sonra, bizim polis hafiyesi zor durumda kalırdı. Ama Fransız gözükmedi, hiç kuşkusuz hâlâ o müthiş uyuşturucu maddenin etkisindeydi.

Derken, John Bunsby açık denize çıktı ve *Tankadère*, rüzgârı randa, mizana ve flok yelkenlerinin ardına alarak dalgaların üstünde ileri atıldı.

XXI

Tankadère'in Sahibi İki Yüz Sterlinlik Ödülü Yitirme Tehlikesiyle Karşılaşıyor

Yirmi tonluk bir tekneyle, hele bu mevsimde, sekiz yüz millik bir deniz yolculuğu gerçekten maceralı bir seferdi. Çin denizleri, hele ekinoks dönümlerindeki korkunç rüzgârların etkisinde, genelde kötüdür ve o sırada kasımın ilk günleriydi.

Günde o kadar para verilince, yolcularını Yokohama'ya götürmek aslında belli ki kaptanın yararınaydı. Ama sözünü ettiğimiz koşullarda böyle bir yolculuğa girişmek büyük bir ihtiyatsızlık olurdu; ayrıca Şanghay'a gitmek de ihtiyatsız değilse bile, gözü pek bir eylemdi. Ancak, John Bunsby'nin dalgaların üzerinde bir martı gibi yükselen *Tankadère*'e güveni vardı ve belki de bunda haksız değildi.

Tankadère o gün sona ererken, Hong Kong'un değişken boğazlarında yol aldı ve orsa ederek ya da rüzgârı arkaya alarak, hayran olunası bir biçimde ilerledi.

— Kaptan Bey, dedi Phileas Fogg tekne açık denize çıktıktan sonra, elinizden geldiğince hızlı gitmenizi söylemeyi gereksiz buluyorum.

— Saygıdeğer beyefendi işi bana bıraksınlar, diye karşılık verdi John Bunsby. Rüzgâr izin verdiği ölçüde bütün yelkenleri açtık. Tepe yelkenlerinin bir işe yarayacağını sanmıyorum, olsa olsa hızımızı keserler.

— Orası sizin bileceğiniz iş, benim değil, Kaptan. Size güveniyorum.

Phileas Fogg bacaklarını iki yana açmış, dimdik vücuduyla, bir denizci gibi dengeli, sesini çıkarmadan dalgalı denize bakıyordu. Genç kadınsa, zayıf bir tekneyle göğüslediği, yavaş yavaş alacakaranlığa gömülen okyanusu geminin kıçından seyrederken epeyce heyecanlıydı. Başının üstünde, kendisini alıp uzayın derinliklerine uçuran kocaman kanatlara benzeyen ak bulutlar yayılmıştı. Rüzgârın önüne katılmış giden iki direkli kılavuz gemisiyse, denizde değil de, gökyüzünde yüzüyordu sanki.

Gece oldu. Ay ilkdördündeydi, zayıf ışığı da az sonra ufku kaplayan sisler arasında eriyip gidecekti. Doğuda kara bulutlar toplanıyordu, göğün bir kesimini şimdiden kaplamışlardı.

Kaptan, yerini gösteren fenerleri astırmıştı – karaya yakın olduğu için trafiğin çok yoğun olduğu bu denizyolunda zorunlu bir tedbirdi bu. Gemiler sıklıkla çarpışıyordu ve bu hızla, kılavuz gemisi en küçük çarpışmada tuzla buz olurdu.

Fix geminin burnunda dikilmiş düş kuruyordu. Fogg'un pek konuşkan olmadığını bildiğinden hep uzak duruyordu. Ayrıca, yardımını kabul ettiği adamla konuşmak da istemiyordu. O da geleceği düşünüyordu. Bay Fogg'un Yokohama'da durmayacağı, hemen San Francisco gemisine atlayacağı ve o Amerika'nın o uçsuz bucaksız topraklarının kendisini yasanın elinden kurtarıp güvenlik altına alacağı besbelliydi. Phileas Fogg'un planını son derece basit buluyordu.

Fogg denen şu adam, sıradan bir hırsız gibi İngiltere'den doğruca Amerika'ya geçecek yerde, en uzun yolu seçmiş, dünyanın dörtte üçünü dolaşmıştı; böylece Amerika kıtasına çok daha güvenlik içinde varacak, polisi ektikten sonra,

İngiltere Merkez Bankası'nın paracıklarını oturup afiyetle yiyecekti. İyi ama Birleşik Devletler'e ayak bastıktan sonra, Fix ne yapacaktı? Adamın yakasını bırakacak mıydı? Hayır, yüz defa hayır! İade edilmesini sağlayana dek peşini bırakmayacaktı. Görevi buydu ve o bu görevi sonuna dek götürecekti. Her şeye rağmen, iyi bir şey olmuştu: Passepartout artık efendisinin yanında değildi ve özellikle de Fix'in itiraflarından sonra, uşakla efendinin bir daha görüşmemesi önemliydi.

Öte yandan, Phileas Fogg da çok gizemli bir biçimde ortadan kaybolan uşağını düşünmekteydi. Düşündükçe, zavallı oğlanın, bir yanlış anlama sonucu son dakikada *Carnatic*'e binmiş olması mümkün gibi gelmeye başladı. Kendisine çok şey borçlu olduğu bu dürüst uşağı yürekten özleyen Bayan Aouda da aynı fikirdeydi. Dolayısıyla, belki de Yokohama'da bulacaklardı Passepartout'yu; *Carnatic* onu alıp oraya götürmüşse, kolayca öğrenebilirlerdi bunu.

Saat ona doğru rüzgâr şiddetlendi. Camadan vurmak yerinde olurdu belki, ama kaptan gökyüzünü dikkatle inceledikten sonra, yelkenleri yerli yerinde bıraktı. Ayrıca, su çekimi güçlü olduğundan, *Tankadère* onca yelkene rahatça dayanıyordu ve tehlike anında bütün yelkenleri bir anda indirecek donanımı vardı.

Phileas Fogg'la Bayan Aouda, gece yarısı kamaraya indiler. Fix onlardan önce gelmiş, hamaklardan birine uzanmıştı. Kaptanla adamlarına gelince, onlar geceyi kaptan köşkünde geçirdiler.

Ertesi gün, yani 8 Kasım'da, gün ağarırken kılavuz gemisi yüz milden fazla yol almış durumdaydı. Sık sık denize daldırılan parakete, ortalama hızın sekiz-dokuz mil olduğunu gösteriyordu. *Tankadère* rüzgârı tam arkadan alıyor, en yüksek hıza ulaşabilmek için o rüzgârdan sonuna kadar istifade ediyordu. Rüzgâr böyle esmeye devam ederse, talih yüzüne gülecek demekti.

Tankadère o gün, akıntı da uygun düştüğünden, kıyıdan pek uzaklaşmadı. Gemi kıyıdan en fazla beş mil açıktaydı ve kıyı geminin iskelesinden, bulutlu gökyüzündeki açıklıklar arasından hayal meyal seçilebiliyordu. Rüzgâr karadan estiği için deniz o kadar çalkantılı değildi; bu da geminin işine yarayan bir durumdu, çünkü hafif tekneler özellikle hızlarını kesen, gemici deyimiyle "işlerini bitiren" açık deniz dalgaları yüzünden sıkıntı çekerler.

Öğleye doğru rüzgâr hafifleyip güneydoğuya kaydı. Kaptan gabya yelkenlerini de çektirdi; ama iki saat sonra indirmek zorunda kaldılar, çünkü rüzgâr yeniden sertleşiyordu.

Bereket versin deniz tutması nedir bilmeyen Bay Fogg'la genç kadın gemideki konservelerle bisküvileri iştahla yediler. Gemiler kadar midelere de safra koymanın gerekliliğini bilen Fix, yemeğe davet edildi ve onlara katılmak zorunda kaldı, ama istemeye istemeye! Kovaladığı adamın kesesinden yolculuk etmek, yiyip içmek ona pek de dürüstçe gelmedi. Az da olsa bir şeyler atıştırdı.

Ancak, yemekten sonra, Bay Fogg'u bir köşeye çekip konuşma zorunluluğu duydu:

— Beyefendi... dedi.

Beyefendi derken dudakları yanıyor, "beyefendi"nin yakasına yapışmamak için kendini zor tutuyordu!

— Beyefendi, beni de geminize almakla büyük incelik gösterdiniz. Ancak, olanaklarım sizin kadar rahat davranmama izin vermese de, payıma düşeni vermek isterim...

— Söz etmeyelim bundan, beyefendi, diye karşılık verdi Bay Fogg.

— Yok, yok, ısrar ediyorum...

— Hayır, beyefendi, bırakalım, diye tekrarladı Fogg kestirip atan bir sesle. Bu da genel giderlere dahil nasıl olsa!

Fix eğilip selam verdi, bunalmıştı, gidip geminin burnuna uzandı, bütün gün ağzını açmadan yattı.

Bu arada, gemi hızla yol alıyordu. John Bunsby çok umutluydu. Birkaç kez gelip Şanghay'a tam vaktinde varacaklarını söyledi Bay Fogg'a. O da bunu amaçladığını söylemekle yetindi. Nitekim, bütün tayfalar bunun için ellerinden geleni yapmaktaydılar. Alacakları ödül bu yiğit insanları aşka getirmişti. Özenle gerilmemiş tek bir ıskota halatı yoktu! Kuvvetle çekilmemiş tek bir yelken yoktu. Dümenci en küçük bir hata yapmıyordu. Kraliyet Yat Kulübü'ne bağlı tekneler de ancak böyle yönetilirdi herhalde.

Kaptan o akşam, paraketeyi kullanarak Hong Kong'dan çıkalı beri iki yüz yirmi mil yol geldiklerini hesapladı; Phileas Fogg, Yokohama'ya programında hiçbir gecikme olmaksızın varabileceklerini umabilirdi. Böylece, Londra'dan, ayrıldığı günden beri karşılaştığı ilk ciddi aksilik de yolculuğunu aksatmayacak gibi görünüyordu.

Gece boyunca, sabaha doğru *Tankadère*, büyük Formoza adasıyla Çin kıyısı arasındaki Fu-Kien Boğazı'ndan geçiyor, bu arada Yengeç dönencesini de aşıyordu. Bu boğazda, ters akıntılardan kaynaklanan girdaplardan ötürü, deniz pek sertti. Kılavuz gemisi orayı geçene dek epey ter döktü. Çırpıntılı dalgalar hızını kesiyordu. Güvertede ayakta durabilmek iyice güçleşmişti.

Gün doğduktan sonra rüzgâr daha da sertleşti. Gökte fırtına belirtisi vardı. Zaten barometre de havanın kısa bir süre sonra değişeceğini gösteriyordu; günlük çizgi hiç düzgün değildi, cıva ha bire yükselip alçalıyordu. Denizin de, "fırtına habercisi" açık deniz dalgalarıyla güneydoğuya doğru kabarmaya başladığı görülüyordu. Bir önceki gün de güneş, okyanusun fosforlu pırıltıları arasında, kızıl bir sis içinde batmıştı.

Kaptan göğün bu tehditkâr görünüşünü uzun uzun inceledikten sonra dişlerinin arasından anlaşılmaz bir şeyler mırıldandı. Ve bir ara yolcusuyla yan yana gelince:

— Saygıdeğer beyefendi, size her şeyi açıkça söyleyebilir miyim acaba? diye sordu alçak sesle.

— Elbette, diye karşılık verdi Phileas Fogg.

— Öyleyse, yakında fırtınaya tutulacağız.

— Güneyden mi gelecek, kuzeyden mi? diye sormakla yetindi Bay Fogg.

— Güneyden. Bakın. Tayfun geliyor!

— Güneyden gelecek tayfunla gidelim, çünkü bizi doğru yöne itecek, diye karşılık verdi Bay Fogg.

— Eh, siz durumu böyle değerlendirdikten sonra bana söz düşmez! diye yanıtladı kaptan.

John Bunsby sezgilerinde yanılmıyordu. Yılın daha önceki aylarında olsa, tayfun ünlü bir meteoroloğun deyimiyle, elektrik kıvılcımlarından oluşmuş parlak bir çağlayan halinde akıp giderdi; ama kış gündönümü yaklaşırken korkunç bir şiddetle patlamasından korkulurdu.

Kaptan tedbirini önceden aldı. Bütün yelkenleri sardırdı, serenleri güverteye indirtti. Gabya direkleri indirildi. Bumba aşağı alındı. Ambar kapakları sımsıkı kapatıldı. Artık bir damla bile su giremezdi geminin gövdesine. Geminin rüzgârı kıçtan alması için tek bir üçgen yelken, sağlam kanvastan bir fırtına floku, ön velena yelkeni olarak hisa edildi. Ve başladılar beklemeye.

John Bunsby, yolcularını kamaraya inmeye çağırmıştı; ancak, o daracık ve neredeyse havasız yerde, gemi oradan oraya yalpa vururken hapis kalmak da pek hoş değildi doğrusu. Bu yüzden, ne Bay Fogg, ne Bayan Aouda, ne de Fix yanaştı güverteden ayrılmaya.

Saat sekize doğru sağanak ve fırtına bastırdı. *Tankadère*, o avuç içi kadar yelkeniyle, fırtına halinde estiği zaman neler yapabileceğini sözle anlatamayacağımız rüzgârın önünde tüy gibi havalanmaya başladı. Hani olanca hızıyla giden bir lokomotiften dört kere daha hızlıydı desek bile, hakikati dile getirmiş olmayız.

Gemi bütün gün, devasa dalgaların tepesinde sıçrayarak kuzeye doğru koştu, neyse ki hızı dalgalarınkine denkti. Belki yirmi kez kıç tarafında yükselen dağ gibi dalgaların altında kalma tehlikesiyle karşılaştı; ama kaptanın ustaca bir dümen kırışı onları felaketten kurtarıyordu. Yolcular zaman zaman filozofça karşıladıkları bir dalga serpintisine tutuluyorlardı. Fix'in için için küfrettiğine kuşku yoktu; ama korkusuz Aouda, gözlerini hayran olmaktan kendini alamadığı yoldaşına dikmiş, ona layık olmaya çalışıyor, fırtınaya göğüs geriyordu. Phileas Fogg'a gelince, bu tayfun bile programında varmışçasına sakindi.

Tankadère akşama dek kuzeye doğru yol aldı; ancak akşamüstü, korkulan başa geldi, üç çeyrek kayan rüzgâr kuzeybatıdan esmeye başladı. Ve dalgayı yandan yiyen kılavuz gemisi korkunç bir biçimde sarsılmaya başladı. Deniz, böyle bir teknenin en küçük parçalarının birbirine ne kadar sağlam biçimde kenetlendiğini bilmeyenleri korkutacak bir şiddetle dövüyordu gemiyi.

Geceleyin fırtına daha da yoğunlaştı. Karanlığın bastırdığını, karanlıkla birlikte fırtınanın da gemi azıya aldığını gören John Bunsby ciddi biçimde kaygılanmaya başladı. Kendi kendine, acaba gemiyi limana çekme zamanı gelmiş olabilir mi, diye düşündü ve tayfalarının fikirlerini aldı. John Bunsby, adamlarıyla görüştükten sonra Bay Fogg'un yanına gitti.

— Saygıdeğer beyefendi, kıyıdaki limanlardan birine doğru gitsek iyi olacak sanırım, dedi.

— Ben de aynı fikirdeyim, diye karşılık verdi Bay Fogg.

— Yaa! dedi kaptan. Ama hangisine?

— Benim bildiğim tek bir liman var, diye yanıtladı Phileas Fogg, sakin bir sesle.

— Hangisi?..

— Şanghay.

Kaptan, ilk birkaç saniye, bu karşılıktaki inat ve direngenliği kavrayamadı. Sonra bağırdı:

— Elbette, canım, elbette! Efendimiz haklıdırlar. Doğru Şanghay'a!

Ve *Tankadère*'in burnu kuzeyden bir milim ayrılmadı.

Korkunç bir gece geçirdiler! Küçük geminin batmaması gerçekten mucizeydi. İki kez yan yattılar, güvertedeki her şey halatlarla sımsıkı bağlanmamış olsaydı, denize sürüklenirdi. Bayan Aouda yorgunluktan bitmişti, ama hiç şikâyet etmedi. Bay Fogg, birkaç kez üstüne kapanıp azgın dalgalardan korumak zorunda kaldı onu.

Derken sabah oldu. Fırtına yine aynı şiddette zincirinden boşanmışçasına devam ediyordu. Ancak, rüzgâr yine güneydoğuya dönmüştü. Bu değişiklik işlerine yaradı ve *Tankadère* kabaran dalgaların rüzgârın yön değiştirmesiyle oluşan yeni dalgalarla çarpıştığı bu azgın denizde yeniden yola koyuldu. Bu çalkantı öyle şiddetliydi ki, daha çürük bir gemi çoktan sulara gömülüp giderdi.

Zaman zaman aralanan sisten kıyı gözüküyordu, ama tek bir gemi yoktu ortalıkta. Yalnız *Tankadère* açık denizdeki tek gemiydi.

Öğleyin fırtına hafifler gibi oldu ve güneşin ufukta alçalmasıyla, bu hafifleme daha da belirgin hale geldi.

Fırtınanın böyle kısa sürmesi, yoğun şiddetindendi. Tam anlamıyla bitkin düşen yolcular, fırsattan yararlanıp bir şeyler yiyebildiler ve biraz dinlenebildiler.

Gece nispeten sakin geçti. Kaptan, en alttaki yelkenleri çektirdi. Geminin hızı büyük ölçüde arttı. Ertesi gün, yani 11 Kasım'da, John Bunsby kıyıyı inceledikten sonra Şanghay'dan en fazla yüz mil uzakta olduklarını haber verdi.

Yüz mil! O gün katedebilecekleri bir yoldu bu! Zaten, Yokohama gemisini kaçırmamak için, Bay Fogg'un o akşam Şanghay'da olması gerekiyordu. Epey zaman yitirmelerine yol açan şu fırtına olmasa, şu anda limanın en az otuz mil açığında bulunacaklardı.

Rüzgâr hissedilir derecede azalmıştı, ama ne mutlu ki onunla birlikte dalgalar da yatışıyordu. Geminin bütün yelkenleri çekildi.

Gabya yelkenleriyle istralya yelkenleri, pruva gabya yelkenleri, hepsi çekilmişti; deniz geminin pruva küpeştesinin orada köpürmekteydi.

Tankadère, öğleyin, Şanghay'dan ancak kırk beş mil açıktaydı. Yokohama gemisi kalkmadan limana varabilmek için altı saat vakti vardı.

Gemidekilerin yüreğine bir korkudur düştü. Her ne pahasına olursa olsun, vaktinde varmak istiyorlardı. Hepsinin –Phileas Fogg bunun dışındaydı tabii– yüreği sabırsızlıkla küt küt atıyordu. Küçük geminin saatte dokuz millik bir hızı sürdürmesi gerekiyordu, oysa rüzgâr gittikçe hafifliyordu. Karadan esen, ha bire yön değiştiren esintileriyle, değişken bir rüzgârdı bu. Esintiler de zaman zaman duruyor, denizin yüzeyi çarşaf gibi oluyordu.

Bununla birlikte, tekne son derece hafif, yelkenler de çılgın esintileri toplamakta çok elverişli ince kumaştan olduğu için, akıntının da yardımıyla, saat altıda, John Bunsby'nin tahminiyle Şanghay nehrinin ancak on mil uzağındaydılar; kentin kendisiyse, nehir ağzından on iki mil yukarıdaydı.

Saat yedide, Şanghay'ın üç mil açığındaydılar. Korkunç bir küfür döküldü kaptanın dudaklarından... İki yüz sterlinlik ödülün havaya gideceği belliydi. Dönüp Bay Fogg'a baktı. Bay Fogg'un kılı bile kıpırdamıyordu, oysa o sırada bütün serveti tehlikedeydi...

Yine o sırada, dumanlarla çevrilmiş uzun, kara bir burun gözüktü ufukta. Tam vaktinde yola çıkan Amerikan gemisiydi bu.

— Hay Allah kahretsin! diye bağırdı umutsuz bir hareketle dümeni fırıl fırıl döndüren John Bunsby.

— İşaret verin! demekle yetindi Phileas Fogg.

Tankadère'in burnunda küçük, dökme bir top yatıyordu. Sisli havalarda işaret vermeye yarardı.

Top tıka basa dolduruldu ve tam kaptan fitili ateşleyecekken:

— Bayrağı yarıya indirin, dedi Bay Fogg.

Bayrak yarıya indirildi. Bu, yas işaretiydi, Amerikan gemisinin onu görünce bir an için yolunu değiştirerek kendilerine yanaşması umulabilirdi.

— Ateş! dedi Bay Fogg.

Ve küçük bronz topun gümbürtüsü yeri göğü inletti.

XXII

Bu Bölümde Passepartout Yurdundan Çok Uzaktayken Bile Cebinde Biraz Para Bulundurmanın Akıllıca Olduğunu Görüyor

Hong Kong'dan 7 Kasım günü, akşam saat altı buçukta ayrılan *Carnatic*, son hızla Japonya'ya doğru yol alıyordu. Tıka basa mal ve yolcu yüklüydü. Gerideki iki kamara boş kalmıştı. Bunlar, Bay Phileas Fogg için tutulmuş kamaralardı.

Ertesi sabah, geminin baş tarafındaki insanlar, saçı başı dağınık, yarı baygın bakışlı, sağa sola yalpa vurarak yürüyen bir adamın ikinci mevki kapısından çıkıp bir halat yığınının üstüne çöktüğünü gördüler.

Bu yolcu, Passepartout'nun ta kendisiydi. Şimdi başına gelenleri görelim...

Fix'in o dumanaltı mekândan ayrılışından birkaç dakika sonra, iki garson körkütük uyuyan Passepartout'yu kaldırıp, afyonkeşlerin sızdığı yatağa yatırmışlardı. Ancak, üç saat sonra gördüğü korkulu düşler arasında bile zihnindeki saplantıyı söküp atamayan Passepartout uyandı ve uyuşturucu maddenin sersemletici etkisiyle boğuşmaya başladı. Yerine getiremediği görevin sıkıntısı uykusunu dağıtıyordu. Afyonkeşlerin yatağından kalkmış, sendeleyerek, duvarlara tutunarak, düşe kalka, ama sürekli ve dayanılmaz bir biçimde bir nevi sezginin etkisi altında, düş görüyormuşçasına, "*Carnatic! Carnatic!*" diye bağırarak mekândan çıkmıştı.

Gemi orada, rıhtımda, kazanları fayrap etmiş harekete hazır bekliyordu. Passepartout iki adım sonra gemideydi. Asma köprüye doğru atıldı, iskele kapısını geçti ve tam da *Carnatic*'in palamarlarını gevşettiği sırada, ön güvertede düşüp bayıldı.

Bu gibi sahnelere alışık olan birkaç gemici zavallı oğlanı ikinci mevki kamaralardan birine indirdiler; Passepartout ertesi sabah, Çin topraklarından yüz elli mil uzakta kendine geldi.

İşte böylece, Passepartout kendini o sabah *Carnatic*'in güvertesinde bulmuş, taze deniz esintisini içine çekiyordu. Temiz hava onu ayılttı. Zihnini toparlamaya çalıştı, ama pek kolay olmadı bu iş. Ama sonunda, bir gün önceki olayları, Fix'in itiraflarını, dumanaltı mekânı vb. hatırladı.

"İyice kafayı bulmuşum besbelli," diye düşündü! "Ne diyeceğim şimdi Bay Fogg'a? Neyse ki gemiyi kaçırmadım, eh, en önemlisi de bu." Sonra, Fix'i düşündü:

"Bu adama gelince, umarım bana yaptığı öneriden sonra, *Carnatic*'e binmeye cesaret edememiştir de, kendisinden kurtulmuşuzdur," dedi. "İngiltere Merkez Bankası'nı soymakla suçlanan efendimin ardında polis hafiyesi! Hadi canım sen de: Bay Fogg hırsızsa, ben de katilim demektir!"

Passepartout olup biteni efendisine anlatmalı mıydı? Bu işte Fix'in oynadığı rolü gidip kendisine haber vermek doğru olur muydu acaba? Yoksa, oturup gülebilmek için, Londra'ya dönene kadar bekleyip Metropolitan Polisi'nden bir hafiyenin kendisini dünya gezisi sırasında takip ettiğini orada mı söylemeliydi? Evet, en iyisi buydu herhalde. Neyse, üzerinde durulacak bir konuydu bu. Şimdilik yapılması gereken en acil şey Bay Fogg'u bulmak, bu yakışık almaz davranışından ötürü özür dilemekti.

Bunun üzerine, Passepartout kalktı. Deniz dalgalıydı, gemi alabildiğine sallanıyordu. Bacakları daha pek tutmayan bizim onurlu oğlan güçlükle geminin kıç tarafına gitti.

Güvertede, ne efendisine ne de Bayan Aouda'ya benzer biri vardı.

—Tamam, dedi, Bayan Aouda bu saatte uyuyordur daha. Bay Fogg'a gelince, whist oynayan birini bulmuştur muhakkak, her zamanki gibi...

Passepartout, böyle dedikten sonra salona indi. Bay Fogg orada da yoktu. O zaman yapacağı tek şey kalıyordu: Gemi yazmanına Bay Fogg'un hangi kamarada kaldığını sormak. Ancak, gemi yazmanı, bu isimde birini tanımadığını söyledi.

— Özür dilerim, dedi Passepartout ısrar ederek. Uzun boylu, soğuk tavırlı, pek az konuşan, yanında genç bir hanım bulunan bir beyefendiyi arıyorum...

— Gemide böyle genç bir hanım yok, diye karşılık verdi yazman. Hem uzun söze ne gerek, alın size yolcuların listesi. Kendiniz bakın.

Passepartout listeye baktı... Efendisinin adı yoktu.

Birden gözleri karardı. Derken aklına bir fikir geldi.

— Eyvah! *Carnatic*'te miyim ben? diye bağırdı.

— Evet, diye karşılık verdi yazman.

— Yokohama'ya mı gidiyoruz?

— Elbette.

Passepartout bir an için yanlış gemiye bindiğini sanmıştı! Ama eğer bu gemi *Carnatic* ise efendisinin burada olmadığı kesindi.

Passepartout kendini koltuklardan birine bıraktı. Yıldırım çarpmışa dönmüştü. Derken bir şimşek çaktı kafasında. *Carnatic*'in yola çıkış saatinin öne alındığını, kendisinin gidip bunu efendisine haber vermesi gerektiğini, ama yapamadığını hatırladı! Demek ki, Bay Fogg'la Bayan Aouda'nın gemiyi kaçırmış olmaları kendi suçuydu.

Evet, onun suçuydu bu, ama aynı zamanda kendisini efendisinden ayırmak, Bay Fogg'u Hong Kong'da tutmak isteyen, bunun için de ona içki içiren hainin de suçuydu! En sonunda anlamıştı polis hafiyesinin çevirdiği dolabı. Ve Bay Fogg şu anda kuşkusuz mahvolmuş, bahsi yitirmiş, tutuklanmış, belki de hapse atılmıştı!.. Passepartout, bunu düşündükçe saçını başını yoluyordu. Ah, ah! Şu Fix denen adamı bir eline geçirirse, bakın nasıl hesabını görecekti!

İlk umutsuzluk anı geçtikten sonra, Passepartout kendini toparladı ve durumu gözden geçirdi. Doğrusu ya, durum pek iç açıcı değildi. Fransız, Japonya yolundaydı. Oraya varmak bir şey değildi, ama ya dönüş? Cepleri tamtakırdı. Ne bir şilin vardı, ne de bir peni! Neyse ki gemideki yatak ve yiyecek parası peşin ödenmişti. Böylece, herhangi bir karara varabilmek için önünde beş altı günlük vakti vardı. Ve bu yolculuk sırasında nasıl yiyip içtiğini ne siz sorun, ne biz anlatalım. Hem kendi yerine, hem de Bayan Aouda'yla efendisinin yerine yiyip içti. İneceği Japonya bir çölmüş ve her türlü besin maddesinden yoksunmuş gibi beslendi.

13 Kasım sabahı, deniz yükselirken, *Carnatic* Yokohama limanına giriyordu.

Burası, Pasifik okyanusunun önemli bir konaklama yeridir, Kuzey Amerika, Çin, Japonya ve Malezya adaları arasında sefer yapan yük ve yolcu gemileri buraya uğrar. Yokohama, Japon İmparatorluğu'nun ikinci başkenti o muazzam kentten az uzakta, Edo* körfezindedir; Edo bir zamanlar Taikun'un oturduğu kentti –ki bu sivil imparatorun hâlâ var olduğu bir dönemdi– ve doğrudan göklerden inmiş, ruhban sınıfından gelen imparatorun, Mikado'nun ikamet ettiği büyük kent Miyako'nun** rakibiydi.

---

* 1868'den sonra Tokyo körfezi. Edo, Tokyo'nun eski adıydı. (e.n.)

** Miyako, 794-1868 yılları arasında Japonya'nın başkentiydi. Bugün Kyoto. (e.n.)

Carnatic, Yokohama rıhtımına, dalgakıranla gümrüklerin bulunduğu kesime yanaşıp türlü ulusların gemileri arasına demirledi.

Passepartout, Güneşin Oğullarının bu tuhaf toprağına hiçbir coşku duymadan ayak bastı. Kendini rastlantıya bırakmaktan, sokaklarda gelişigüzel dolaşmaktan başka çaresi yoktu.

Passepartout kendini ilkin, alçak cephelerini zarif sütunların üstündeki verandaların süslediği evleriyle tam bir Avrupa kentinde buldu; sokakları, meydanları, rıhtımları ve ambarları Antlaşma burnuyla nehir arasındaki bölgenin tamamını kaplıyordu. Burada, tıpkı Hong Kong ve Kalküta'da olduğu gibi Amerikalısından İngilizine, Çinlisinden Hollandalısına yetmiş iki milletten insan, her şeyi almaya ve satmaya hazır tüccarlar kaynaşmaktaydı; bizim Fransız, bu ortamda kendini Hottentot'lar* ülkesindeymişçesine yabancı hissediyordu.

Passepartout'nun başvurabileceği bir çare vardı: Gidip Yokohama'daki İngiliz ya da Fransız konsolosluğuna sığınabilirdi; ama efendisininkinden ayrıştırılamayan hikâyesini anlatmak hiç hoşuna gitmiyor, bu son çareye başvurmadan önce bütün öbür olanakları sınamak istiyordu.

Böylece, işine yarayacak herhangi bir şeye rastlayamadan kentin Avrupalı kesimini baştan başa gezdi, gerekirse Edo'ya dek uzanma kararıyla, Japon kesimine daldı. Yokohama'nın bu yerli bölgesine, yakın adalarda tapınılan deniz tanrıçalarından birinin adından yola çıkılarak Benten denir. Burada, insanı hayran bırakan, çam ve sedir ağaçlarıyla çevrili yollar, garip bir mimariye sahip kutsal kapılar, bambular ve sazlar arasına gömülmüş köprüler, yüzlerce yıllık sedir ağaçlarının gölgesine sığınmış tapınaklar, derinliklerinde

---

* İlk kez 17. yüzyılda kayda geçen Felemenkçe bir sözcük olan Hottentot, beyaz Avrupalıların Khoikhoi kabilesi üyelerine verdiği isimdi. (e.n.)

Budist rahiplerle Konfüçyüs dinine bağlı kişilerin bitki gibi yaşadığı mabetler, göz alabildiğine uzayıp giden sokaklar vardı; bu sokaklarda, kısacık bacaklı fino köpekleriyle, çok tembel, çok sokulgan, kuyruksuz, sarımtırak kediler arasında oynayan pembe beyaz tenli ve kırmızı yanaklı yığınla çocuk, tek bir yerli kalıptan çıkmış gibi görünen küçük insanlar kaynaşmaktaydı.

Zaten sokaklar sonu gelmeyen bir hareketlilikle mahşer yeri gibiydi: Ellerindeki davulları tekdüze bir tempoyla çalarak alay halinde geçen Budist rahipler; devlet memurları; parlak sivri şapkalar giymiş, bellerinde ikişer kılıç taşıyan gümrük ya da polis memurları; beyaz çizgili mavi pamuklu üniformalar giymiş, ateşli silahlar taşıyan askerler; üstlerinde çuval gibi duran ipek ceketleri, zırhlı gömlekleri ve örme zırhlı etekleriyle Mikado'nun muhafızları ve her rütbeden birçok asker – zira askerlik mesleği Çin'de ne denli küçük görülürse, Japonya'da o denli sayılır. Öte yandan, yardım parası toplamaya çıkmış din adamları, uzun cüppeli hacılar, saçları düz ve abanoz karası, koca kafalı, uzun gövdeli, ince bacaklı, kısa boylu, ten renkleri bakırın koyu nüanslarından donuk beyaza değişiklik gösteren, ama hiçbir zaman Çinliler gibi sarı olmayan –ki Japonlar esas olarak farklıdır– sıradan siviller. Ve arabalar, tahtırevanlar, atlar, hamallar, tenteli çekçekler, yanları lake kaplı "norimon"lar, yumuşak "kango"lar, bambudan yapılmış gerçek tahtırevanlar arasında, keten bezinden ayakkabılar, hasır sandaletler ya da oyulmuş ahşaptan sabolar içindeki minicik ayaklarıyla minicik adımlar atarak ortalıkta gezinen, pek güzel olmayan, çekik gözlü, göğüsleri düz, dişleri günün modasına uygun biçimde karartılmış, ama ulusal giysi "kimono"yu kendilerine yakıştırmış, kadınlar göze çarpıyordu; görünüşe göre o çağın Parisli dilberlerinin Japon kadınlarından ödünç aldıkları bu "kimono"lar, ipek bir kuşakla çaprazlama bağlanmış, geniş kemeri arkaya doğru kocaman bir düğümle uzanan giysilerdir.

Passepartout bu bin bir renkli kalabalık arasında dolaşıp garip ve zengin dükkânlara, cicili bicili Japon mücevherlerinin yığıldığı pazarlara, girmesi yasak olan, bayraklarla ve flamalarla süslü "lokantalara", mis kokulu sıcak çayların mayalanmış pirinçten yapılmış "saki" denen içkiyle birlikte yudumlandığı çayhanelere, Japonya'da pek bilinmeyen afyonun değil de, çok ince bir tütünün içildiği rahat kahvehanelere baktı.

Derken Passepartout kendini kırlarda, uçsuz bucaksız pirinç tarlalarının ortasında buldu. Burada son renklerini ve son kokularını etrafa yayan çiçekler, çalılıklardan ziyade ağaçların dallarındaki parlak kamelyalar açıyordu; bambu çitler, Japonların meyvelerinden çok çiçek açtıkları için yetiştirdikleri ve ekşi suratlı bostan korkuluklarıyla gürültülü fırıldakların serçelerin, güvercinlerin, kargaların ve diğer açgözlü kuşların gagalarına karşı savundukları kiraz, erik ve elma ağaçlarını kuşatıyordu. Tek bir ulu sedir yoktu ki, üstünde büyük bir kartal yuvalanmamış olsun; salkımsöğütlerse, yapraklarıyla tek ayakları üstünde kara kara düşünen balıkçıl kuşlarını örtmekteydi; kısacası, dört bir yan kuzgunlarla, ördeklerle, atmacalarla, yabankazlarıyla ve Japonların "Derebeyi" saydıkları, onlara göre uzun ömrü ve mutluluğu simgeleyen turnalarla doluydu.

Passepartout, böyle başıboş dolaşırken, otlar arasında birkaç menekşe gördü.

"Tamam!" dedi. "Bizim yemek çıktı işte!"

Ancak alıp kokladığı zaman, hiç kokmadıklarını fark etti.

"Talihimiz yokmuş!" diye düşündü.

Gerçi bizim dürüst oğlan *Carnatic*'ten ayrılmadan önce ihtiyatlı davranarak, tıka basa bir öğle yemeği yemişti; ancak, bütün günü gezip dolaşarak geçirdikten sonra açlıktan midesi kazınıyordu. Yerli kasaplarda koyun, keçi ya da domuz etinin kesinlikle bulunmadığını gözlemlemişti; yalnız tarım işlerinde kullanılan sığırların kesilmesinin de yasak olduğunu bildiğinden, Japonya'da pek et yenmediği sonucuna vardı. Yanılmıyordu; ama kasaplık hayvan bulamazsa, Japonların hemen hemen yalnızca pirinçle birlikte yedikleri yabandomuzu ya da alageyik, keklik ya da bıldırcın, kümes hayvanları ya da balıktan bir parça bulabilse midesi bayram ederdi doğrusu. Gel gör ki, kötü giden talihi güler yüzle karşılamaktan başka çaresi yoktu, yiyecek bulma işini ertesi güne bırakmak zorunda kaldı.

Gece bastırdı. Passepartout yerli mahallesine döndü, türlü hünerler yapan meydan soytarılarını, bütün halkı başlarına toplayan palavracı falcıları seyrederek bin bir renkli fenerle donatılmış sokaklarda gezinmeye başladı. Derken, tutuşan reçine ışığında balıkları cezbetmeye çalışan balıkçıların ateşlerinin öbek öbek serpildiği limanı karşısında buluverdi yeniden.

En sonunda sokaklar boşaldı. Kalabalığın yerini gece devriyesine çıkmış polis memurları aldı. Görkemli kostümleri ve etraflarını kuşatan maiyetleriyle büyükelçilere benziyorlardı ve Passepartout bu göz kamaştırıcı devriye kollarından birine rastladıkça, alaylı alaylı tekrarlıyordu:

"Hadi bakalım! Bir Japon elçisi daha gidiyor Avrupa'ya!"

XXIII

Bu Bölümde Passepartout'nun Burnu Alabildiğine Uzuyor

Ertesi gün, yorgunluktan canı çıkan, açlıktan midesi kazınan Passepartout kendi kendine, her ne pahasına olursa yemek yemeliyim, hem de ne kadar erken olursa o kadar iyi olur, diye düşünüyordu. Gerçi son çare olarak cep saatini satabilirdi, ama böyle bir şey yapmaktansa açlıktan gebermeye razıydı. Bu durumda, doğanın kendisine bağışladığı, uyumlu değilse bile, güçlü sesi kullanmaktan başka çaresi yoktu.

Birkaç Fransızca ve İngilizce şarkı biliyordu, bunları denemeye karar verdi. Her işi zille, davulla, dümbelekle yaptıklarına göre, Japonların müziksever olmaları ve Avrupa'dan gelmiş bir virtüözün yeteneğinin değerini takdir etmeleri gerekirdi.

Ama bir konser düzenlemek için vakit biraz erkendi galiba ve müzikseverler ansızın uykudan uyandırılınca, belki de Mikado'nun resmini taşıyan paralarla değil, başka bir şeyle öderlerdi ücretlerini.

Bunun üzerine Passepartout birkaç saat beklemeye karar verdi; ama yolda, gezgin bir sanatçı için fazla iyi giyimli gözükebileceğini düşündü ve aklına durumuyla uyuşan bir kılığa girme fikri geldi. Öte yandan, sırtındakilerle daha eski giysilerin değiştirilmesinden eline birkaç kuruş da para kalır, bununla gidip karnını doyurabilirdi. Hemen bu kararını uygulamaya girişti. Ancak, uzun araştırmalardan sonra bulabildi bir Japon eskici, bulunca da adama fikrini açtı. Avrupalılara özgü giysiler eskicinin hoşuna gitti ve Passepartout, az sonra dükkândan, kafasına zamanın etkisiyle solmuş, türbana benzer bir şapka, sırtına da eski bir Japon giysisi geçirmiş olarak çıktı. Ama buna karşılık, cebinde şıngırdayan birkaç küçük madeni para vardı.

"Ne yapalım," diye düşünüyordu, "diyelim ki karnavaldayız!"

Böylece "Japonlaşan" Passepartout'nun ilk işi, gösterişsiz bir "çayhane"ye girip birkaç parça tavukla bir iki avuç pirinç yemek oldu; akşam yemeğiniyse, şimdilik aklına bile getirmiyordu.

"Şimdi artık aklımızı başımıza devşirmeliyiz," dedi kendi kendine, karnını tıka basa doyurduktan sonra. "Bundan böyle, sırtımdaki partalları verip daha Japon işi bir şey de alamam. Demek ki, ancak kötü bir anı olarak saklayacağım şu Güneş ülkesinden bir an önce ayrılmanın çaresine bakmalıyım!"

Passepartout, bunun üzerine, Amerika'ya gidecek gemileri gözden geçirmeyi düşündü. Karşılığında yalnız yol ve yiyecek masrafının istenmemesi koşuluyla, aşçı ya da uşak olarak bunlardan birine girmeyi tasarlıyordu. San Francisco'ya vardıktan sonra işin içinden sıyrılmaya bakardı. Önemli olan, Japonya'yla Yeni Dünya arasındaki dört bin yedi yüz mili aşabilmekti.

Aklına geleni sürüncemede bırakanlardan olmayan Passepartout hemen Yokohama limanına yollandı. Ancak ilk aklına geldiği sırada çok basit görünen bu fikir, rıhtıma yaklaştıkça ona giderek gerçekleştirilemez gibi gelmeye başladı. Amerikan yolcu gemilerinden birinde neden bir aşçı ya da uşağa gereksinim duyulsundu ki? Ve şu garip kılık içerisinde nasıl insanlara güven verebilirdi? Hangi tavsiye mektubunu götürecekti? Hangi referansları gösterecekti?

Böyle düşüne düşüne yol alırken, soytarıya benzer bir adamın Yokohama sokaklarında dolaştırdığı kocaman bir ilana takıldı gözü. İngilizce yazılmış ilanda şunlar yazılıydı:

Saygıdeğer William Batulcar Yönetimindeki
Japon Akrobat Topluluğu

———— o ————

Amerika Birleşik Devletleri'ne Hareketten Önce

Tanrı Tingu'nun Doğrudan Himayesi Altında

UZUN-BURUN-UZUN-BURUNLARIN

SON TEMSİLLERİ

Büyük Gösteri!

— Amerika Birleşik Devletleri ha! diye bağırdı Passepartout, arayıp da bulamadığım şey işte!..

İlancı adamın ardına düşüp Japon mahallesine daldı. On beş dakika sonra, tepesine şerit flamalar çekilmiş, duvarlarına, perspektiften yoksun, ama çok yoğun renkler kullanılmış hokkabaz resimleri çizilmiş kocaman bir kulübenin önünde durdular.

Burası, ünlü Amerikan sirki Barnum'a benzer bir cambaz, hokkabaz, soytarı, akrobat, ip cambazı ve jimnastikçi topluluğunu yöneten saygıdeğer Batulcar'ın gösteri yeriydi; topluluk ilandan da anlaşılacağı üzere, Güneş imparatorluğundan ayrılıp Birleşik Devletler'e gitmeden önceki son temsillerini veriyordu.

Passepartout, kulübenin önündeki sütunlu taraçaya girip Bay Batulcar'ı sordu. Az sonra çıkageldi Bay Batulcar.

— Ne istiyorsunuz? diye sordu ilkin yerli sandığı Passepartout'ya.

— Uşağa ihtiyacınız var mı? dedi Passepartout.

— Uşak mı! diye bağırdı Batulcar, çenesinin altında çok bol olan kırçıl sakalını sıvazlayarak, sözümden ayrılmayan, sadık, beni asla terk etmeyen ve boğaz tokluğuna yanımda çalışan iki uşağım var... İşte, karşınızdalar, diye ekledi, damarları kontrbas telini andıran yapılı kollarını göstererek.

— Demek hiçbir işinize yarayamam, öyle mi?

— Hiçbir işimize...

— Hay Allah! Oysa ne de iyi olurdu sizinle birlikte gelebilmem.

— Hele, hele! dedi saygıdeğer Batulcar. Ben ne kadar maymunsam, siz de o kadar Japonsunuz galiba! İyi ama neden böyle giyindiniz?

— İnsan ancak bulabildiğini giyiyor!

— Doğru be. Fransız mısınız siz?

— Evet, hem de Parislinin hası...

— Ee, şaklabanlık gelir öyleyse elinizden?

— Aslında, diye karşılık verdi, uyruğunun kendisine böyle bir soru sorulmasına yol açmasına canı sıkılan Passepartout, biz Fransızlar gerçekten de şaklabanlık yapmayı biliriz, ama bu konuda Amerikalıların eline su dökemeyiz.

— Doğrudur. Her neyse, uşak olarak alamasam da, soytarı olarak tutabilirim sizi. Tamam mı, aslanım. Fransa'da yabancı soytarılar gösterilir, dışarıdaysa Fransız soytarılar!

— Yaa!

— Güçlü kuvvetlisiniz bu arada.

— Öyleyimdir, hele yemekten kalktıktan sonra.

— Şarkı da söyler misiniz?

— Söylerim, diye karşılık verdi bir zamanlar sokak şarkıcılığı da yapmış olan Passepartout.

— Peki, sol ayağınızın tabanında bir topaç döndürür, sağ ayağınızın tabanında da sivri bir kılıç taşırken, baş aşağı da söyleyebilir misiniz?

— Elbette! diye karşılık verdi, gençliğinde öğrendiği cambazlıkları hatırlayan Passepartout.

— Anlıyorsunuz ya, bütün iş bunda! diye yanıtladı saygıdeğer Batulcar.

Ve hemen oracıkta sözleşmeyi yapıverdiler.

Passepartout sonunda bir iş bulmuştu. Ünlü Japon topluluğundaki bütün numaraları yapacaktı. Gerçi pek iç açıcı bir iş değildi bu, ama böylece, bir haftaya kalmadan San Francisco yolunda olacaktı.

Saygıdeğer Batulcar'ın korkunç bir gürültüyle saat üçte başlayacağını duyurduğu temsil için daha şimdiden, trampet ve davullardan kurulu Japon orkestrasının korkunç enstrümanları sirkin kapısında gürlemeye başlamıştı. Anlaşıldığı üzere, Passepartout göstereceği numaraya hazırlanamamıştı, ama tanrı Tingu'nun Uzun Burunları'nın gerçekleştireceği "büyük insan piramidi" gösterisinde güçlü omuzlarıyla destek olacaktı. Bu "büyük numara"yla bir gösteri dizisi sona erecekti.

Saat üç olmadan, koca kulübe seyirci dolmuştu. Avrupalısı yerlisi, Çinlisi Japonu, kadını, erkeği, çocuğu koşmuş; daracık sıralara, sahneye bakan localara yerleşmişti. Müzisyenler de yerlerini almış ve orkestra tam kadro, gong, tamtam, flüt, zil, darbuka ve büyük davul kulakları sağır edercesine çalınmaya başlamıştı.

Bu temsil, bütün o akrobasi gösterilerine benziyordu. Ancak şunu da itiraf etmek gerekir ki, Japonlar dünyanın ilk cambazlarıdır.

İçlerinden biri, eline bir yelpazeyle küçük kâğıt parçaları almış, çok zarif çiçek-kelebek gösterisini gerçekleştiriyordu. Bir başkası piposunun kokulu dumanıyla, havaya çabucak seyircileri öven birtakım mavimtırak sözcükler yazıyordu. Beriki, yanan mumlarla hokkabazlık yapıyor, mumlar dudaklarının hizasından geçerken teker teker söndürüyor, sonra numarasına bir an bile ara vermeden birbiri ardı sıra yakıyordu. Başka biri, dönen topaçlarla akla hayale gelmedik düzenlemeler yaparak hünerler gösterdi; bu vızıldayan makineler, onun elinde sanki canlanıyor, hiç durmamacasına dönüyorlardı; borulardan, kılıcın keskin tarafından, sahnenin bir başından öbür başına gerilmiş, saç inceliğindeki çelik tellerden hızla kayıp gidiyor; büyük kristal vazoların etrafından dolanıyor, bambu merdivenleri çıkıyor, her bir köşeye dağılıyor, farklı tonlarını birleştirerek garip bir uyum efekti yaratıyorlardı. Hokkabazlar topaçlarla oynuyor, onlar da havada dönmeye devam ediyordu; adamlar onları tahta raketlerle top gibi savuruyor, topaçlar yine dönüyordu; alıp ceplerine tıkıyorlar, çıkardıklarında bir de bakıyordunuz, yine dönüyorlar – ve bu iş, gevşeyen bir yay onları havai fişek gibi dört bir yana saçana dek sürüyordu.

Burada topluluğun jimnastikçileriyle akrobatlarının yaptığı akıllara durgunluk veren numaraları anlatmak gereksiz. Merdiven, sırık, top ve fıçı numaraları olağanüstü bir titizlikle yapıldı. Ama temsilin en cazip tarafı, Avrupa'nın henüz tanımadığı şu şaşırtıcı cambazların, "Uzun Burunlar"ın gösterisiydi.

Bu Uzun Burunlar, doğrudan tanrı Tingu'nun himayesi altındaki özel bir birlikti. Ortaçağ çavuşları gibi giyinen bu adamların omuzlarında birer çift görkemli kanat vardı. Ama belirleyici özellikleri suratlarını süsleyen upuzun burunları ve bunu kullanış biçimleriydi. Bu burunlar aslında, beş, altı, on ayak uzunluğunda ve düz, eğri, pürüzsüz ya da siğillerle kaplı bambulardan başka bir şey değildi. Oysaki adamların bütün gösterisi de, suratlarına sıkıca tutturulmuş bu burunlarla yapılıyordu. Tanrı Tingu'nun müritlerinden on ikisi sırtüstü yatıyor, arkadaşları da gelip paratoner gibi duran burunların üstünde sıçrayıp zıplıyor, birinden diğerine atlayarak akıl almaz gösteriler yapıyorlardı.

Son olarak da, elli kadar Uzun Burun'un "Juggernaut'ın Arabası"nı temsil edeceği insan piramidi seyircilere anons edildi. Ancak, saygıdeğer Batulcar'ın sanatçıları bu piramidi birbirlerinin omuzlarına tırmanarak değil, burunları üstünde kuracaklardı. Şimdi, arabanın temelinde duran adamlardan biri topluluktan ayrıldığından ve bu iş için güçlü kuvvetli olmak gerektiğinden, Passepartout'nun onun yerini almasına karar verilmişti.

Bizim dürüst oğlan, rengârenk kanatlarla süslü ortaçağ kostümüne bürünüp, suratının ortasına da altı ayak uzunluğunda bir burun oturtulunca –gençliğinin hüzünlü anısı aklına geldiğinden– pek kederlendi elbette! Ama neylersin, bu burun onun ekmek parasıydı; o da kaderine razı oldu.

Passepartout sahneye girdi ve Juggernaut'ın Arabası'na temel oluşturacak arkadaşlarının yanında yerini aldı. Hep birlikte, burunları havada, sırtüstü uzandılar. Bir ikinci cambaz takımı gelip bu burunların üstüne çıktı, üçüncü takım onların, dördüncü takım da bu sonuncuların burnuna yerleşti; böylece, tiyatronun tavanına değen, insandan yapılma bir anıt kuruldu.

Bütün salon alkıştan inlerken ve orkestradaki bütün enstrümanlar gök gürültüsü gibi patlarken, piramit sarsıldı, denge bozuldu, en alttaki burunlardan biri aradan çekildiği için, insan anıt iskambil kâğıdından yapılmış bir şato gibi çöküverdi...

Suç Passepartout'daydı, yerini bırakmış, kanatlarını kullanmadan ön sahneyi aşmış, sağdaki galeriye tırmanmış, seyircilerden birinin ayağına kapanıp:

"Ah, Efendim! Efendiciğim!" diye bağırmıştı.

— Siz ha?

— Benim ya!

— Peki evladım, hadi gemiye öyleyse!..

Bay Fogg, kendisine eşlik eden Bayan Aouda ve Passepartout, hızla kulübenin koridoruna doğru yürüyerek oradan çıktılar. Ama yarı yolda, "kırılıp dökülen"ler için zararının karşılanmasını isteyen, öfkeden deliye dönmüş saygıdeğer

Batulcar dikildi karşılarına. Bay Fogg bir avuç banknot fırlatarak adamın öfkesini yatıştırdı. Bay Fogg'la Bayan Aouda, saat altı buçukta, tam kalkmak üzereyken, sırtındaki koca kanatlarla suratındaki altı ayaklık burnu çıkarıp atmaya vakit bulamamış Passepartout'nun ardından Amerikan gemisine biniyorlardı.

XXIV

Bu Bölümde Pasifik Okyanusu Geçiliyor

Şanghay'da olup bitenleri anlamak zor değil. *Tankadère*'in verdiği sinyaller Yokohama gemisinden görülmüştü. Bayrağın yarıya indirildiğini gören yolcu gemisinin kaptanı, doğruca küçük geminin yanına gelmişti. Az sonra Phileas Fogg, anlaştıkları üzere, John Bunsby'nin cebine beş yüz elli sterlin (13 750 frank) koyuyordu. Sonra saygıdeğer beyefendi, Bayan Aouda ve Fix buharlı gemiye binmiş, Nagasaki ve Yokohama'ya doğru yola çıkılmıştı.

Phileas Fogg, 14 Kasım sabahı, tam zamanında limana varmış, Fix'i kendi haline bıraktıktan sonra, hemen *Carnatic*'e gitmiş ve Bayan Aouda'yı sevindiren –aslında belki kendisini de sevindiren, ama hiç belli etmediği– haberi almış, Fransız Passepartout'nun bir gün önce Yokohama'ya geldiğini öğrenmişti.

O akşam San Francisco'ya hareket etmek zorunda olan Phileas Fogg hemen uşağını aramaya koyuldu. Hiçbir sonuç elde edemeden Fransız ve İngiliz konsolosluklarına başvurdu, Yokohama sokaklarında boşu boşuna dolaştıktan sonra, Passepartout'yu bulmaktan umudunu kestiği sırada, rastlantı ya da bir çeşit önsezi onu saygıdeğer Batulcar'ın sirkine soktu. Uşağını o garip çavuş kılığıyla tanıyamadı elbet;

ama beriki, sırtüstü yatarken, galeride boy gösteren efendisini tanıdı. Görür görmez burnunun oynamasına engel olamadı. Burnu oynayınca da denge bozuldu ve sonrasını biliyorsunuz zaten.

Passepartout, Bayan Aouda'nın ağzından ilkin bunları, sonra da, Bay Fix'le birlikte, iki direkli *Tankadère* ile Hong Kong'dan Yokohama'ya gelişlerini öğrendi.

Passepartout Fix'in adını işitince hiç istifini bozmadı. Polis hafiyesiyle arasında geçenleri efendisine anlatma zamanının gelmediği kanısındaydı. Bu yüzden de, başından geçen maceraları anlatırken, Yokohama'daki dumanaltı bir mekânda uyuşturucu maddeden içip sızdığı için kendini suçlayıp özür dilemekle yetindi.

Bay Fogg bu hikâyeyi tek söz etmeden, büyük bir soğukkanlılıkla dinledi; sonra, gidip gemiden kendisine daha uygun giysiler satın alabilmesi için uşağına kredi açtı. Gerçekten de bir saat bile geçmemişti ki, bizim dürüst oğlan burnunu kesmiş, kanatlarını koparmış, tanrı Tingu'nun müridine benzer bir yanı kalmamıştı.

Yokohama-San Francisco yolculuğunu yapan gemi, "Pacific Mail Steam" Şirketi'ne aitti, adı da *General-Grant*'ti. Bu, iki bin beş yüz ton kapasiteli, tam donanımlı, son derece hızlı, yandan çarklı bir gemiydi. Kocaman bir manivela güvertede bir yükseliyor, bir alçalıyordu; bir ucunda piston kolu, öbüründeyse çark miline doğrudan bağlanarak doğrusal hareketi dairesel harekete dönüştüren bir kol vardı. *General-Grant*, üç direkli bir gemiydi, kocaman yelkenleri buhar konusunda büyük ölçüde yardımcı oluyordu. On iki millik hızla, Pasifik okyanusunu en fazla yirmi bir günde geçerdi. Böylece Phileas Fogg, 2 Aralık'ta San Francisco'da, 11 Aralık'ta New York'ta ve 20'sinde –yani bahsin sona ereceği 21 Aralık'tan birkaç saat önce– Londra'da olmayı umabilirdi.

Gemide epey yolcu vardı; İngilizler, çok sayıda Amerikalı, Amerika'ya göç eden Çinli işçiler ve izinlerinde dünya gezisine çıkmış Hint ordusundan birtakım subaylar.

Yolculuk sırasında denizcilik açısından hiçbir olay olmadı. Geniş çarklarına yaslanan, güçlü yelkenlerinden destek alan gemi pek az sallanıyordu. Pasifik okyanusu, adına layık dingin bir deniz olduğunu göstermekteydi. Bay Fogg her zamanki gibi sakin ve suskundu. Genç yol arkadaşı, gün geçtikçe bu adama gönül borcunun dışında birtakım başka bağlarla bağlandığını hissediyordu. Aslında son derece eliaçık olan bu suskun tabiatlı adam onu sandığından daha çok etkiliyordu ve genç kadın da farkında olmaksızın, esrarengiz Fogg'un hiç mi hiç etkilenmiyor gibi göründüğü duygulara kaptırıyordu kendini.

Bayan Aouda, ayrıca beyefendinin planlarıyla da yakından ilgilenmekteydi. Yolculuğu tehlikeye düşürecek aksiliklerle karşılaşacaklar diye endişeleniyordu. Bayan Aouda çoğu kez gönlünden geçenleri okumakta güçlük çekmeyen Passepartout'yla hoşbeş ediyordu. Bu dürüst oğlan, şimdi artık efendisine mutlak ve sarsılmaz bir bağlılık hissediyordu; onun dürüstlüğünü, eliaçıklığını, kendini yakınlarına adayışını öve öve bitiremiyordu; sonra, işin zor kısmını atlattıklarını, Çin ve Japonya gibi garip ülkelerden çıktıklarını, uygar ülkelere döndüklerini, dünya çevresindeki bu imkânsız yolculuğu zamanında tamamlayabilmek için, kendilerini San Francisco'dan New York'a götürecek bir trenle, oradan Londra'ya aktaracak bir geminin yeterli olacağını söyleyerek Bayan Aouda'nın yolculuk konusundaki kaygılarını yatıştırıyordu.

Yokohama'dan ayrılışlarının dokuzuncu günü, Phileas Fogg yerkürenin tam yarısını geçmiş durumdaydı.

Gerçekten de, *General-Grant*, 23 Kasım'da, yüz sekseninci boylamdan geçmekteydi, bu da güney yarımkürede tam Londra'nın karşısına rastlıyordu. Bay Fogg, kendisine verilen seksen günün elli ikisini kullanmış, geriye yalnız yirmi sekiz gün kalmıştı. Ancak, beyefendi "meridyenlere göre" yolun yalnız yarısını geçtiyse de, aslında, toplam yolun üçte ikisinden çoğunu bitirmişti. Gerçekten de, Londra'yla Aden, Aden'le Bombay, Kalküta'yla Singapur ve Singapur'la Yokohama arasında ne de çok dönüp dolaşmışlardı! Londra'dan geçen ellinci enlemi dümdüz izlemiş olsa, bütün yol on iki bin mil tutacaktı; oysa Phileas Fogg, ulaşım araçlarından ötürü, yirmi altı bin millik yol katetmek zorundaydı, bunun hemen hemen on yedi bin beş yüzünü aşmıştı 23 Kasım'da. Şimdi artık yol düzdü ve Fix de ayak bağı olamazdı!

23 Kasım günü, Passepartout müthiş keyiflendi. Hatırlayacağınız üzere, bizim inatçı oğlan, geçtiği ülkelerin yerel saatlerini kabul etmeyip atadan kalma köstekli saatini Londra'ya göre ayarlamaya devam ediyordu. O günse, saatini ne ileri, ne geri aldığı halde, gemideki kronometrelerle çakışmıştı.

Passepartout'nun bundan büyük bir sevinç duymasını anlamak zor değil. Fix'in, yanında olsa, ne diyeceğini merak ediyordu doğrusu. "O aşağılık herif bana meridyenler, güneş ve ay üstüne bir sürü şey anlatırdı!" deyip duruyordu Passepartout. "Hey gidi, hey! Bu adamları dinlesek, harika saatlerimiz olurdu! Günün birinde, güneşin benim saate göre doğmaya karar vereceğinden emindim zaten!.."

Oysa Passepartout'nun göz ardı ettiği bir şey vardı: Saatinin kadranı İtalyan saatlerindeki gibi yirmi dörde bölünmüş olsaydı, sevinmeye fırsat bulamayacaktı, çünkü gemideki saatler sabah dokuzu gösterirken, kendi saati akşamın dokuzunu, yani gece yarısından sonra yirmi biri gösterecekti – Londra'yla yüz sekseninci meridyen arasındaki fark da bu kadardır zaten.

Ancak Fix, bütünüyle fizikle ilgili bu olayı açıklayabilse bile, Passepartout belki anlar, ama kabul edemezdi. Ayrıca, gerçi olacak şey değildi ya, hani polis hafiyesi bir çılgınlık edip de tam o sırada ansızın ortalarda görünse, Passepartout haklı hıncının verdiği öfkeyle, onunla çok farklı bir konuyu görüşür ve farklı bir biçimde ele alırdı.

Peki ama, Fix şu anda nerelerdeydi acaba?..

Fix tam olarak *General-Grant* gemisindeydi tabii!

Gerçekten de, polis hafiyesi, Yokohama'ya gelince, günün ilerleyen saatlerinde yeniden buluşmayı planladığı Bay Fogg'dan ayrılmış, hemen İngiliz konsolosuna koşmuştu. Orada, sonunda Bombay'dan beri arkasından gelen ve çıkarılmasının üzerinden kırk gün geçmiş tutuklama emrini bulmuştu – belge Hong Kong'dan kendisinin bindiğini sandıkları *Carnatic*'e gönderilmişti. Bu durumda, varın siz hesaplayın polis hafiyesinin hayal kırıklığını! Belge artık hiçbir ise yaramazdı! Bay Fogg, İngiliz topraklarından ayrılmıştı! Şimdiden sonra onu tutuklayabilmek için suçlu olarak iade edilmesi gerekliydi!

"Olsun!" dedi Fix ilk öfkesini yendikten sonra. "Belge burada işime yaramıyorsa, İngiltere'de yarar. Bu namussuz herif, polisi atlattığına inandığından, yurda dönmek niyetinde galiba. Dönsün bakalım. Oraya dek peşinden ayrılmam. Paraya gelince, inşallah tükenmemiştir! Ancak adamım, yol, ödül, dava, ceza, fil parası falan derken, şimdiye dek beş bin sterlinden fazla harcadı herhalde. Neyse, banka zengindir nasıl olsa!"

Böylece karara vardıktan sonra, derhal *General-Grant*'e bindi. Bay Fogg'la Bayan Aouda gemiye geldiklerinde, o çoktan yerleşmişti. O çavuş kılığı içinde de olsa, Passepartout'yu görür görmez tanıdı ve ağzı bir karış açık kaldı. Her şeyi altüst edecek bir açıklamada bulunmak zorunda kalmamak için, hemen koşup kamarasına gizlendi – gemide çok sayıda yolcu bulunduğundan, düşmanının gözüne çarpmayacağını hesap ediyordu; ama günün birinde, geminin burnunda yüz yüze geliverdiler. Passepartout tek laf etmeden Fix'in gırtlağına sarıldı, hemen kendisi için bahse giren birtakım Amerikalıların sevinç çığlıkları arasında, Fransız boksunun İngiliz boksundan üstün olduğunu gösterip bir temiz pataklad talihsiz polis hafiyesini.

Dayak faslı bittiğinde, Passepartout sakinleşmiş, adeta bir yükten kurtulmuştu. Fix epey kötü bir durumda doğruldu, rakibine bakıp soğuk bir tavırla sordu:

— Bitti mi?

— Evet, şimdilik.

— Öyleyse, gelin de konuşalım azıcık.

— Nee, ben mi?..

— Efendinizin iyiliği için.

Adamın soğukkanlılığı karşısında alıklaşan Passepartout polis hafiyesinin ardına düştü, birlikte gidip geminin burnuna çöktüler.

— Bir temiz dövdünüz beni, dedi Fix. Şimdi de sözlerime kulak verin. Bugüne dek Bay Fogg'un karşısındaydım, ama artık ondan yanayım.

— Çok şükür! diye haykırdı Passepartout, dürüst bir insan olduğuna inandınız mı?

— Hayır, diye karşılık verdi Fix soğuk bir sesle, hâlâ alçağın teki olduğunuza inanıyorum... Şiişt! Sakın yerinizden kıpırdamayın ve beni dinleyin. Bay Fogg, İngiliz topraklarındayken tutuklama emri beklediğim için hep kendisine engel olmaya çalıştım. Bunun için elimden geleni yaptım. Bombay'da din adamlarını üstüne saldım, Hong Kong'da sizi uyuttum, efendinizden ayırdım, ona Yokohama gemisini kaçırttım...

Passepartout, yumruklarını sıkmış dinliyordu.

— Ama şimdi, Bay Fogg İngiltere'ye dönüyor galiba? diye devam etti Fix. Eğer öyleyse, ben de ardındayım demektir. Yalnız, bundan böyle, şimdiye dek engel çıkarmak için gösterdiğim çabayı engelleri ortadan kaldırmak için harcayacağım. Gördüğünüz gibi, oyunum değişti, çünkü çıkarım buna bağlı. Şunu da belirteyim ki, sizin çıkarınız da benimkiyle aynı, çünkü ancak İngiltere'de bir suçluya mı, yoksa dürüst bir adama mı hizmet ettiğinizi anlayabileceksiniz!

Passepartout büyük bir dikkatle dinlemişti Fix'i ve adamın gerçekten iyi niyetle konuştuğuna ikna olmuştu.

— Dost muyuz artık? diye sordu Fix.

— Dost mu? Yok canım, diye karşılık verdi Passepartout. İsterseniz müttefik diyelim, o da çıkarlarımız uygun düştüğü için, çünkü en küçük ihanetinizde boynunuzu koparırım.

— Anlaştık, dedi polis hafiyesi sakin bir tavırla.

General-Grant on bir gün sonra, 3 Aralık'ta Golden Gate boğazına girip San Francisco'ya varıyordu.

Bay Fogg ne bir gün kazanmış ne de yitirmişti.

XXV

Bu Bölümde Bir Miting Sırasında San Francisco'ya Genel Bir Bakış Atılıyor

Çıktıkları yüzer iskeleye bu ad verilebilirse, Phileas Fogg, Bayan Aouda ve Passepartout, Amerika kıtasına ayak bastıklarında saat sabahın yedisiydi. Gelgitle birlikte alçalıp yükselen bu yüzer iskeleler gemilerin yüklenip boşaltılmasını kolaylaştırmaktaydı. Her boydan yelkenliler, her ulustan buharlı gemiler ve Sacramento nehriyle kollarında çalışan birkaç katlı tekneler hep bu iskelelere yanaşır. Öte yandan, Meksika'dan Peru'ya, Şili, Brezilya, Avrupa, Asya ve Pasifik okyanusunun bütün adalarına uzanan bir ticaret ağının ürünleri de yine buraya yığılır.

En sonunda Amerikan toprağına ayak basabildiğine sevinen Passepartout, gemiden, çok tehlikeli bir perendeyle inmesi gerektiğine karar vermişti. Ama kalasları kurtlar tarafından yenmiş iskeleye düştüğünde, az kalsın öbür dünyayı boyluyordu. Bizim dürüst oğlan bu yeni kıtaya "ayak basış" biçiminin verdiği şaşkınlıkla öyle bir çığlık attı ki, yüzer iskelelerin sürekli konukları pelikanlarla karabataklar sürü halinde havalandılar.

Bay Fogg, gemiden iner inmez New York'a ilk trenin kaçta hareket ettiğini sorup öğrendi. Akşam altıda hareket ediyordu. Demek ki, Bay Fogg'un önünde, California eyaletinin başkentinde geçirecek koskoca bir gün vardı. Bayan Aouda'yla kendisi için bir araba çağırttı. Passepartout arabaya kuruldu ve böyle bir seferi üç dolara yapan taşıt International Hotel'e yollandı.

Passepartout, oturduğu yüksek yerden, büyük bir merakla bu kocaman Amerikan kentini seyrediyordu: Geniş caddeler, yan yana dizilmiş alçak evler, Anglosakson tarzında yapılmış Protestan ve Katolik Gotik kilise ve tapınaklar, uçsuz bucaksız rıhtımlar; kimisi ahşap, kimisi tuğla saraya benzer ambarlar; sokaklarda çeşit çeşit arabalar, omnibüsler, tramvay "vagonları"; kaldırımlarda, Amerikalı ve Avrupalıların yanı başında, Çinli ve Hintliler – sizin anlayacağınız, iki yüz bini aşan bir nüfus.

Passepartout gördükleri karşısında epey şaşırdı. Onun kafasında hâlâ 1849'ların efsanevi kentinde, altın aramaya gelmiş haydutların, kundakçıların, katillerin yığınak yaptığı, toplumdışına itilmişlerin, bir elde tabanca, bir elde bıçak, altın tozuyla kumar oynadığı uçsuz bucaksız bir çıfıt çarşısı vardı. Oysa geçip gitmişti "o güzel günler". San Francisco şimdi büyük bir ticaret kenti görünümündeydi. İçinde bekçilerin nöbet tuttuğu yüksek belediye sarayı kulesi, dik açılarla kesişen, aralarında yemyeşil meydanların uzandığı sokak ve caddelere tepeden bakıyordu; bir köşedeyse, Gök İmparatorluğu'ndan alınıp oyuncak kutusu içinde buraya getirilmişe benzeyen Çin Mahallesi vardı. Ortalıkta ne Meksika şapkası, ne altın arayıcılarına özgü kırmızı gömlek, ne de kafası tüylü Kızılderili kalmıştı, çevrenizde yalnızca, durmadan koşuşan beylerin çoğunun giydiği ipek şapkalarla siyah takım elbiseleri görebiliyordunuz. Kimi caddelerde, hele – Londra'nın Regent Caddesi'ne, Paris'in İtalyan Bulvarı'na, New York'un Broadway'ine benzeyen– Montgomery Caddesi'ndeki göz kamaştırıcı mağazalarda dünyanın dört bir yanından gelmiş ürünler sergilenmekteydi.

International Hotel'e geldiklerinde, Passepartout İngiltere'den hiç ayrılmamış gibi hissetti kendini.

Otelin zemin katında, büyük bir "bar", oradan geçen herkese açık bir büfe vardı. Burada, müşterinin cüzdanına el atmasına gerek kalmadan, istendiği kadar tütsülenmiş et, istiridye çorbası, bisküvi ve Cheshire peyniri ikram ediliyordu. Canı serinlemek isteyen, yalnızca içtiği ale, porto ya da sherry'nin parasını veriyordu. Bu iş pek "Amerikanvari" geldi Passepartout'ya.

Otelin lokantası rahattı. Bay Fogg'la Bayan Aouda masalardan birine yerleştiler, son derece güzel tenli zenciler onlara minnacık tabaklarda yemek getirdiler.

Phileas Fogg yemekten sonra, Bayan Aouda'yı da yanına alıp otelden çıktı, pasaportunu gösterip damgalatmak üzere İngiliz Konsolosluğu'na yollandı. Dışarıda uşağıyla karşılaştı, beriki efendisine, Pacific trenine binmeden bir iki düzine Enfield karabinası ya da Colt tabancası satın almanın yerinde olup olmayacağını sordu. Passepartout, İspanyol hırsızları gibi canları çektiği zaman trenin yolunu kesen Sioux ve Pawnee yerlilerinin yaptıklarını işitmişti çünkü. Bay Fogg bunun gereksiz bir tedbir olduğunu söyledi, ama yine de onu bildiği gibi davranmakta özgür bıraktı. Sonra, doğruca İngiliz konsolosunun ofisine yollandı.

Phileas Fogg daha iki yüz adım atmadan, "büyük bir rastlantıyla" Fix'e rastgeldi. Polis hafiyesi müthiş şaşırmış gibi davrandı. Nasıl olabilmişti? Bay Fogg'la birlikte Pasifik okyanusunu geçmiş ve birbirlerini görmemişlerdi demek? Her neyse, Fix, pek çok şey borçlu bulunduğu beyefendiye rastlamaktan olsa olsa onur duyardı ve işleri kendisini Avrupa'ya çağırdığından, yolculuğun geri kalanını bir arada yapmaktan büyük mutluluk duyacaktı.

Bay Fogg, asıl onurun kendisine ait olduğunu söyledi ve –onu bir an bile gözden ırak tutmak istemeyen– Fix, şu garip San Francisco'yu birlikte gezebilmeleri için izin istedi. İzin verildi.

Az sonra, Bayan Aouda, Phileas Fogg ve Fix sokaklarda dolanmaya başlamışlardı bile. Derken kendilerini, Montgomery Caddesi'nde, büyük bir kalabalığın ortasında buldular. Durmadan gelip giden tramvay ve omnibüslere rağmen, dükkânların önlerinde, bütün evlerin pencerelerinde, hatta damlarda müthiş bir kalabalık vardı. Grupların arasında duyuruları üzerlerinde taşıyan adamlar dolaşıyordu. Bayrak ve flamalar rüzgârda uçuşuyor, dört bir yandan haykırışlar yükseliyordu.

— Yaşasın Kamerfield!

— Yaşasın Mandiboy!

Bir açık hava toplantısıydı bu. Daha doğrusu, Fix öyle düşündü ve bu düşüncesini Bay Fogg'a aktarıp ekledi:

— Onun için, beyefendi, isterseniz bu kalabalığa girmeyelim. Olsa olsa hırpalanırız.

— Haklısınız, diye karşılık verdi Phileas Fogg, siyasal da olsa, yumruk yumruktur!

Fix, bu söz üzerine gülümsemek zorunda kaldı ve Bayan Aouda, Phileas Fogg ve kendisi, gürültüye patırtıya karışmadan her şeyi görebilmek üzere, tam Montgomery Caddesi'nin karşısındaki bir taraçaya çıkan merdivenin en üst basamağına yerleştiler. Önlerinde, sokağın öte yakasında, bir kömürcünün iskelesiyle bir gaz satıcısının arasında kocaman bir kürsü vardı ve dört bir yandan akan kalabalık buraya yönelmekteydi.

Peki ama bu mitingin nedeni neydi? Ne vesileyle yapılıyordu? Phileas Fogg'un bu konuda en küçük fikri yoktu. Asker ya da sivil bir yüksek memur, bir vali ya da Kongre üyesi mi seçiliyordu acaba? Kenti fokur fokur kaynatan şu korkunç kalabalığa bakılırsa, öyle olması gerekirdi.

Tam bu sırada, kalabalıkta büyük bir kaynaşma oldu. Bütün eller havadaydı. Bu ellerin kimisi, yumruk biçiminde sıkılmış olarak kalkıyor, sonra, bağrış çağrış arasında hızla iniyordu – bu da verecekleri oyu açıkça ifade etmenin enerjik bir biçimiydi besbelli. Çalkantı bir ileri bir geri akan kitleyi coşturuyordu. Bayraklar sallanıyor, bir an yok oluyor, sonra paramparça ortaya çıkıyordu. İnsan denizinin dalgası bizimkilerin tünedikleri merdivenin dibine dek vuruyor, başlar, apansız şiddetlenen rüzgârın karıştırdığı denizin yüzeyindeki kabarcıklara benziyordu. Kara şapkalar gözle görülecek derecede azalmaktaydı, kalanların da boyu kısalıyordu.

— Belli ki bir miting bu, dedi Fix, üstelik de epey heyecan yaratan bir konuda yapılıyor olmalı. Çözülmüş olmasına rağmen, yine de şu ünlü Alabama olayıysa hiç şaşırmam.

— Olabilir, demekle yetindi Bay Fogg.

— Her halükârda, diye devam etti Fix, iki şampiyon, saygıdeğer Kamerfield ile saygıdeğer Mandiboy karşılaşıyor.

Bayan Aouda, Phileas Fogg'un koluna girmiş bu gürültülü patırtılı toplantıyı şaşkınlıkla seyrediyordu; Fix tam yanındakilerden birine bu müthiş kalabalığın nedenini sormak üzereyken, öncekileri bastıran bir kaynaşma oldu. Küfürlü bağrışmalar iki katına çıktı. Havada sallanan flamalar saldırı silahlarına dönüştü. Artık eller değil, yalnız yumruklar göze çarpıyordu. Durdurulmuş arabaların, yoldan alıkonmuş omnibüslerin tepesinden yumruklar savruluyordu. Ele geçen her şey fırlatılmaktaydı. Çizmeler ve pabuçlar ıslık çalarak uçuşuyor, hatta tabancalar bile ulusal patlamalarıyla halkın haykırışlarına katılıyordu.

Kalabalık, merdivenin dibine geldi, ilk basamakları doldurdu. İki taraftan biri geri püskürtülmüştü belli ki, ama bizimkiler üstünlüğün Mandiboy'da mı, yoksa Kamerfield'de mi kaldığını anlayamamışlardı.

"Çekilsek iyi olacak," dedi "adamının" saldırıya uğramasını ya da başına dert açmasını istemeyen Fix. "Bütün bunların nedeni İngiltere'yse ve adamlar da bizi tanırsa, gürültü patırtı arasında tehlikede olabiliriz!"

"Bir İngiliz yurttaşı..." diye karşılık verdi Phileas Fogg.

Ama cümlesini bitiremedi. Tam arkalarından, yerleştikleri merdivenin açıldığı taraçadan korkunç bir gürültü koptu. Halk, "Ya ya ya... şa şa şa... Mandiboy, Mandiboy çok yaşa!" diye bağırıyordu. Bunlar, Kamerfield'i tutanlara üstünlük sağlamaya gelen seçmenlerdi.

Böylece Bay Fogg, Bayan Aouda ve Fix iki ateş arasında kalmıştı. Sıvışmak için vakit çok geçti. Ellerinde sopalar ve balyozlar bulunan bu insan seline karşı koymak olanaksızdı. Genç kadını korumaya çalışan Phileas Fogg'la Fix epey hırpalandılar. Her zamanki gibi soğukkanlılığı elden bırakmayan Bay Fogg, doğanın her İngilize bağışladığı silahlarla kendini korumaya çalıştıysa da, boşuna. Kızıl tenli, kızıl sakallı, geniş omuzlu, hareketlerinden gelenlerin başı olduğu belli olan iriyarı biri o koca yumruğunu kaldırdığı gibi Bay Fogg'un suratına indirmek istedi ve Fix tam bir bağlılıkla atılıp bu yumruğu yemeseydi, bizim beyefendi hapı yutmuştu. Zavallı polis hafiyesinin yamyassı olan ipek şapkasının altında bir anda kocaman bir yumru belirmişti.

— Bana bak Yanki! diye bağırdı Bay Fogg, müthiş küçümseyen bakışlarla karşısındakini süzerek.

— Ne var be İngiliz! diye karşılık verdi beriki.

— Görüşürüz sizinle!

— Ne zaman isterseniz. Adınız?

— Phileas Fogg. Sizinki?

— Albay Stamp W. Proctor.

Bu konuşma sona erdiğinde, sel de akıp gitmişti. Fix yere devrilmişti, üstü başı parçalanmış olarak doğruldu, bereket ciddi bir yara almamıştı. Paltosu farklı büyüklükte iki parçaya ayrılmış, pantolonuysa, kimi Kızılderililerin –sırf modadan ötürü– poposunu kestikten sonra giydikleri kısa pantolonlara benzemişti. Sonuç olarak Bayan Aouda hırpalanmaktan kurtulmuş, yalnız Fix yemişti yumruğu.

— Teşekkür ederim, dedi Bay Fogg polis hafiyesine, kalabalıktan kurtuldukları zaman.

— Değmez, diye karşılık verdi Fix, hadi gidelim.

— Nereye?

— Bir hazır giyim mağazasına.

Gerçekten de, tam sırasıydı. Phileas Fogg'la Fix'in giysileri, sanki bu iki beyefendi Kamerfield ya da Mandiboy hesabına dövüşmüşler gibi, lime limeydi.

Bir saat sonra adam gibi giyinmiş, saçlarını başlarını taramışlardı. Sonra International Hotel'e döndüler.

Passepartout, satın aldığı yarım düzine altıpatlarla efendisini bekliyordu. Bay Fogg'un yanında Fix'i görünce kaşları çatıldı. Bayan Aouda bir iki cümleyle olup biteni anlatınca sakinleşti. Belli ki Fix artık düşman değil, dosttu. Sözünü tutuyordu.

Akşam yemeğinden sonra, yolcularla bavullarını gara götürmek üzere bir araba çağrıldı. Bay Fogg, tam arabaya binerken Fix'e dönüp:

— Şu Albay Proctor'ı bir daha görmediniz mi? diye sordu.

— Hayır, görmedim, diye karşılık verdi Fix.

— Bu adamı bulmak için özel olarak döneceğim Amerika'ya, diye devam etti Phileas Fogg buz gibi bir sesle. Bir İngiliz vatandaşının kendisine bu türlü davranılmasına izin vermesi yakışık almaz.

Polis hafiyesi karşılık vermeyip gülümsemekle yetindi. Ama görüldüğü gibi, Bay Fogg, kendi yurdunda düelloya karşı oldukları halde, yabancı ülkelerde, onurlarını korumak için, çekinmeden dövüşen İngilizlerdendi.

Yolcular, altıya çeyrek kala gara vardılar, tren harekete hazırdı.

Bay Fogg, tam trene binerken bir memur gördü, yanına gidip:

— Affedersiniz, dostum, dedi, bugün San Francisco'da bir karışıklık olmadı mı?

— O karışıklık değil, bir mitingdi efendim, diye karşılık verdi görevli.

— İyi ama sokaklarda müthiş bir canlılık gözüme çarptı.

— Sadece bir seçim mitingiydi bu.

— Orduya başkumandan seçiliyordu herhalde, öyle mi? diye sordu Bay Fogg.

— Hayır, efendim, sulh mahkemesine yargıç seçiliyordu.

Bunun üzerine Bay Fogg vagona bindi ve tren son hızla yola koyuldu.

XXVI

Bu Bölümde Bizimkiler Pacific Ekspresine Biniyor

"*Ocean to Ocean*"* der Amerikalılar ve Amerika Birleşik Devletleri'ni boydan boya geçen "grand trunk"a (büyük hatta) aslında bu ad verilmeliydi. Ancak, "Pacific Railroad" (Pasifik Demiryolu) iki ana parçaya bölünür: San Francisco ile Ogden arasındaki "Central Pacific", Ogden ile Omaha arasındaki "Union Pacific". Beş ayrı yönden gelen demiryolu Omaha'da birleşir, oradan New York'a sık sık tren vardır.

Böylece San Francisco'yla New York, uzunluğu üç bin yedi yüz seksen altı milden aşağı olmayan, kesintisiz bir demir şeritle birbirine bağlanır. Omaha ile Pasifik okyanusu arasında, demiryolu hâlâ yerlilerle vahşi hayvanların kol gezdiği bir bölgeden geçer – Mormonların Illinois'dan kovulduktan sonra, 1845'e doğru sömürgeleştirmeye başladıkları geniş topraklardan oluşur bu bölge.

Eskiden, en iyi koşullarda, New York'tan San Francisco'ya tam altı ayda gidiliyordu. Öykümüzün geçtiği günlerdeyse, yalnız yedi günde.

---

* (İng.) Okyanustan okyanusa. (ç.n.)

Demiryolu, 1862'de, hattı kendi bölgelerinden geçirmek isteyen Güneyli milletvekillerinin bütün direnmelerine rağmen, kırk birinci enlemle kırk ikinci enlem arasından geçirilmiştir. Hâlâ büyük bir özlemle anılan Başkan Lincoln bizzat bu yeni ağın başlangıç noktasını Nebraska eyaletindeki Omaha kenti olarak saptamıştı. Çalışma hemen başlamış ve bunu ne kırtasiyecilikle ne de bürokrasiyle ilişkisi olan, Amerikalılara özgü bir faaliyet izlemişti. Bu işçiliğin hızı demiryolunun sağlamlığına hiçbir biçimde zarar vermiyordu. Çayırda, günde bir buçuk millik hat döşeniyordu. Bir lokomotif, bir gün önce döşenen raylardan geçerek bir gün sonraki rayları getiriyor ve döşenen kesimlerde ilerliyordu.

Pacific demiryolu, Iowa, Kansas, Colorado ve Oregon eyaletlerinde birçok kola ayrılmaktadır. Omaha'dan çıktıktan sonra, kuzey kolunun ağzına dek Platte nehrinin sol yakasını izlemekte, sonra güney koluna eşlik etmekte, Laramie'den ve Wasatch dağlarından geçmekte, Büyük Tuz gölünün çevresinden dolanmakta, Mormonların başkenti Lake Salt City'ye uğradıktan sonra uçsuz bucaksız Amerikan çölü Tooele vadisine dalmakta, Cedar ve Humboldt dağlarını aşmakta, Humboldt nehriyle Sierra Nevada'yı geçmekte, Sacramento üzerinden Pasifik'e doğru inmektedir ve bütün yol boyunca, eğimi, Kayalık Dağlar bölgesinde bile, mil başına on iki ayağı geçmemektedir.

Trenlerin yedi günde aldıkları, saygıdeğer Phileas Fogg'u 11 Aralık'ta New York'tan hareket edecek olan Liverpool gemisine yetiştirecek –şimdilik umudu buydu– o upuzun demiryolu buralardan geçiyordu işte.

Phileas Fogg'un bindiği vagon, her biri dört tekerlek üstüne oturtulmuş, böylece küçük çaplı dönemeçleri kolaylıkla alabilecek bir hareketliliğe kavuşturulmuş iki ayrı bölümden oluşmuş uzun bir trendi. Vagonda kompartıman yoktu: Her vagondaki tuvalete vb. giden dar geçidin iki yanına, karşılıklı olarak, iki dizi sıra konmuştu. Trenin bütün vagonları geçitlerle birbirine bağlıydı; yolcular böylece bir uçtan öbürüne geçebiliyor, salonlu vagon, taraçalı vagon, restoran vagonu ya da kafe vagonu arasından dolaşabiliyorlardı. Bir tek tiyatro vagonu eksikti. Günün birinde o da olurdu elbet. Vagonları bağlayan geçitlerden, sürekli gidip gelen kitap ve gazete satıcılarıyla, müşteri bulmakta güçlük çekmeyen alkollü içki, yiyecek ve puro satıcıları eksik olmuyordu.

Yolcular Oakland istasyonundan akşamüstü altıda yola çıkmışlardı. Hava çoktan kararmıştı – soğuk ve karanlık bir geceydi; gökyüzünü örten bulutlar neredeyse kara dönüşecekti. Tren pek hızlı gitmiyordu. Duruşlar da hesaba katılırsa, hızı saatte yirmi mili aşmıyordu; ama bu hız, Amerika Birleşik Devletleri'ni tarifede belirtilen zamanda aşmasına izin verecekti.

Vagonda pek az konuşuluyordu. Zaten az sonra herkesin uykusu gelecekti. Passepartout polis hafiyesinin yanına düşmüştü, ama adamla konuşmuyordu. Son olaylardan sonra, ilişkileri iyiden iyiye soğuklaşmıştı. Birbirlerine ne yakınlık gösteriyorlardı, ne dostluk. Fix'in tutumunda bir değişiklik olmamıştı, ama Passepartout son derece ihtiyatlı davranıyor, en küçük kuşkuda eski dostunun gırtlağına sarılacakmış gibi duruyordu.

Yola çıktıktan bir saat sonra kar yağdı – neyse ki bu, trenin yolunu kesmeyecek, ince bir kardı. Pencereden bakıldığında artık uçsuz bucaksız beyaz bir çarşaftan başka bir şey görülmüyor, lokomotifin kıvrım kıvrım uzanan buharı bu beyaz örtü üzerinde kül rengine çalıyordu.

Saat sekizde, vagona giren bir "steward" yolculara yatma vaktinin geldiğini haber verdi. Burası bir "sleeping-car"dı*, vagon birkaç dakikada yatakhaneye çevrildi. Sıraların arkalıkları yatırıldı, özenle katlanmış döşekler büyük bir ustalıkla açıldı, kısa zamanda kabinler oluşturuldu ve her yolcu, kendisini meraklı bakışlardan koruyan kalın perdelerle

---

* (İng.) Yataklı vagon. (ç.n.)

çevrili rahat bir yatağa kavuştu. Çarşaflar kar gibi beyaz, yastıklar yumuşacıktı. Yapılacak tek şey yatıp uyumaktı – nitekim, tren olanca hızıyla California eyaletine doğru yol alırken, yolcular da, bir geminin rahat kamarasındaymışlarcasına, yatıp uyudular.

San Francisco'yla Sacramento arasındaki bölgede arazi pek engebeli değildir. "Central Pacific Road" adını taşıyan demiryolu Sacramento'dan yola çıkar, doğuya doğru ilerler, Omaha'dan gelen hatla birleşir. Tren yolu, San Francisco'dan çıktıktan sonra, San Pablo körfezine dökülen American nehrini izleyerek doğruca kuzeydoğuya, California eyaletinin başkentine yollanır. Bu iki önemli kent arasındaki yüz yirmi mil altı saatte alındı ve bizim yolcular, gece yarısına doğru, ilk uykularında Sacramento'yu geçtiler. Dolayısıyla, California eyaleti hükümetinin merkezi olan bu saygın kentin ne o güzel rıhtımlarını, ne geniş caddelerini, ne göz kamaştırıcı otellerini, ne parklarını, ne de tapınaklarını görebildiler.

Tren Sacramento'dan çıktıktan sonra Junction, Roclin, Auburn ve Colfax istasyonlarını geçti, Sierra Nevada'ya girdi. Cisco istasyonunu sabah saat yedide geçtiler. Bir saat sonra yatakhane yine sıradan bir vagon haline gelmişti ve yolcular, pencerelerden bu güzel dağlık ülkeyi farklı açılardan seyredebiliyorlardı. Tren yolu Sierra'nın kaprislerine boyun eğiyor, kimi yerde dağın yamacından gidiyor, kimi yerde uçurumların kıyıcığından geçiyor, keskin açılardan kaçınıp cesur yaylar çiziyor, insanda çıkışı yokmuş izlenimi uyandıran daracık boğazlara dalıyordu. Kutsal emanet sandığı gibi parlayan lokomotif, kızıl ışıklar saçan feneriyle, gümüş gibi parlak çanıyla ve önde bir mahmuz gibi uzanan "davarkovan"ıyla, çavlan ve çağlayanların gürültüsü arasında tıslayarak ve böğürerek ilerliyor, dumanını köknarların kara dalları arasında dolandırıyordu.

Geçtikleri hat üzerinde neredeyse hiç tünel ve köprü yoktu. Demiryolu, dağların çevresinden dolanıyor, bir noktadan diğerine en kestirme yolu aramıyor, doğaya zarar vermiyordu.

Tren, saat dokuza doğru, hep kuzeydoğuya doğru yol alarak, Garson vadisinden geçip Nevada eyaletine giriyordu. Öğleyin de Reno'dan hareket ediyordu, yolculara burada yirmi dakikalık yemek molası verilmişti.

Demiryolu, bundan sonra, Humboldt nehrini izleyerek, birkaç mil kuzeye doğru çıktı. Sonra doğuya döndü, bundan böyle, Nevada eyaletinin hemen hemen doğu sınırına rastlayan Humboldt-Ranges bölgesindeki kaynağa dek akarsudan ayrılmayacaktı.

Bay Fogg, Bayan Aouda ve arkadaşları, öğle yemeğinden sonra vagonlarına döndüler. En rahat biçimde yerleşen Phileas Fogg, genç kadın, Fix ve Passepartout önlerinden geçip giden çeşitli manzaraları seyrediyorlardı – uçsuz bucaksız çayırlar, imgeleri göğe yansıyan sıradağlar, köpüre köpüre akan "derecikler" bunlar arasındaydı. Ötelerde toplanan büyük bir bizon sürüsü, zaman zaman, hareket halinde bir engel olarak ortaya çıkardı. Bu kalabalık geviş getirenler ordusu, sık sık trenlerin önünde aşılmaz engeller oluştururdu. Binlercesinin sıkışık sıralar halinde, saatlerce tren yolundan geçtikleri görülmüştür. O vakit lokomotif durmak, yolun açılmasını beklemek zorundadır.

O sefer de böyle oldu. Öğleden sonra üçe doğru, on-on iki bin başlık bir sürü demiryolunu kesti. Makine önce hızını yavaşlatıp boynuzunu bu kalabalık kafileye yan taraftan daldırmayı denedi, ama sonunda vazgeçti.

Geviş getirenlerin –Amerikalıların yanlış bir şekilde adlandırdıkları gibi buffaloların– zaman zaman korkunç böğürtüler çıkararak, ağır ağır geçişlerini seyrediyorlardı. Boyları Avrupa'daki boğalarınkinden uzun, bacaklarıyla kuyrukları kısaydı; sallanan ve kaslı bir hörgüç oluşturan omuzları, dipten ayrık boynuzları; başlarında, boyunlarında ve omuzlarında uzun tüyler vardı. Bu göçü durdurmak düşünülemezdi. Bizonlar belli bir doğrultuda ilerlemeye karar verdiklerinde, kimse onları bundan alıkoyamaz ya da yönlerini değiştiremezdi. Hiçbir engelin durduramayacağı canlı bir et seli halinde akıp giderlerdi.

Vagonlar arasındaki geçitlere dağılan yolcular bu garip gösteriyi izliyorlardı. İçlerinde en tez canlı olması gereken adam, Phileas Fogg ise yerinden bile kıpırdamamış, bilgece bizonların kendisine yol vermesini bekliyordu. Passepartout bu hayvan selinin yarattığı gecikmeden ötürü kızıp köpürmüştü. Elindeki bütün silahları üzerlerine boşaltmak istiyordu.

"Ne ülke be!" diye bağırdı. "Öküzler trenleri durduruyor ve geçit töreni yapar gibi, sallana sallana yürüyorlar sanki trafiğe engel olmuyorlarmış gibi! Vay canına be! Bay Fogg'un bu tersliği de programa katıp katmadığını öğrenmek isterdim doğrusu! Hele makinesini bu lanet hayvan sürüsünün üstüne süremeyen makiniste ne demeli!"

Makinist engeli devirmeye kalkışmamış, sakınımlı davranmıştı. Üstlerine yürüse, lokomotifin önündeki mahmuzla ilk sıradaki bizonları öldürürdü elbet; ama ne denli güçlü olursa olsun, makine az sonra durmak zorunda kalır, lokomotif kaçınılmaz olarak yoldan çıkar, tren oracıkta kalıverirdi.

En iyisi sabırla beklemek, açılan arayı treni hızlandırarak kapatmaya çalışmaktı. Bizonların geçidi tam üç saat sürdü ve yol ancak karanlık basarken boşaldı. O sırada, raylardan ilk geçenler güney ufkunda yitip giderken, sürünün son hayvanları hâlâ hattın üzerinden geçiyordu.

Tren Humboldt sıradağlarını aşarken saat sekiz, Utah eyaletine, Büyük Tuz gölü bölgesine, yani Mormonların garip ülkesine girdiğindeyse dokuz buçuktu.

XXVII

Bu Bölümde Passepartout, Saatte Yirmi Millik Bir Hızla Bir Mormon Tarihi Dersini İzliyor

Tren 5-6 Aralık gecesi, güneydoğuya doğru aşağı yukarı elli millik yol aldı; sonra, Büyük Tuz gölüne yaklaşıp kuzeydoğuya yöneldi.

Passepartout sabah dokuza doğru, vagon aralarındaki geçitlerden birine hava almaya çıktı. Hava soğuk, gökyüzü kül rengiydi, ama kar yağmıyordu. Sisin irileştirdiği güneş kocaman bir altın tekerleği andırıyordu ve Passepartout gözünü dikmiş, bunun sterlin olarak değerini kestirmeye çalışırken, oldukça garip bir adam gelip onu bu yararlı meşguliyetinden kopardı.

Trene Elko istasyonundan binen bu adam çok uzun boylu, esmer mi esmer, kara bıyıklı, kara çoraplı, kara ipek şapkalı, kara yelekli, kara pantolonlu, beyaz kravatlıydı, köpek derisinden eldiven takmıştı. Gören din adamı sanırdı. Trenin bir başından öbürüne gidiyor ve her vagonun kapısına, balmumuyla, el yazısı bir duyuru asıyordu.

Passepartout kapıya yanaşıp bu kâğıtlardan birinde saygıdeğer Mormon misyoneri "birader" William Hitch'in, 48 numaralı katarda bulunuşundan yararlanarak, saat on birle on iki arasında, 117 numaralı vagonda, Mormonluk üzerine bir konuşma yapacağını, "Yeni Zaman Ermişleri"nin dini konusundaki gizleri öğrenmek isteyen herkesi bu toplantıya çağırdığını okudu.

"Giderim elbet," dedi kendi kendine, Mormonluk konusunda bu toplumun temeli olan çokeşlilikten başka bir şey bilmeyen Passepartout.

Haber bir anda yayıldı yüze yakın yolcusu bulunan trende. Yolcuların en fazla otuzu, konuşmanın çekimine kapılmış, saat on birde 117 numaralı vagonun sıralarına çökmüştü. Passepartout en ön sıradaydı. Ne efendisi, ne de Fix yerlerinden kıpırdamayı gerekli bulmuşlardı.

Birader William Hitch, bildirilen saatte kalktı ve daha başından kendisine karşı çıkılmış gibi, sinirli bir sesle bağırdı:

"Ben diyorum ki, Joe Smyth bir din şehididir, kardeşi Hyrum da öyle ve Birleşik Devletler hükümetinin peygamberlerimize karşı giriştiği zulümler yüzünden, pek yakında Brigham Young da din şehitleri arasına katılacaktır! Kim cesaret edebilir bunun tersini söylemeye?"

Coşkunluğu yüz ifadesindeki doğal sakinlikle çelişen misyonere hiçbiri karşı çıkmaya cesaret edemedi. Ama öfkesi kuşkusuz Mormonluğun son zamanlarda uğradığı ağır baskılardan kaynaklanıyordu. Gerçekten de Birleşik Devletler hükümeti, üstelik büyük çabalardan sonra, bu başına buyruk bağnazların sayısını epey azaltmıştı. Utah eyaleti ele geçirilmiş, Birleşik Devletler yasalarına boyun eğdirilmiş, Brigham Young, başkaldırma ve çokeşlilik suçlarıyla hapse tıkılmıştı. O günden beri, peygamberin öğrencileri çabalarını iki katına çıkarmış, eyleme geçmeden önce, Kongre'nin tasarılarına sözle direnmeye başlamışlardı.

Görüldüğü gibi, birader William Hitch demiryollarında bile inancını yaymaya çalışıyordu.

Ve başladı Kitabı Mukaddes'in gönderildiği günlerden bu yana Mormonluğun öyküsünü, gerek sesini yükselterek gerek el kol hareketleriyle sözlerine coşku katarak anlatmaya: "İsrail'de, Yusuf kabilesinden bir Mormon peygamberinin yeni dinin yıllıklarını yayımlayıp, bunları oğlu Morom'a bırakışını; aradan yüzyıllar geçtikten sonra, Mısır hiyeroglif yazısıyla yazılmış bu değerli kitabın, 1825 yılında Vermont eyaletinde ortaya çıkıp peygamberliğini ilan eden Joseph Smyth Jr. tarafından İngilizceye çevrilişini ve en sonunda, gökten inen bir habercinin, aydınlık bir ormanda önüne çıkıp kendisine Tanrı'nın yıllıklarını getirişini."

Tam bu sırada, misyonerin bu geçmişe dönük hikâyesinden sıkılan birkaç dinleyici vagondan ayrıldı; ama William Hitch hikâyesine devam ederek, "Genç Smyth'in, babası, iki kardeşi ve birkaç öğrencisiyle birlikte Yeni Zaman Ermişleri dinini kuruşunu; bu dinin yalnız Amerika'da değil, aynı zamanda İngiltere, İskandinavya ve Almanya'da da kabul edilişini; buna inananlar arasında zanaatçılarla birlikte daha birçok serbest meslek sahibinin bulunduğunu; Ohio'daki koloninin kuruluşunu; Kirkland'da, iki yüz bin dolara bir tapınakla koca bir kentin inşa edilişini; Smyth'in gözü pek bir bankacı oluşunu, basit bir mumyacının elinden, Hazreti İbrahim ve diğer ünlü Mısırlıların kaleminden çıkmış bir öyküyü anlatan bir papirüsü alışını" aktardı.

Hikâye uzayınca, dinleyici sıraları biraz daha boşaldı, sonunda kala kala yirmi kişi falan kaldı.

Ama bizim ateşli birader, bu kaçışlara aldırmadan "Joe Smyth'in 1837'de iflas edişini, paraları batırılan hisse senedi sahiplerinin onu katrana buladıktan sonra kuş tüyleri içinde yuvarlayışlarını; birkaç yıl sonra, Bağımsızlık Savaşı sırasında Missouri'de, eskisinden daha saygın ve şerefli bir adam olarak, en az üç bin kişilik bir cemaatin başına geçişini ve dinsizlerin nefretinden Amerika'nın en batısına kaçmak zorunda kalışını" bütün ayrıntılarıyla anlattı.

Bu bölüm sona erdiğinde, vagonda topu topu on dinleyici kalmıştı, anlatılanları can kulağıyla dinleyen dürüst

Passepartout da bunlar arasındaydı. Bu sabırlı dikkati sayesinde "Smyth'in, yıllarca kovalandıktan sonra, 1839'da Illinois'da yeniden ortaya çıkıp, Mississippi nehri kıyılarında Nauvoo-la-Belle kentini kuruşunu, kentin nüfusunun yirmi beş bini buluşunu; Smyth'in buraya hem belediye başkanı, hem başyargıç, hem başkumandan oluşunu; 1843'te, Birleşik Devletler başkanlığına adaylığını koyuşunu; Carthage'de pusuya düşürülüp hapse atılışını ve burada, maskeli adamlar tarafından öldürülüşünü" öğrendi.

O anda Passepartout vagonda yapayalnızdı ve birader, yüzüne bakıp sözleriyle büyüleyerek ona, Smyth'in ölümünden iki yıl sonra, halefi, Tanrı'nın esinini taşıyan peygamber Brigham Young'ın Nauvoo'dan ayrılıp Tuz gölü kıyılarına yerleştiğini ve bu seyrine doyulmaz ülkedeki verimli topraklarda, Utah'dan California'ya göç eden insanların yolu üzerinde, Mormonluğun ayrılmaz bir parçası olan çokeşlilik sayesinde yeni bir koloni kurulduğunu hatırlattı.

"Ve işte bu yüzden, sırf bu yüzden Kongre'nin kıskançlığı kendini gösterdi!" diye ekledi William Hitch. "İşte bu yüzden Birleşik Devletler askerleri Utah topraklarını çiğneyip geçti! İşte bu yüzden başkanımız, peygamber Brigham Young, yasalar çiğnenerek hapse atıldı! Kaba kuvvet karşısında boyun mu eğeceğiz? Asla! Vermont'tan, Illinois'dan, Ohio'dan, Missouri'den, Utah'dan kovulmuş olmamıza rağmen, çadırımızı dikecek bağımsız bir toprak bulacağız elbet... Peki ya siz, benim sadık kardeşim," diye ekledi ateşli birader, şimşekler çakan gözlerini biricik dinleyicisinin gözlerine dikerek, "çadırınızı getirip bayrağımızın gölgesine dikecek misiniz?"

"Hayır," diye karşılık verdi Passepartout yiğitçe ve sonra çölde vaaz veren gözü dönmüş Mormon'u bırakıp tüydü. O bu konuşmayı dinlerken, tren hızla yol almış, yarıma doğru, Tuz gölünün kuzeybatı ucuna varmıştı. Bulundukları noktadan, aynı zamanda Ölü Deniz diye anılan ve Ürdün nehrinin

Amerikan versiyonunun döküldüğü bu içdenizin uçsuz bucaksız çevresi görülebiliyordu. Yabanıl güzel taşlarla, tuza belenmiş geniş taş dizileriyle çevrili bu hayran olunası göl, bir zamanlar epey geniş bir alanı kaplayan nefis bir göldü; ama zamanla kıyıları yükselmiş, genişliği azalırken derinliği artmıştı.

Uzunluğu yetmiş, genişliği otuz beş mili bulan Tuz gölü deniz seviyesinden üç bin sekiz yüz ayak yüksekliktedir. Deniz seviyesinden bin iki yüz ayak daha alçakta olan Asfalt gölüne hiç benzemeyen bu gölde tuz oranı yüksektir ve yapısındaki maddelerin dörtte biri suyunda erimiş durumdadır. Damıtık suyun özgül ağırlığı 1000, Tuz gölününkiyse 1170'tir. Dolayısıyla, burada balık yaşayamaz. Ürdün nehrinin, Weber'in ve başka bir iki akarsuyun getirdiği balıklar hemen ölür; ama suyunun insan giremeyecek kadar yoğun olduğu doğru değildir.

Gölün çevresindeki topraklar çok iyi işlenmişti, çünkü Mormonlar toprak işinden anlıyordu: Hayvanlar için çiftlikler ve ağıllar; buğday, mısır, hintdarısı tarlaları, yemyeşil çayırlar, her yerde sıra sıra dizilmiş yabangülleri, akasyalar ve sütleğenler, bütün bunlar dört bir yanı kaplayacaktı, ama altı ay sonra; şimdilik, toprak incecik bir kar tabakasıyla kaplıydı.

Yolcular, saat ikide Ogden istasyonuna indiler. Tren saat altıda yola çıkacağından, Bay Fogg, Bayan Aouda ve arkadaşlarının Ogden istasyonundan küçük bir ara yolla ayrılan Azizler Kenti'ne (Salt Lake City) gidecek vakitleri vardı. Bu tipik Amerikan kentini gezmek için iki saat yeterliydi; Victor Hugo'nun deyimiyle "dik açıların iç karartıcı hüznünü" taşıyan ve uzun donuk çizgileriyle kocaman satranç tahtalarını andıran, Birleşik Devletler'in diğer bütün kentleri örnek alınarak inşa edilmiş bir kentti. Azizler Kenti'nin kurucusu Anglosaksonlara özgü simetri gereksiniminden kurtaramamıştı kendini. İnsanların kurumların düzeyine erişemediği bu garip ülkede, evlerden kentlere, hatta aptallıklara varana dek her şey "düz çizgilere" sahipti.

Böylece, bizim yolcular, saat üçte Ürdün nehrinin yakasıyla Wasatch sıradağlarının arasına inşa edilmiş kentin sokaklarındaydılar. Pek az kilise görebildiler, buna karşılık peygamberin evi, Adliye Sarayı ve silah fabrikası hemen gözlerine çarptı; bunların dışındaysa, akasyalarla, palmiye ve keçiboynuzu ağaçlarıyla çevrili bahçelerin içinde, maviye çalan tuğlalarla yapılmış, verandalı ve balkonlu evler dikkati çekmekteydi. 1853'te yapılmış taş ve kilden örülme bir duvar vardı kentin çevresinde. Pazarın kurulduğu anacaddede, bayraklarla süslü birkaç otel yükseliyordu, bunlardan biri de Lake-Salthouse'dı.

Bay Fogg'la arkadaşları kenti pek kalabalık bulmadılar. Sokaklar hemen hemen ıssızdı – ancak tahta perdelerle çevrili birkaç mahalleyi geçtikten sonra ulaşabildikleri tapınağın yanında yöresinde insana rastlayabildiler. Kadınlar daha çoktu, bu da Mormon ailelerinin benzersiz yapısından ileri geliyordu. Yalnız, bütün Mormonların çokeşli olduğu düşünülmemeli. Bu konuda herkes özgürdür, ama belirtmek yerinde olur ki, Utah eyaletinde özellikle kadınlar kocaya varmak isterler; çünkü ülkede geçerli dine göre, Mormon tanrısı evlenmemiş kadınları cennetine almamaktadır. Sokakta gördükleri zavallı kadınlar ne mutlu, ne de varlıklıya benziyordu. En zenginleri olduklarına kuşku bulunmayan kimileri siyah ipekten, beli açık bir ceket giyiyordu, başlarında da sıradan bir başlık ya da atkı vardı. Geri kalanlarsa yerlilerin kılığındaydı.

Müzmin bekâr olan Passepartout, bir araya gelerek tek bir erkeği mutlu etmeye çalışan bu Mormon kadınlarına adeta ürkerek bakıyordu. Sağduyusuna dayanarak, en çok kocalara acıyordu. Bir kocanın bunca kadını yaşamın dolambaçlı yollarından geçirip sürü halinde Mormon cennetine ulaştırmakla yükümlü olması ona korkunç geliyordu, hem de büyük mutluluklarla dolu bu mekânın başlıca süsü olan anlı şanlı Smyth'le birlikte sonsuza dek onları orada bulma olasılığıyla. Doğrusu ya, kendisinin böyle bir hayata hiç eğilimi yoktu ve –belki de yanılıyordu ama– Great-Lake-City'li hanımların ona kaygı verici bakışlarla baktığını sanıyordu.

Neyse ki, Azizler Kenti'nde fazla kalmayacaktı. Saat dörtten birkaç dakika önce, bizimkiler gara dönmüş, trendeki yerlerini almışlardı.

Derken tren düdüğü duyuldu; ama raylar üstünde patinaj yapan tekerlekler hızlanmaya başladığı sırada, "Durun! Durun!" diye bir çığlık duyuldu.

Oysa yola çıkan tren durdurulmaz. Böyle bağıran adam, herhalde, treni kaçıran bir Mormon'du. Soluk soluğa koşuyordu. Neyse ki garın ne kapısı, ne parmaklığı vardı. Platformda ileri doğru atıldı, son vagonun basamağına atladı ve gelip soluk soluğa kendini sıralardan birine bıraktı.

Bu cambazlığı büyük bir heyecanla izlemiş olan Passepartout gidip geç kalan adamı inceledi; hele bu Utah'lının bir kavga sonucu evden kaçtığını öğrenince, adama ilgisi iyiden iyiye arttı.

Mormon soluk alacak duruma gelince, Passepartout, nazikçe, kaç karısı olduğunu sordu adama – pabuçsuz kaçmasına bakılırsa, en az yirmi karısı olduğunu sanıyordu.

"Bir tane, beyefendi!" diye karşılık verdi Mormon kollarını göğe kaldırarak. "Ve bu bir tane canıma yetti!"

XXVIII

Passepartout Aklın Sesini Kimseciklere Dinletemiyor

Tren, Great-Salt-Lake'ten ve Ogden istasyonundan ayrıldıktan sonra, bir saat kuzeye, Weber nehrine doğru yol aldı; böylece, San Francisco'dan ayrıldığından beri, aşağı yukarı dokuz yüz mil yol katetmiş oluyordu. Sözünü ettiğimiz noktadan sonra, Wasatch dağlarının engebeli çemberi arasından doğuya yöneldi. Amerikalı mühendisler en büyük güçlüğü bu dağlarla Kayalık Dağlar arasında kalan bölgede çekmişlerdi. Dolayısıyla, Birleşik Devletler hükümetinin ovadaki katkısı yalnızca mil başına on altı bin dolarken, bu güzergâhta mil başına kırk sekiz bin dolara çıkmıştı; ama mühendisler, daha önce de söylediğimiz gibi, doğayı kirletmemiş, güçlüklerin yanından yöresinden dolaşmış, drenaj havzasına ulaşmak için onca yol boyunca on dört bin ayaklık tek bir tünel kazmışlardı.

Demiryolu, en yüksek noktaya Tuz gölünde erişmişti. Bu noktadan sonra, eğrisi uzun eğimle alçalıyor, Bitter Creek vadisine doğru iniyor, sonra Atlantik'le Pasifik arasındaki su ayrımı noktasına doğru yeniden yükseliyordu. Bu dağlık bölgede bir sürü derecik vardı. Muddy, Green ve benzeri derecikleri küçük köprülerle geçmeleri gerekti. Sona yaklaştıkça Passepartout'nun sabrı tükenmeye başlamıştı. Fix ise bu geçişi zor bölgeyi çoktan aşmış olmak arzusundaydı. Gecikmelerden korkuyor, kazalardan çekiniyordu ve İngiliz toprağına ayak basma konusunda Phileas Fogg'dan daha sabırsızdı!

Akşam onda tren Fort-Bridger istasyonunda durdu, sonra hemen buradan ayrıldı ve yirmi mil sonra Bitter Creek vadisini baştan sona geçip Wyoming eyaletine –eski Dakota'ya– giriyordu; Colorado'daki hidrografya sistemini oluşturan akarsuların büyükçe bir kısmı Bitter Creek'ten çıkmaktaydı.

Ertesi gün, yani 7 Aralık'ta, Green River istasyonunda on beş dakika durdular. Gece boyunca epey yoğun kar yağmış, ancak yarı erimiş sulu kar olduğundan trenin ilerleyişini aksatmamıştı. Bununla birlikte, kötü hava, Passepartout'yu endişelendirmeye devam ediyordu; çünkü kar, vagonların tekerleklerinin arasına dolup kendilerini yoldan alıkoyabilirdi.

"Şu benim efendim de hangi akla hizmet kışın yolculuğa çıktı bilmem ki?" diyordu kendi kendine. "İlkbahar sonunu bekleyip talihini artırsa olmaz mıydı yani?"

Bizim dürüst oğlan yalnızca gökyüzüyle ve düşen ısıyla ilgilenirken; Bayan Aouda da, çok daha başka bir kaynaktan gelen daha ciddi korkulardan mustaripti.

Gerçekten de, yolculardan birkaçı vagonlarından inmiş, trenin hareketini beklerken, Green River istasyonunda geziniyorlardı. Ve genç kadın, pencereden, bunlardan birinin, San Francisco'daki miting sırasında Phileas Fogg'a kabalık eden o Amerikalı, Albay Stamp W. Proctor olduğunu görmüştü. Adama gözükmek istemeyen Bayan Aouda, hızla geri çekilmişti.

Bu durum genç kadını epey etkilemişti. Çünkü soğuk da olsa, her gün davranışlarıyla kendisine tam olarak bağlandığına dair belirtiler gösteren adama yürekten bağlanmıştı.

Kurtarıcısının kendisinde uyandırdığı duygunun derinliğini ölçemiyordu kuşkusuz ve buna şimdilik, gönül borcu diyordu yalnızca, ama kendisi henüz bilmese de bundan fazlası vardı. Dolayısıyla, Bay Fogg'un er geç hesap sormayı tasarladığı kaba adamı görünce kalbi sıkıştı. Albay Proctor'ı bu trene salt rastlantı getirmişti elbette, ama oradaydı sonuçta, ne yapıp edip Phileas Fogg'un onu görmesine engel olmak gerekiyordu.

Tren hareket eder etmez, Bay Fogg'un uyuduğu bir andan yararlanan Bayan Aouda, gidip Fix'le Passepartout'yu durumdan haberdar etti.

— Proctor denen adam trende, ha! diye bağırdı Fix. Müsterih olun, hanımefendi, bu adam beyefendiden... şey, yani Bay Fogg'dan önce bana hesap verecektir! Bana kalırsa, bu olayda en büyük hakarete ben uğramış oldum!

— Ayrıca, albaylığına falan bakmayıp kendisiyle ben ilgileniyorum, diye ekledi Passepartout.

— Bakın, Bay Fix, diye devam etti Bayan Aouda, Bay Fogg öcünü alma işini kimselere bırakmaz. Kendi ağzıyla söyledi, hakaret edeni bulmak için Amerika'ya dönmeyi bile göze almış durumda. Albay'ı görürse, çok tatsız olaylara yol açacak bir çatışmayı önleyemeyiz. Onun için, bu adamı görmemeli.

— Haklısınız, hanımefendi, diye karşılık verdi Fix, böyle bir çatışma her şeyi altüst edebilir. Yense de, yenilse de, Bay Fogg gecikir ve...

— Ve bu da Reform-Kulüp'teki beyefendilerin işine gelir, diye ekledi Passepartout. Dört gün sonra New York'tayız! Efendim bu dört gün içinde vagonundan dışarı adım atmazsa, şans eseri, şu lanet Amerikalıyla karşılaşmayacağını umut edebiliriz, şeytan görsün onun yüzünü! Bizler buna engel olabiliriz herhalde...

Konuşma yarıda kesildi. Bay Fogg uyanmış, karın benek benek izler bıraktığı pencereden dışarıyı seyrediyordu. Epey zaman sonra Passepartout, efendisine ve Bayan Aouda'ya duyurmadan, polis hafiyesinin kulağına eğilip:

— Onun için dövüşmekten çekinmeyeceğiniz doğru mu? diye sordu.

— Onu Avrupa'ya canlı götürebilmek için elimden gelen her şeyi yaparım! diye karşılık vermekle yetindi Fix, şaşmaz bir kararlılık belirten bir tonda.

Passepartout bir anda tüylerinin diken diken olduğunu hissetti, ama efendisine olan inancı yine de sarsılmadı.

Peki, şimdi nasıl edip de Albay'la karşılaşmasını önlemek üzere kompartımanda tutacaklardı Bay Fogg'u? Beyefendi pek hareketli ve meraklı bir adam olmadığından bunda büyük bir güçlük çekmeyebilirlerdi. Her halükârda, polis hafiyesi bir çare bulduğunu düşünüyordu, çünkü az sonra Phileas Fogg'a dönüp şunları söyledi:

— Trende geçirilen saatler de ne uzun, ne bitmez saatlerdir, beyefendi.

— Gerçekten öyledir, diye karşılık verdi beyefendi, ama yine de geçerler.

— Gemilerde whist oynardınız, öyle değil mi? diye devam etti polis hafiyesi.

— Evet, diye yanıtladı Phileas Fogg, ama burada zor olur. Ne kâğıdım var ne oyun arkadaşım.

— Oo! Kart alırız. Amerikan trenlerinde bol bol kâğıt bulunur. Oyun arkadaşına gelince, eğer hanımefendi...

— Elbette, beyefendi, diye karşılık verdi genç kadın heyecanlı bir sesle, whist bilirim, İngiliz eğitiminin bir parçasıdır.

— Bense bu oyunu iyi oynadığına inananlardanım, diye devam etti Fix. Şimdi biz üçümüz ve bir de hayali bir dördüncü oyuncu...

— Nasıl isterseniz, beyefendi, diye karşılık verdi trende bile gözde oyununa kavuştuğuna sevinen Phileas Fogg.

Passepartout hemen *steward*'ı aramaya koştu ve az sonra elinde iki deste kâğıt, fişler, jetonlar ve çuha kaplı küçük bir masayla geri döndü. Her şey tamamdı. Oyun başladı. Bayan Aouda whist'i epey biliyordu, hatta ağırbaşlı Phileas Fogg'dan bir iki övgü bile aldı. Polis hafiyesine gelince, gerçekten birinci sınıf bir oyuncuydu ve bizim beyefendiye rahatça kafa tutabiliyordu.

"Şimdi artık kıskıvrak bağladık onu," diye söylendi Passepartout. "Hiçbir yere kıpırdamaz bundan sonra!"

Tren sabah on birde, iki okyanusun sularının ayrım çizgisine gelmişti. Burası, Bridger Passe bölgesine rastlayan, tren yolunun Kayalık Dağlar'dan geçerken ulaşacağı en yüksek noktaydı ve deniz seviyesinden, İngiliz ölçüsüyle, yedi bin beş yüz yirmi dört ayak yukarıdaydı. Yolcular, iki yüz mil kadar sonra, Atlantik okyanusuna dek uzanan ve doğanın demiryolu döşensin diye özel olarak yarattığı dümdüz ovalara vardılar. Atlantik havzasının yamaçlarında daha şimdiden North Platte nehrinin kollarını meydana getiren ilk derecikIere rastlanıyordu. Bütün kuzey ve doğu ufku, Laramie Dağları'nın doruğunun hâkim olduğu Kayalık Dağlar'ın kuzey kesimini oluşturan yarım daire biçimindeki bu muazzam perdeyle kaplıydı. Bu eğrilikle demiryolu arasında, alabildiğine sulanan geniş ovalar uzanmaktaydı. Demiryolunun sağındaysa, Missouri nehrinin en büyük kollarından biri olan Arkansas nehrinin kaynağına dek uzanan sıradağların ilk eğimleri görülüyordu.

Yolcular, saat yarımda, bu bölgeye hükmeden Halleck kalesini bir an için uzaktan gördüler. Birkaç saat sonra Kayalık Dağlar geçilmiş olacaktı. Dolayısıyla, trenin bu zor bölgeden olaysız geçmesi umudu belirmişti. Kar dinmişti. Kuru bir ayaz başlamıştı. Lokomotifin havalandırdığı kocaman kuşlar uçuşuyordu ötelerde. Ovada hiç vahşi hayvan yoktu; ne bir ayı ne de bir kurt göze çarpıyordu. Çöl, olanca çıplaklığıyla uzayıp gidiyordu.

Vagonda servis edilen epey rahat bir yemekten sonra, Bay Fogg'la arkadaşları yeniden o bitmez tükenmez whist'e koyulmak üzereydiler ki, tiz düdük sesleri işitildi. Tren durdu.

Passepartout, hemen kafasını uzattı kapıdan, ama trenin durmasına yol açan şeyi göremedi. Görünürde istasyon falan yoktu.

Bayan Aouda'yla Fix, bir an Bay Fogg'un aşağı inmeye kalkmasından korktular. Ama beyefendi, uşağına "Bakın bakalım, ne olmuş," demekle yetindi.

Passepartout hemen dışarı koştu. Kırka yakın yolcu inmişti trenden ve Albay Stamp W. Proctor da bunlar arasındaydı.

Tren, demiryolunu örten bir kırmızı ışığın önünde durmuştu. Makinist ve biletçi, bir sonraki durak olan Medicine Bow istasyonunun şefinin treni önceden karşılamak üzere gönderdiği hat bekçisiyle hararetli bir tartışma içindeydiler. Yolcular da yaklaşmış, tartışmaya katılmışlardı – aralarında yüksek sesle ve abartılı el kol hareketleriyle konuşan Albay Proctor da vardı.

Gruba katılan Passepartout, hat bekçisinin "Hayır! Geçemezsiniz! Medicine Bow köprüsü sallanıyor, trenin ağırlığına dayanamaz," dediğini işitti.

Söz konusu köprü, trenin durduğu yerden aşağı yukarı bir mil ötedeki nehir üzerine inşa edilmiş bir asma köprüydü. Hat bekçisinin dediğine bakılırsa, tellerden bazıları koptuğu için yıkılma tehlikesiyle karşı karşıyaydı, dolayısıyla geçmeye kalkmak olanaksızdı. Hat bekçisi geçemezsiniz derken, hiç abartmıyordu. Ayrıca, Amerikalıların o ünlü kaygısızlığı düşünülürse, ihtiyatlı davranmaya başladıkları zaman başka türlü bir davranışın çılgınlık olacağı söylenebilir.

Duyduklarını gidip efendisine aktarmaya cesaret edemeyen Passepartout, dişlerini sıkmış, heykel gibi konuşulanları dinliyordu.

— Hadi canım sen de! diye bağırdı Albay Proctor, burada kalıp karlar içinde kök salacak değiliz herhalde!

— Albayım, diye karşılık verdi makinist, Omaha istasyonuna tel çekip bir tren istedik, ama saat altıdan önce Medicine Bow'a gelemez sanırım.

— Altı mı! diye haykırdı Passepartout.

— Kuşkusuz, diye yanıtladı biletçi. Ayrıca, yürüyerek istasyona gitmek için de bu kadar zamana ihtiyacımız var.

— Yürüyerek mi! diye bağrıştı yolcular.

— Peki ama ne kadar uzakta bu istasyon? diye sordu içlerinden biri.

— Nehrin öte yakasından on iki mil uzakta.

— Karda kışta on iki mil ha! diye bağırdı Stamp W. Proctor.

Albay bundan sonra, demiryolları işletmesine de, makiniste de ağız dolusu küfür yağdırdı; öfkesinden çılgına dönen Passepartout'nun da ondan aşağı kalır yanı yoktu. Bu sefer öyle somut bir engelle karşılaşmışlardı ki, efendisinin cebindeki bütün sterlinler çaresiz kalırdı.

Öte yandan, gecikme bir yana, karla kaplı ovada on beş mile yakın yol tepmek zorunda kalan yolcular arasında genel bir hoşnutsuzluk vardı. Dört bir yandan bağrış çağrışlar ve küfürler yükseliyordu, Phileas Fogg kendini oyuna iyiden iyiye kaptırmamış olsa, çoktan çıkıp gelirdi.

Bu arada Passepartout, istese de istemese de efendisine haber vermek zorundaydı, başı önde vagona doğru yollandığı sırada, tam bir Yanki olan makinist Forster sesini yükseltip şöyle dedi:

— Bakın baylar, yine de geçeriz belki.

— Köprüden mi? diye karşılık verdi yolcunun biri.

— Köprüden.

— Bizim trenle mi? diye sordu Albay.

— Bizim trenle.

Passepartout durmuş, büyük bir dikkatle makinisti dinliyordu.

— İyi ama, köprü yıkılmak üzereymiş! diye söze girdi biletçi.

— Olsun, diye karşılık verdi Forster. Bence, trene son hızını verirsek belki de geçeriz.

— Vay canına be! diye bağırdı Passepartout.

Ama bu öneri yolcuların bir bölümünü hemen cezbetmişti. Hele Albay Proctor bayılmıştı bu işe. Bu ateşli adam önerilen şeyi pek kolay buluyordu. Hatta kimi mühendislerin akarsuları olanca hızlarıyla ileri atılan trenler üstünde "köprüsüz" geçme tasarıları kurduklarını falan anlattı. Ve sonunda, bütün ilgililer makinistin fikrine katıldı.

— Geçebilme olasılığımız yüzde elli, diyordu birisi.

— Yüzde altmış, diyordu başka biri.

— Yüzde seksen!.. Yüzde doksan!

Passepartout şaşkına dönmüştü, gerçi Medicine Creek'i geçebilmek için elinden gelen her şeyi yapardı, ama girişilecek denemeyi yine de pek "Amerikanvari" buluyordu.

"Ayrıca," diye düşünüyordu, "bundan çok daha kolay bir şey var, ama adamlar bunu akıllarına bile getirmiyor!.."

— Bakın, Bayım, dedi yolculardan birine, makinistin önerdiği yol bana biraz tehlikeli gözüküyor, ama...

— Başarı olasılığı yüzde seksen! diye karşılık verdi yolcu ve sırtını döndü.

— Biliyorum, biliyorum, diye yanıtladı Passepartout başka bir beyefendinin yanına giderek, ama bir an düşününce...

— Düşünmeye falan gerek yok! diye karşılık verdi seslendiği Amerikalı omuz silkerek, baksanıza makinist geçeriz diyor!

— Elbette geçeriz, diye devam etti Passepartout, ancak şöylesi daha ihtiyatlı olmaz mıydı...

— Nee! İhtiyat mı, dediniz! diye bağırdı rastlantı sonucu Passepartout'nun lafını işiten ve havaya sıçrayan Albay Proctor. Son hızla diyoruz size! Anlıyor musunuz? Son hızla ileri!

— Anlıyorum... biliyorum... deyip duruyordu konuşmasına fırsat verilmeyen Passepartout, ihtiyat sözcüğünden hoşlanmadıysanız, doğal diyelim...

— Kim? Ne? Neyi? Ne istiyormuş bu doğalcı herif?.. diye sesler geldi dört bir yandan.

Zavallı oğlan kime söz dinleteceğini bilemiyordu.

— Korkuyor musunuz yoksa? diye sordu Albay Proctor.

— Ben mi korkacağım! diye bağırdı Passepartout. Hadi bakalım, sizin dediğiniz olsun! Bir Fransızın onlar kadar Amerikalı olabileceğini göstereyim hepinize!

— Yerlerinize! Yerlerinize! diye bağırdı biletçi.

— Evet, herkes yerine, herkes yerine! diye tekrarlıyordu Passepartout da. Hem de çabuk! Ama yine de, ilkin yolcuları yaya olarak geçirip sonra treni geçirmenin çok daha doğal olacağını düşünmemi engelleyemezsiniz!..

Ama kimsecikler kulak asmadı bu makul düşünceye, hiç kimse yanaşmadı bunun doğruluğunu kabul etmeye.

Yolcular vagonlarına yerleşmişti. Passepartout, olup biten konusunda tek söz etmeden yerini almıştı. Oyuncularınsa aklı fikri whist oyunundaydı.

Lokomotifin düdüğü güçlü bir sesle çaldı. Makinist buharı ters yönde göndererek treni –atlarken hız kazanmak isteyen bir atlet gibi– aşağı yukarı bir mil geriye aldı. Sonra, ikinci bir düdük sesiyle ileri doğru fırladılar: Hızlandılar; az sonra hız ürkütücü bir hale gelmişti; şimdi artık yalnızca lokomotifin kişnemesi işitiliyor; pistonlar saniyede yirmi kez gidip geliyordu; dingiller, yağ kutularından duman çıkarmaktaydı. Saatte yüz mil hızla giden trenin raylara hiçbir ağırlık bindirmediği hissediliyordu. Hız, ağırlığı yenmişti.

Ve karşıya geçtiler! Hem de şimşek gibi! Köprüyü falan gören olmadı. Katar, hani terim yerindeyse, bir kıyıdan öbürüne sıçradı ve makinist alıp başını giden lokomotifi istasyonun beş mil ötesinde durdurabildi ancak.

Beri yandan, tren nehri geçtiği anda, iler tutar yeri kalmayan köprü, müthiş bir çatırtıyla Medicine Bow nehrinin sularına gömülüyordu.

XXIX

Bu Bölümde Ancak Birleşik Devletler Demiryollarında Rastlanan Çeşitli Olayların Öyküsü Anlatılıyor

Tren, o akşam, hiçbir engelle karşılaşmadan yoluna devam ediyor, Sauders kalesini geçiyor, Cheyenne Boğazı'nı aşıyor, Evans geçidine varıyordu. Demiryolu bu bölgede güzergâhın en yüksek düzeyine, yani deniz seviyesinden sekiz bin doksan bir ayak yukarıya ulaşıyordu. Yolcular bundan sonra, doğanın düzleştirdiği uçsuz bucaksız ovalardan geçip Atlantik okyanusuna ineceklerdi.

Orada, "büyük ana hattın" bir kolu, Colorado eyaletinin en büyük kenti Denver bulunuyordu. Bölge özellikle altın ve gümüş yönünden zengindir; daha şimdiden elli bini aşkın insan buraya yerleşmiştir.

O sırada, üç gün üç gece yolculuktan sonra, San Francisco'dan bin üç yüz seksen iki mil uzaktaydılar. Bütün tahminlere göre, dört gün dört gecede New York'a varacaklar demekti. Böylece, Phileas Fogg'un programı aksamamış oluyordu.

Gece, Walbah ordugâhının sağından geçtiler. Wyoming ve Colorado eyaletlerini ayıran dümdüz sınır çizgisini izleyen Lodgepole Creek, burada demiryoluyla atbaşı gidiyordu.

Saat on birde Nebraska'ya giriyor, Sedgwick yakınlarından geçiyor, Platte nehrinin güney kolu üzerindeki Julesburgh'a geliyorlardı. Başmühendisliğini J. M. Dodge'un yaptığı Union Pacific Demiryolu 23 Ekim 1867'de, işte burada açılmıştı. Dokuz vagon dolusu konuğu getiren iki güçlü lokomotif burada durmuştu, konuklar arasında Başkan Yardımcısı Bay Thomas C. Durant da vardı; alkışlar işte burada çınlamış; Sioux ve Pawnee yerlileri işte burada küçük bir savaş gösterisi yapmışlardı; havai fişekler atılmış ve son olarak, taşınabilir bir baskı makinesiyle *Railway Pioneer*'in ilk sayısı yine burada yayımlanmıştı. Uçsuz bucaksız çölde uzayıp giden, henüz kurulmamış kentlerle kasabaları birleştirecek o büyük demiryolunun, uygarlık ve gelişme aracının açılışı işte böyle kutlanmıştı.

Amphion'un* lyra'sından daha güçlü olan lokomotifin düdüğü, kısa zamanda Amerikan toprağından mantar gibi bitirmişti o kasabalarla kentleri. Sabah sekizde, McPherson kalesi geride bırakılmıştı. Omaha'yla buranın arası üç yüz elli yedi mildir. Demiryolu, Platte nehrinin güney kıyısında, nehrin sol yakasının değişken kıvrımlarını izlemekteydi. Saat dokuzda, nehrin iki kolu arasına inşa edilmiş önemli bir kent olan North Platte'a varıyorlardı; nehrin iki kolu burada birleşip tek bir akarsu haline geliyordu. Platte, suları Omaha'nın biraz yukarısında Missouri'ye katılan büyük bir nehirdir.

Yüz birinci boylamı geçmişlerdi.

Bay Fogg'la arkadaşları kendilerini yine oyuna vermişlerdi. Hiçbiri yolun uzunluğundan yakınmıyordu artık, dördüncü whist oyuncusu dahil. Fix ilkin birkaç gine kazanmış, şimdiyse kazandıklarını yitirmekteydi, ama hiç istifini bozmuyor, oyuna Bay Fogg kadar tutku gösteriyordu. O sabah, talih özellikle bizim beyefendiye güldü. Bütün kozlar ona

---

* Amphion Zeus'la Antiope'un oğlu, Zethos'un ikiz kardeşidir. Efsaneye göre, Zethos'la birlikte Thebai kentinin surlarını inşa etmeye koyulmuşlar. Amphion lyra çaldıkça, taşlar gelip üst üste konuyormuş. (ç.n.)

geliyordu. Bir ara, epey gözü pek bir oyuna girişmiş, maça kartı atmaya hazırlanıyordu ki, oturduğu sıranın ardından:

"Ben olsam, karoyu atardım..." diyen bir ses geldi.

Bay Fogg, Bayan Aouda ve Fix aynı anda başlarını kaldırdılar. Albay Proctor tepelerindeydi.

Stamp W. Proctor'la Phileas Fogg hemen tanıdılar birbirlerini.

— Oo! Siz miydiniz Bay İngiliz? diye bağırdı Albay, maça kartını atmak üzere olan sizsiniz demek?

— Atmak üzere olan değil, atan, diye karşılık verdi Phileas Fogg soğuk bir sesle bir maça onlusu atarak.

— Bense, hâlâ karoyu atın derim, diye yanıtladı Albay Proctor sinirli bir sesle.

Ve masaya atılan kartı almak üzere elini uzattı:

— Hiç bilmiyorsunuz bu oyunu, dedi.

— Başka bir oyunu daha ustalıkla oynarım belki, diye karşılık verdi Phileas Fogg ve doğruldu.

— İsterseniz deneyelim, John Bull'un oğlu! diye yanıtladı kaba adam.

Bayan Aouda'nın beti benzi atmıştı. Damarlarındaki bütün kan çekilmişti sanki. Phileas Fogg'un koluna yapıştı, o da hafifçe kendisini itti. Passepartout, son derece saldırgan bir tavırla efendisine bakan Amerikalı'nın üstüne çullanmak üzereydi. Tam bu sırada Fix kalktı, Albay Proctor'ın yanına gidip:

— Alışverişinizin benimle olduğunu, bana hakaret etmekle kalmayıp düpedüz vurduğunuzu unutuyorsunuz galiba! dedi.

— Özür dilerim Bay Fix, ama bu iş yalnız beni ilgilendirir, dedi Bay Fogg. Maça kartını oynamakla yanılgıya düştüğümü söyleyerek Albay yine bana dil uzatmış oldu ve bunun hesabını verecek.

— Ne zaman ve nerede isterseniz, diye yanıtladı Amerikalı, dilediğiniz silahla!

Bayan Aouda, Bay Fogg'a engel olmaya çalıştı, ama boşuna. Polis hafiyesi de kavgayı üstüne çekmek istedi, ama başaramadı. Passepartout'ysa az kalsın Albay'ı tuttuğu gibi trenden atıyordu, ama efendisinin bir işareti bunu engelledi. Phileas Fogg vagondan ayrıldı, Amerikalı da ardından.

— Beyefendi, dedi Bay Fogg hasmına, bir an önce Avrupa'ya dönmek zorundayım, ufacık bir gecikme bana pahalıya patlayabilir.

— Ee! Bana ne bundan? diye karşılık verdi Albay Proctor.

— Bakın, beyefendi, diye çok nazik bir tavırla devam etti Bay Fogg, San Francisco'daki karşılaşmamızdan sonra, eski kıtadaki işlerimi bitirir bitirmez Amerika'ya dönüp sizi bulmayı tasarlamıştım.

— Yok canım!

— Altı ay sonra buluşalım mı?

— İsterseniz altı yıl sonra olsun, ha?

— Altı ay sonra diyorum size, diye yanıtladı Bay Fogg, ve dediğim gün gelirim.

— Bahane bütün bunlar! diye bağırdı Stamp W. Proctor. Ya şimdi olur ya da hiç olmaz.

— Peki, diye karşılık verdi Bay Fogg. New York'a mı gidiyorsunuz?

— Hayır.

— Chicago'ya mı?

— Hayır.

— Omaha'ya mı?

— Size ne bundan! Plum Creek'i bilir misiniz?

— Hayır, diye karşılık verdi Bay Fogg.

— Önümüzdeki ilk istasyondur. Bir saat sonra oradayız. On dakika kalacağız. On dakikada birkaç el ateş edilebilir.

— Tamam, diye yanıtladı Bay Fogg. Plum Creek'te ineceğim.

— Bana sorarsanız, orada da kalırsınız! diye karşılık verdi Amerikalı benzeri görülmemiş bir yüzsüzlükle.

— Kim bilir, beyefendi? dedi Bay Fogg, sonra, her zamanki soğukkanlılığıyla vagona döndü.

Bay Fogg, vagona döndükten sonra, sahte kahramanlardan korkulmaz diyerek Bayan Aouda'yı yatıştırmaya çalıştı. Ardından, Fix'e dönüp yapılacak karşılaşmada kendisine tanıklık etmesini istedi. Fix bu ricayı geri çeviremezdi elbet ve Phileas Fogg hiçbir şey olmamış gibi oyununa döndü, son derece sakin bir tavırla maça kartını oynadı.

Saat on birde, lokomotifin düdüğü Plum Creek'e yaklaşmakta olduklarını haber verdi. Bay Fogg kalktı, Fix'le birlikte iki vagon arasındaki geçide çıktı. Passepartout, elinde bir çift tabancayla ardından geliyordu. Bayan Aouda'ysa, sapsarı bir benizle vagonda kalmıştı.

Tam bu sırada öteki vagonun kapısı açıldı ve Albay Proctor, ardında tanığıyla, kendisi gibi iriyarı bir Yankiyle çıkageldi. Ama iki hasmın trenden inecekleri sırada biletçi koşarak geldi ve bağırdı:

— İnmek yok, beyler.

— Nedenmiş? diye sordu Albay.

— Yirmi dakika gecikmiş durumdayız, tren burada durmayacak.

— İyi ama ben bu beyle dövüşecektim.

— Çok üzgünüm, beyefendi, diye karşılık verdi memur, ama hemen yola çıkıyoruz. Bakın kampana çaldı bile! Gerçekten de kampana çalıyor, tren hemen yola çıkıyordu.

— İnanın çok üzüldüm, beyler, dedi biletçi. Elimden gelse sizlere yardım etmek isterdim. Ancak, aşağı inip çarpışamadığınıza göre, neden yolda yapmıyorsunuz bu işi?

— Böylesi beyefendinin işine gelmez belki! dedi Albay Proctor alaylı bir sesle.

— Yoo, çok işime gelir, diye yanıtladı Phileas Fogg.

— Vallahi Amerika'da olduğumuza hiç kuşku yok! diye düşündü Passepartout. Şu biletçi de tam bir beyefendi!

Ve efendisinin ardına düştü.

İki hasım, önde biletçi, arkada tanıklar, vagondan vagona geçerek trenin en arkasına gittiler. Son vagonda on-on iki yolcu vardı ancak. Biletçi, yolculara birkaç dakika için vagonu bir onur sorununu çözmek isteyen şu iki beye bırakıp bırakamayacaklarını sordu.

Aman efendim! Bu da sorulur muydu? Yolcular iki beyefendiye hizmetten zevk duyacaklardı, hemen vagondan çıktılar.

Aşağı yukarı elli ayak uzunluğundaki vagon da tam bu iş içindi. İki hasım sıralar arasında birbirlerine doğru yürüyüp diledikleri gibi ateş edebileceklerdi. Hiçbir düello bu kadar kolay olmamıştır. Bay Fogg'la Albay Proctor, ellerinde ikişer altıpatlar, vagona girdiler. Dışarıda kalan tanıklar kapıları üstlerine örttüler. Lokomotifin ilk düdüğüyle ateşe başlayacaklar... on dakika sonra, iki beyefendiden sağ kalan vagondan çıkarılacaktı.

Gerçekten de, bundan daha basit iş olamazdı. Hatta o denli basitti ki, Fix'le Passepartout'nun yüreği sıkıntıdan duracak gibiydi.

Trenin düdüğünü beklerken, ansızın, korkunç çığlıklar işitildi. Ardından da silah sesleri, ama bütün bunlar bizim düellocuların bulunduğu vagondan gelmiyordu. Patlamalar tam tersine, demiryolu boyunca trenin başına dek uzanıyordu. Katardansa korku çığlıkları yükselmekteydi.

Albay Proctor'la Bay Fogg, elde tabanca vagondan çıktılar ve çığlıklarla patlama seslerinin geldiği baş tarafa doğru koştular.

Trenin bir Sioux çetesinin hücumuna uğradığını anlamışlardı.

Bu gözü pek yerlilerin ilk denemesi değildi, daha önce de birden fazla kez trenlerin yolunu kesmişlerdi. Alışkanlıkları olduğu üzere, yüz kadarı trenin durmasını beklemeden basamaklarına atlamış, oradan da dörtnala koşan atların tepesindeki soytarılar gibi vagonların tepesine sıçramışlardı.

Sioux yerlileri tüfekliydi. Patlamalar buradan geliyor, hemen hepsi silahlı yolcular da onlara tabancayla karşılık veriyordu. Yerliler ilkin lokomotife saldırmışlardı. Makinist ve ateşçi, başlarına yedikleri sopalarla yarı baygın yere serilmişlerdi. Sioux önderlerinden biri, makineden anlamadığı için, lokomotifi durdurmaya kalkınca buhar vanasını dibine dek açmış, dolayısıyla tren duracak yerde ileri fırlamış, korkunç bir hızla ilerliyordu.

Bu arada Sioux yerlileri vagonlara dolmuş, vagon tepelerinde maymun gibi koşuşuyor, kapıları omuzluyor, yolcularla göğüs göğüse çarpışıyorlardı. Yük vagonu kapısı kırılarak yağmalanmış, içindekiler aşağı atılmıştı. Silah sesleriyle çığlıkların ardı arkası kesilmiyordu.

Ancak, yolcular da cesaretle kendilerini savunuyorlardı. Kapıları sıralarla desteklenen kimi vagonlar, saatte yüz mil hızla uçan gezici kaleler gibi kuşatmaya direnmekteydi.

Bayan Aouda, saldırının başından beri tam bir yüreklilik göstermişti. Elinde tabanca, vahşilerden biri üstüne geldi mi, kırık camdan ateş ederek kendini kahramanca savunuyordu. Ağır yaralı yirmi kadar Sioux rayların üstüne düşmüştü, vagon aralarındaki geçitlerden kayıp düşenleriyse trenin tekerlekleri böcek gibi ezmekteydi.

Kurşunla ya da topuzla ağır yaralar alan birçok yolcu sıralarda yatmaktaydı.

Bu arada, savaşın sonu yaklaşıyordu. Çatışma başlayalı on dakika olmuştu, tren durmazsa, Sioux yerlilerinin yenilgisiyle bitecekti. Gerçekten de, Kearney kalesi istasyonu iki mil ötedeydi. Orada bir Amerikan birliği vardı; ama Kearney kalesini geçtiler mi, sonraki istasyona dek Sioux yerlileri trene egemen olacak demekti.

Bay Fogg'un yanında çarpışmakta olan biletçi bir kurşunla yere serildi. Adam, düşerken bağırdı:

— Tren beş dakikaya dek durmazsa, işimiz bitik!

— Duracak! dedi Phileas Fogg ve kapıya doğru seğirtti.

— Durun, efendim, diye bağırdı Passepartout. Bu benim işim!

Phileas Fogg bu cesur oğlana engel olmaya vakit bulamadı, beriki yerlilere gözükmeden kapılardan birini açtı, vagonun altına süzüldü. Ondan sonra, çatışma devam ederken, kurşunlar tepesinde vızıldarken, eski cambazlığından ve kıvraklığından yararlanıp, zincirlere tutunarak, fren kollarıyla ana merteklere yapışarak vagondan vagona geçip şaşılacak bir ustalıkla katarın önüne doğru yollandı. Kimselere gözükmemişti, gözükmesi mümkün değildi.

Yük vagonuyla kömür vagonu arasına gelince, bir eliyle kendini askıya aldı, öbürüyle de emniyet zincirlerini çözdü, ama beklenmedik bir sarsıntı fırlatmasa, kavrama pimini sökemeyecekti ve serbest kalan tren yavaş yavaş geride kalırken, lokomotif yeni bir hızla geçip gitti.

Tren, aldığı hızla birkaç dakika daha gitti, ama vagonların içinde frenler sıkıştırıldı ve katar, Kearney istasyonuna en fazla yüz adım mesafede durdu.

Silah seslerini işiten kaledeki askerler, koşarak geldiler. Sioux yerlileriyse askerleri beklememiş, daha tren durmadan bütün çete tabanları yağlayıp kaçmıştı.

Ancak, yolcular peronda sayım yapınca, içlerinden birçoğunun, bu arada, özveride bulunarak hepsini kurtarmış bulunan cesur Fransızın orada olmadığı anlaşıldı.

XXX

Bu Bölümde Phileas Fogg Yalnızca Görevini Yerine Getiriyor

Passepartout'yla birlikte üç yolcu eksikti. Çatışma sırasında ölmüşler miydi? Yoksa Sioux çetesine tutsak mı düşmüşlerdi? Kimse bir şey bilmiyordu.

Çok sayıda yaralı vardı, ama hiçbirinin ölümcül bir yara almadığı kısa sürede görüldü. En ağır yaralılardan biri Albay Proctor'dı, cesurca savaşmış, kasığına yediği bir kurşunla yere serilmişti. Hemen tıbbi yardıma ihtiyacı olan diğer yolcularla birlikte gara götürüldü.

Bayan Aouda sapasağlamdı. Gözünü budaktan esirgememiş olan Phileas Fogg'un bir sıyrığı bile yoktu. Fix kolundan yaralanmıştı, ama önemsiz bir yaraydı bu. Yalnız Passepartout ortalıkta yoktu ve genç kadın gözyaşı döküyordu.

Bu arada, bütün yolcular trenden inmişlerdi. Tekerlekler kan içindeydi. Poyralarda ve dingillerde et parçaları sallanıyordu. Göz alabildiğine uzayıp giden ovada kızıl izler vardı. En son yerliler de, o anda, güneyde, Republican nehri dolaylarında gözden yitmekteydi.

Bay Fogg, kollarını kavuşturmuş, hareketsiz duruyordu. Ciddi bir karar almak üzereydi. Bayan Aouda, yanı başında durmuş, tek söz etmeden ona bakıyordu... Fogg bu bakışlardaki anlamı yakaladı. Uşağı yerlilere tutsak düştüyse, onu kurtarmak için her şeyi göze alması gerekmez miydi?

— Ölü ya da diri, mutlaka bulacağım onu, demekle yetindi Bayan Aouda'ya.

— Ah, Bay Fogg, ah! diye bağırdı genç kadın yoldaşının ellerine sarılıp gözyaşlarıyla yıkarken.

— Ve hiç zaman yitirmezsek, diri olarak! diye ekledi Bay Fogg.

Phileas Fogg, aldığı bu kararla her şeyi gözden çıkarmış oluyordu. Kendi yıkım fermanını imzalamıştı. Bir günlük gecikme ona New York'tan kalkan gemiyi kaçırtırdı. Bahsi kesin olarak kaybediyordu. Ama, "Benim görevim bu!" diye düşünmüş, bir an bile duraksamamıştı.

Kearney kalesi kumandanı yüzbaşı yanlarındaydı. Adamları –aşağı yukarı yüz asker– Sioux yerlilerinin doğrudan gara saldırabilecekleri düşünülerek, savunma durumuna geçmişlerdi.

— Üç yolcumuz eksik, beyefendi, dedi Bay Fogg yüzbaşıya.

— Ölü mü? diye sordu yüzbaşı.

— Ölü ya da tutsak, diye karşılık verdi Phileas Fogg. Ancak, bu noktanın hemen aydınlığa kavuşturulması gerek. Sioux yerlilerini izlemek niyetinde misiniz?

— Bu ciddi bir mesele beyefendi, dedi yüzbaşı. Bu yerliler Arkansas'dan öteye dek kaçabilirler! Bana teslim edilen kaleyi bırakamam.

— İyi ama, beyefendi, üç kişinin yaşamı söz konusu, diye devam etti Phileas Fogg.

— Kuşkusuz... ancak, üç kişi için elli kişinin yaşamını tehlikeye atabilir miyim?

— Atabilir misiniz, atamaz mısınız bilmem, ama atmalısınız.

— Bakın, beyefendi, diye karşılık verdi yüzbaşı, hiç kimse görevimi öğretemez bana.

— Öyle olsun, dedi Phileas Fogg soğuk bir sesle. Ben de yalnız giderim!

— Siz mi gideceksiniz! diye bağırdı yanlarına gelmiş olan Fix, tek başınıza mı düşeceksiniz yerlilerin ardına!

— Şuradaki insanların tümünün canını borçlu olduğu o talihsiz oğlanı ölüme mi göndereyim yani? Gideceğim elbet.

— Öyleyse, tek başınıza gidemezsiniz! diye bağırdı elinde olmaksızın heyecanlanan yüzbaşı. Hayır! Cesur bir insansınız! Yalnız bırakamam sizi... Otuz gönüllü arıyorum! diye ekledi askerlerine dönerek.

Bütün birlik bir adım öne çıktı. Yüzbaşı bu yiğit adamlar arasında seçme yapmak zorunda kaldı. Otuz er seçildi, başlarına geçmek üzere de yaşlı bir çavuş görevlendirildi.

— Teşekkür ederim, Yüzbaşım! dedi Bay Fogg.

— Sizinle gelmeme izin verir misiniz? diye sordu Fix beyefendiye.

— Nasıl isterseniz, beyefendi, diye karşılık verdi Phileas Fogg. Ama bana yardım etmek istiyorsanız, Bayan Aouda'nın yanında kalın. Bana bir şey olursa...

Polis hafiyesinin yüzü ansızın sapsarı kesildi. Büyük bir inatla adım adım izlediği adamdan ayrılmak ha! Onu bu ıssız çölde, sonu bilinmeyen bir serüvene yollamak! Fix, dikkatle beyefendinin yüzüne baktı ve bütün çekincelerine, içinde sürüp giden çatışmaya karşın, onun sakin ve içten bakışı önünde gözlerini yere indirdi.

"Kalıyorum," dedi.

Bay Fogg az sonra genç kadının elini sıkıyordu; o değerli seyahat çantasını kendisine bırakıp çavuş ve birliği eşliğinde yola koyuldu.

Hareketten önce, askerlere dönüp şöyle dedi:

"Arkadaşlar, tutsakları kurtarırsak, bin sterlin var size!"

Vakit öğleyi birkaç dakika geçiyordu.

Bayan Aouda gardaki odalardan birine çekilmiş; Phileas Fogg'u, onun yalın ve yüce gönüllü cömertliğini, soğukkanlı yürekliliğini düşünerek tek başına bekliyordu. Bay Fogg daha önce servetini feda etmişti, şimdi de, bir an bile duraksamadan, parlak cümleler döktürmeden, salt görev duygusuyla canını tehlikeye atıyordu. Phileas Fogg, onun gözünde, gerçek bir kahramandı artık.

Polis hafiyesi Fix'se böyle düşünmüyor, heyecanından yerinde duramıyordu. Peronda heyecanla bir aşağı bir yukarı yürüyordu. Bir an olayların etkisinde kalmıştı, ama şimdi yine kendine dönüyordu. Fogg gittikten sonra, onu bırakmakla ettiği sersemliği anlamıştı. Dünyanın öbür ucuna dek izleyeceği adamı salıvermişti ha! Gerçek doğası üstün geliyor, kendi kendini suçluyor ve kınıyor, kendine Metropolitan Polis Müdürü'nün davranabileceği gibi davranıyor, suçüstü yakalanmış bir memur gibi azarlıyordu.

"Ne budalalık ettim!" diye düşünüyordu. "Öbür oğlan bizimkine kim olduğumu söylemiştir mutlaka! Çekti gitti işte, bir daha da geri gelmez! Nerede bulurum artık onu? Cebinde adamın tutuklama emri de bulunan ben, Fix, nasıl gözümün bağlanmasına izin verdim? Kesinlikle, şapşalın biriyim ben!"

Bizim polis hafiyesi, saatler bir türlü geçmek bilmezken, böyle düşünüyordu işte. Ne yapacağını bilmiyordu. Zaman zaman, gidip her şeyi Bayan Aouda'ya anlatma arzusuna kapılıyordu. Ama genç kadının nasıl bir tavır takınacağını görebiliyordu. Ne yapmalıydı? Zaman zaman da, o bembeyaz ovada Fogg'un ardına düşmek geliyordu içinden! Onu yeniden bulamamayı olanaksız sayıyordu. Yola çıkan birliğin ayak izleri hâlâ tazeydi karla kaplı ovada!.. Ama kısa bir süre sonra yeniden kar yağacak, ne iz kalacaktı, ne bir şey.

İşte o zaman tümden umutsuzluğa kapıldı Fix. İçinde, karşı konmaz bir her şeyi yüzüstü bırakma arzusu uyandı. Ve tam da Kearney istasyonunu terk etme, bin bir hayal kırıklığı yaratan bu yolculuğu tamamlama fırsatı belirdi önünde. Gerçekten de, öğleden sonra ikiye doğru, kar lapa lapa yağarken, doğudan gelen uzun düdük sesleri işitildi. Sisin alabildiğine çoğalıp düşsel bir görünüm kazandırdığı, önünde kızıl bir ışık bulunan kocaman bir karaltı ağır ağır yaklaşıyordu.

Oysa doğudan tren falan beklenmiyordu. Telgrafla yardım istemişlerdi, ama bu kadar çabuk gelemezdi, Omaha-San Francisco treniyse ancak ertesi gün geçecekti. Az sonra gizem çözülecekti.

Bangır bangır düdük çalarak ağır ağır gelen bu lokomotif, trenden ayrıldıktan sonra, içinde baygın yatan makinistle ateşçiyi de alarak olanca hızıyla yoluna devam eden lokomotiften başkası değildi. Raylar üstünde birkaç mil boyunca böyle ilerlemiş; sonra, kömürsüzlükten ateş sönmüş; buhar azalmış ve makine gittikçe yavaşlamış, Kearney'nin yirmi mil ötesinde durmuştu.

Makinistle ateşçi ölmemiş, uzunca bir baygınlıktan sonra kendilerine gelmişlerdi.

O sırada makine de durmuştu. Makinist, kendini vagonsuz lokomotifle çölün ortalık yerinde görünce olup biteni anlamıştı. Lokomotifin katardan nasıl ayrıldığını bilemiyordu, ama geride kalan trenin tehlikede olduğuna kuşkusu yoktu.

Makinist yapması gereken şey konusunda bir an bile duraksamamıştı. Omaha'ya doğru yola devam etmek ihtiyatlı davranmak olurdu; yerlilerin belki de hâlâ yağmalamaya devam ettikleri trene doğru gitmekse tehlikeliydi... Ama ne önemi vardı! Kazana kürekler dolusu odun ve kömür atıldı, ateş canlandırıldı, basınç yükseldi, öğleden sonra saat ikiye doğru, lokomotif Kearney istasyonuna dönüyordu. Sisler içinde çuh çuh eden oydu.

Yolcular lokomotifin gelip katarın başına geçtiğini görünce çok sevindiler. Çok talihsiz bir biçimde kesintiye uğrayan yolculuğa devam edebileceklerdi.

Lokomotif geri gelince, Bayan Aouda gardan çıkmış, biletçinin yanına gidip:

— Hareket ediyor musunuz? diye sormuştu.

— Hemen, hanımefendi.

— İyi ama, tutsaklar... talihsiz arkadaşlarımız...

— Seferi aksatamam, diye karşılık verdi biletçi. Üç saat gecikmemiz var zaten.

— Peki, San Francisco'dan gelen öbür tren ne zaman geçecek?

— Yarın akşam, hanımefendi.

— Yarın akşam ha! İyi ama, çok geç kalırız o zaman. Beklemelisiniz...

— Olanaksız, diye yanıtladı biletçi. Gelmek istiyorsanız, hemen binin trene.

— Gelmeyeceğim, diye karşılık verdi genç kadın.

Fix bu konuşmayı işitmişti. Az önce, elinde hiçbir taşıt aracı yokken Kearney'den ayrılmaya kararlıydı; şimdiyse, tren oracıkta, harekete hazır beklerken, gidip vagonuna kurulabilecekken, karşı konmaz bir güç onu olduğu yere mıhlıyordu. Dolaştığı peron ayağının altını yakıyor, ama çekip gidemiyordu bir türlü, içindeki savaş yeniden alevlenmişti. Başarısızlığın öfkesi onu boğuyordu. Sonuna dek savaşmak istiyordu.

Bu arada yolcularla yaralılar –durumu ağırca olan Albay Proctor da bunlar arasındaydı– yerlerini almışlardı. Alabildiğine kızan kazanın homurtuları duyuluyor, supaplardan kızgın buharlar çıkıyordu. Makinist düdüğünü öttürdü, tren yola koyuldu ve az sonra, beyaz dumanını kar fırtınasına karıştıra karıştıra gözden yitti.

Polis hafiyesi Fix orada kalmıştı.

Birkaç saat geçti. Hava kötü, soğuk bıçak gibi keskindi. Gardaki sıralardan birine çöken Fix kıpırdamadan bekliyordu. Gören, ayakta uyuyor sanırdı. Bayan Aouda, kar fırtınasına aldırmadan, sık sık kendisine ayrılan odadan çıkıyordu. Kar fırtınasında, ufkunu daraltan bu sisi delme isteğiyle, en küçük gürültüyü yakalamaya çalışarak peronun bir ucuna gidiyordu. Ama hiçbir şey duyamıyordu. Soğuktan buz kesmiş olarak geri dönüyor, az sonra aynı denemeyi yineliyor, ama bir sonuç alamıyordu.

Akşam oldu. Küçük birlik hâlâ geri dönmemişti. Neredeydiler acaba şu anda? Yerlileri bulabilmişler miydi? Çatışma olmuş muydu, yoksa siste yollarını yitiren askerler durmadan rastgele dönüp durmakta mıydılar? Kearney kalesi komutanı, göstermemeye çalışmasına karşın, epey kaygılıydı.

Gece kar azaldı, buna karşılık kuru soğuk arttı. En gözü pek insan bile bu uçsuz bucaksız karanlığa gözünü kırpmadan bakamazdı. Ovada mutlak bir sessizlik hüküm sürüyordu. O sonsuz dinginliği ne bir kuşun uçuşu bozuyordu, ne de vahşi bir hayvanın ayak sesi.

Bayan Aouda zihninde uğursuz önseziler, yüreğinde müthiş bir sıkıntı, bütün geceyi istasyonun bitip ovanın başladığı noktada dolanmakla geçirdi. Hayal gücü kendisini alıp ta ötelere götürüyor, bin bir tehlike gösteriyordu ona. Bu geçmek bilmez saatler boyunca çektiği acıyı, ne siz sorun, ne biz söyleyelim.

Fix, hep aynı yerde kıpırdamadan oturuyor, ama o da uyumuyordu. Bir ara adamın biri yanına gelmiş, bir şeyler söylemiş, ama polis hafiyesi başıyla olumsuz bir işaret yapıp adamı geri göndermişti.

Gece böylece geçti. Sabah, güneşin solgun tekerleği sisli ufukta belirdi. Ancak çıplak gözle aşağı yukarı iki mil kadar ötesi görülebiliyordu. Phileas Fogg'la askeri birlik güneye gitmişlerdi... Güneyse, şu anda, bomboştu. Saat yediydi.

Kaygılar içinde yüzen yüzbaşı ne edeceğini bilemiyordu, ilk birliği kurtarmak üzere ikinci bir birlik gönderse miydi? Daha önce gözden çıkarılmış insanları kurtaracağım diye, yenilerini de tehlikeye atmalı mıydı? Ama bu kararsızlığı çok sürmedi, bir el hareketiyle teğmenlerinden birini yanına çağırdı, güneyde bir keşif yapılmasını söyledi – tam bu sırada, silah sesleri işitildi. Bir işaret miydi bu? Askerler kalenin dışına fırladılar ve yarım mil ileride, tam bir düzen içinde geri dönmekte olan küçük birlikle karşılaştılar.

Bay Fogg, yanında Passepartout ve Sioux yerlilerinin elinden kurtarılmış öbür iki yolcuyla, en başta yürüyordu.

Kearney'nin on mil güneyinde çarpışmışlardı. Birliğin gelişinden az önce, Passepartout'yla iki arkadaşı kendilerini tutsak edenlerle dövüşe başlamışlardı ve Fransız, efendisiyle askerler yardımlarına koştuğu sırada, yumrukla yerlilerden üçünü yere sermişti bile.

Kurtarıcılar da, kurtarılanlar da sevinç çığlıklarıyla karşılandı ve Phileas Fogg, askerlere daha önce vaat ettiği ödülü dağıttı; o sırada Passepartout, kendi kendine "Doğrusu ya, efendime epey tuzluya patlıyorum!" diyordu ve pek de haksız değildi hani.

Fix, tek söz etmeden Bay Fogg'a bakıyordu, zihninde birbiriyle çatışan düşünceleri çözümlemek güçtü. Bayan Aouda'ya gelince, beyefendinin eline yapışmış, ağzını açıp tek laf edemeden sıkıyordu.

Passepartout, gara gelir gelmez treni aramıştı. Onu orada, Omaha'ya doğru harekete hazır bulacağını sanıyor, yitirdikleri zamanı kapatabileceklerini umuyordu.

— Tren nerede, tren! diye bağırdı.

— Gitti, dedi Fix.

— Peki, bundan sonraki ne zaman geçecekmiş? diye sordu Phileas Fogg.

— Bu akşam.

— Yaa! demekle yetindi bizim soğukkanlı beyefendi.

XXXI

Polis Hafiyesi Fix, Phileas Fogg'un Çıkarlarını Çok Ciddiye Alıyor

Phileas Fogg, yirmi dört saat gecikmiş durumdaydı. Bu gecikmenin gönülsüz nedeni olan Passepartout karalar bağlıyordu. Efendisini kesinlikle mahvetmişti!

Tam bu sırada, polis hafiyesi Bay Fogg'a yaklaştı ve gözlerinin içine bakarak:

— Gerçekten çok mu aceleniz var, beyefendi? diye sordu.

— Gerçekten var, diye yanıtladı Phileas Fogg.

— Tekrar ediyorum, diye devam etti Fix, 11 Aralık'ta, akşam dokuzdan, yani Liverpool'a giden geminin kalkışından önce New York'ta olmak istiyorsunuz, değil mi?

— Hem de nasıl!

— Şu yerli saldırısı yolculuğunuzu kesintiye uğratmamış olsaydı, 11 Aralık sabahı New York'ta olacaktınız, öyle değil mi?

— Evet, geminin hareketinden on iki saat önce.

— Peki. Demek ki yirmi saat gecikmiş durumdasınız. On ikiyle yirmi arasındaki fark sekizdir, Bu sekiz saatin kazanılması gerek. Denemek ister miydiniz?

— Yaya mı? diye sordu Bay Fogg.

— Yok canım, kızakla, diye karşılık verdi Fix, yelkenli kızakla. Demin adamın biri bana bu ulaşım aracını önerdi.

Bu, gece polis hafiyesinin yanına gelip konuşan, Fix'in önerisini geri çevirdiği adamdı.

Phileas Fogg, Fix'e karşılık vermedi; doğruca, Fix'in gösterdiği, garın kapısında dolaşan kızakçıya yöneldi. Az sonra, Phileas Fogg'la Mudge adlı Amerikalı, Kearney kalesinin dibindeki bir kulübeye giriyorlardı.

Bay Fogg burada, uçları bir kızağınki gibi kıvrık iki uzun kalasa çakılmış tahtalardan oluşan, beş altı kişi alabilecek genişlikteki garip taşıtı görüp inceledi. Aracın ortasında, öne doğru, upuzun bir direk, direkte de kocaman bir yelken vardı. Metal halatlarla kızağa tutturulan direkte o kocaman yelkeni çekip çevirmeye yarayan yine demirden bir istralya göze çarpıyordu. Gerideki boyana küreğine benzer dümense araca yön vermeye yarıyordu.

Görüldüğü gibi, bu, şalupa haline getirilmiş bir kızaktı. Kışın, trenler kar yüzünden yolda kalınca, bu taşıtlar donmuş ovada, oldukça büyük bir hızla istasyondan istasyona gitmektedir. Yelkenleri çok fazladır –hatta alabora olma tehlikesiyle karşı karşıya bulunan kotralarınkinden daha fazla– ve rüzgârı arkalarına aldılar mı, ekspreslerden daha hızlı değilse bile, en az onlar kadar hızlı kayarak ilerlerler çayırda.

Bay Fogg'la bu kara gemisinin kaptanı arasında birkaç saniye içinde bir pazarlık yapıldı. Rüzgâr uygundu. Batıdan oldukça sert esiyordu. Kar dona çekmişti ve Mudge, Bay Fogg'u birkaç saatte Omaha garına götürebileceğini ileri sürüyordu. Orada tren seferleri sıktır ve Chicago'ya, New York'a giden pek çok hat bulunur. Gecikmeyi telafi etmeleri imkânsız değildi. Onun için, tereddüt etmeden hemen bu serüvene atılmak gerekiyordu.

Bay Fogg hızın daha da dayanılmaz kılacağı bu soğukta yapılacak yolculuğun sıkıntılarına sokmak istemediği Bayan Aouda'ya Passepartout'yla birlikte Kearney'de kalmayı önerdi. Dürüst oğlan genç kadını alacak, daha iyi bir güzergâhtan, daha uygun koşullarda Avrupa'ya getirecekti.

Bayan Aouda, Bay Fogg'dan ayrılmak istemedi, bu karara en çok sevinen de Passepartout oldu.

Gerçekten de, Fix yanında kalacağı için, dünyayı verseler efendisinden ayrılmak istemiyordu.

Polis hafiyesinin zihninden geçenleri anlatmaksa epey zor. Phileas Fogg'un dönüşüyle inancı sarsılmış mıydı, yoksa onu, dünya gezisini tamamladıktan sonra kendini İngiltere'de tam bir güvenlik içinde hissedecek son derece akıllı bir üçkâğıtçı mı sayıyordu? Fix'in Phileas Fogg hakkındaki yargısı değişmişti belki de. Ama yine de görevini yapmaktan geri durmuyordu, bir an önce İngiltere'ye dönüşlerini hızlandırmak için elinden gelen çabayı gösterme konusunda hepsinden daha sabırsızdı.

Saat sekizde, kızak yola çıkmaya hazırdı. Yolcular –insanın gemi yolcuları diyesi geliyor– yerlerini alıyor, battaniyelerine sarınıp birbirlerine sokuluyorlardı. İki kocaman yelken çekilmişti ve araç, rüzgârın önüne düşmüş, buz tutmuş karlar üstünde kırk mil hızla kaymaktaydı.

Kearney kalesiyle Omaha arası, düz bir çizgi çekilirse, –Amerikalıların deyimiyle, arı uçuşu– en fazla iki yüz mildi. Rüzgâr böyle devam ederse, bu yolu beş saatte alırlardı. Hiçbir olay çıkmazsa, kızak öğleden sonra birde Omaha'da olurdu.

O ne yolculuktu öyle! Birbirlerine sokulan yolcular ağızlarını açıp tek söz edemiyorlardı. Hızın etkisiyle artan soğuk, konuşmalarına engel oluyordu. Kızak ovada, sudaki bir tekne gibi rahatça kayıyordu – üstelik de sağa sola yalpa vurmadan. Rüzgâr yerden doğru esti mi, kızak koca kanatlı bir kuş gibi yelkenleriyle havalanıyordu sanki. Mudge dümenin başına geçmiş, aracı doğru yolda tutuyor, küçük kürek vuruşlarıyla sapmaları önlüyordu. Bütün yelkenler fora edilmişti. Flok yelkeni çekilmiş, randanın yedeğinden kurtarılmıştı. Seren direğindeki çanaklık açıldığı gibi, rüzgârda gerilen küçük tepe yelkeni de gücünü ötekilere eklemişti. Matematik bir kesinlikle hesaplanamazdı elbet, ama kızağın hızı kırk milden aşağı değildi herhalde.

"Kırık çıkık olmazsa, vaktinde varırız!" dedi Mudge.

Ve vaktinde varmak Mudge'ın da işine geliyordu, çünkü Bay Fogg, kendi sistemi uyarınca, adama yüklüce bir ödül vaat etmişti.

Kızağın çayırda oluşturduğu düz çizgi deniz gibi dümdüzdü. Gören, buz tutmuş kocaman bir göl sanırdı. Demiryolu, bu bölgede güneybatıdan kuzeybatıya doğru çıkıyor, Grand Island'dan, Nebraska'nın en önemli kenti olan Columbus'a, oradan Schuyler'a, Fremont'a ve Omaha'ya uzanıyordu. Yol boyunca, Platte nehrinin sağ kıyısını izliyordu. Kızaksa kestirmeden gidiyor, demiryolunun çizdiği yarım dairenin kirişinden yürüyordu. Mudge, Platte nehrinin Fremont'ın az berisinde oluşturduğu ilmekten de çekinmiyordu, çünkü nehir bu mevsimde donmuş olurdu. Sizin anlayacağınız yolda hiçbir engel yoktu ve Phileas Fogg ancak iki şeyden korkabilirdi: Aracın bozulmasından ya da rüzgârın yön değiştirip dinmesinden.

Ama rüzgâr dineceğe benzemiyordu. Tam tersine, gittikçe artıyordu. Hatta çelik halatların sımsıkı dik tuttuğu seren direğini esnetecek kadar hızlı esiyordu. Bir çalgının tellerini andıran metal halatlar, üstlerinde bir yay gidip geliyormuş gibi ses çıkarmaktaydı. Kızak yakınmalı bir uyumla, kendine özgü bir yoğunlukla kayıp gidiyordu.

"Bizim teller de epey pes perdeden ses veriyor," dedi Bay Fogg.

Ve bütün yolculuk boyunca bundan başka laf çıkmadı ağzından. Kürklere ve battaniyelere sarınan Bayan Aouda, soğuktan olabildiğince korunmaktaydı.

Passepartout'ya gelince, yüzü sisler arasından batan güneş gibi kıpkırmızı, bu keskin havayı alıp veriyordu. O şaşmaz iyimserliğiyle, yeniden umuda kapılmıştı. New York'a sabah değil de, akşam varacaklardı, ama Liverpool gemisi kalkmadan orada olma şansları vardı hâlâ.

Passepartout'nun içinden, gidip müttefiki Fix'in elini sıkmak bile gelmişti bir ara. Yelkenli kızağı, yani kendilerini tam vaktinde Omaha'ya ulaştıracak aracı bulanın Fix olduğunu unutmuyordu çünkü. Ancak nedendir bilinmez, eyleme geçmeyip her zamanki gibi sakınımlı davranmayı yeğledi.

Her halükârda, Passepartout, Bay Fogg'un, kendisini Sioux yerlilerinin elinden kurtarmak için gözünü kırpmadan canını tehlikeye atışını ömrü boyunca unutmayacaktı. Bay Fogg böylece canını da, servetini de gözden çıkarmıştı... Hayır, hayır, uşağı bunu unutmayacaktı!

Yolcuların her biri ayrı düşüncelere dalıp giderken, kızak da uçsuz bucaksız kardan halı üzerinde uçuyordu. Yanlarından yörelerinden Little Blue nehrinin derelerinden ya da kollarından biri geçse bile fark etmiyorlardı. Tarlalar da, akarsular da tekdüze bir beyazlık altında yok olup gitmişti çünkü. Ova tam anlamıyla ıssızdı. Union Pacific Demiryolu'yla Kearney'yi Saint-Joseph'e bağlayan hat arasında kalan bu bölge, insansız, büyük bir adayı andırıyordu. Ne bir köy vardı ortalıkta, ne bir istasyon, ne de bir kale. Zaman zaman beyaz gölgesi rüzgârın önünde eğilen asık suratlı bir ağaç yıldırım hızıyla yanlarından geçip gidiyordu. Kimi zaman vahşi kuş sürüleri havalanıyordu. Kimi zaman da, açlıktan kemikleri çıkmış, korkunç bir gereksinimin kamçıladığı kurt sürüleri kızağın ardına düşüyor, bir süre onları izliyordu. Passepartout, bunun üzerine, elde tabanca, en yakındakilere ateşe hazırlanıyordu. O sırada bir kaza olsa da kızak dursa, bizim yolcular yırtıcı etoburların saldırısına uğrar, büyük bir tehlikeyle karşılaşırlardı. Ama kızak dayanmış, az sonra arayı açmış, uluyan sürü geride kalmıştı. Mudge, öğleyin, birtakım belirtilerden donmuş Platte nehrini geçtiklerini anladı. Hiçbir şey demedi, ama yirmi mil sonra Omaha istasyonunda olacaklarından emindi.

Nitekim, bu usta kılavuz dümeni bırakıp yelkenlere saldırdığı zaman saat bire bile gelmemişti, iyice hız almış bulunan kızak, yelkenler indirildikten sonra en az yarım mil daha gitti. Sonunda durdular ve Mudge, karla kaplı bir dam kümesini göstererek:

— Geldik, dedi.

Gelmişlerdi ha! Evet, gerçekten de, her gün Birleşik Devletler'in doğusuna kalkan bir sürü trenin uğradığı istasyona gelmişlerdi işte!

Passepartout'yla Fix kızaktan inmiş, uyuşan kollarını bacaklarını sallamaktaydılar. Bay Fogg'la genç kadının inmesine de yardım ettiler. Phileas Fogg, Mudge'ın ücretini cömertçe ödedi; Passepartout da yakın dostuymuş gibi sıktı adamın elini ve sonra hep birlikte Omaha garına seğirttiler.

Asıl Pacific Demiryolu Nebraska'nın bu önemli kentinde son bulmakta ve Mississippi havzasıyla Büyük Okyanus'u bağlamaktadır. Omaha'yla Chicago arasındaysa "Chicago-Rock Island Demiryolu" adını almakta, doğuya doğru giderken tam elli istasyona uğramaktadır. Aktarmasız bir tren kalkmak üzereydi. Phileas Fogg'la arkadaşları kendilerini vagonlardan birine zor attılar. Omaha'yı görememişlerdi, ama Passepartout kendi kendine bunun üzülmeye değmediğini, şu anda gezip görmeyle uğraşamayacaklarını tekrarlıyordu.

Tren, Council-Bluffs'a, Des Moines'a, Iowa City'ye uğrayarak Iowa eyaletini geçti. Gece, Davenport'ta Mississippi'yi aşıyor, Rock Island üzerinden Illinois'a giriyordu. Ertesi gün, yani 10 Aralık'ta, akşamüstü dörtte Chicago'ya varıyorlardı; yerle bir olan bu ünlü kent* toparlanmış, o güzelim Michigan gölünün kıyısında, eskisinden daha görkemli bir biçimde yükselmekteydi.

Chicago'yla New York'un arası dokuz yüz mildir. Chicago'da tren sıkıntısı çekilmiyordu. Bay Fogg bir trenden inip ötekine bindi. "Pittsburg-Fort-Wayne-Chicago Demiryolu"nun çevik lokomotifi, bizim saygıdeğer beyefendinin yitirecek bir saniyesi bile bulunmadığını anlamış gibi son hızla ileri fırladı. Indiana'yı, Ohio'yu, Pennsylvania'yı, New Jersey'yi yıldırım gibi geçtiler, sokakları ve tramvayları olan, ama henüz eve rastlanmayan, tarihi isimlere sahip kentlere uğradılar. En sonunda Hudson nehri gözüktü; 11 Aralık'ta, akşam on biri çeyrek geçe tren, Hudson nehrinin sağ yakasında, Cunard denizyolları işletmesinin, yani "British and North American Royal Mail Steam Packet Company"nin gemilerinin yanaştığı rıhtımın hemen önündeki gara giriyordu. Liverpool'a giden *China* kırk beş dakika önce kalkmıştı!

---

* 8 Ekim 1871'de çıkan bir yangında şehrin üçte biri tahrip olmuştu. (e.n.)

XXXII

Phileas Fogg Kötü Giden Talihe Karşı Doğrudan Mücadeleye Girişiyor

China, giderken, Phileas Fogg'un son umudunu da birlikte götürmüştü sanki.

Gerçekten de, Amerika'yla Avrupa arasında çalışan öbür gemilerin hiçbiri işine yaramazdı; ne Fransız transatlantikleri, ne "White Star Line" işletmesinin gemileri, ne Inman Company'nin buharlı gemileri, ne Hamburg Line'ınkiler ne de başkaları bizim beyefendinin planına hizmet edebilirdi. Çünkü –hayran olunası gemileri hız yönünden öbür işletmelerden aşağı kalmayan, rahatlık yönündense bütün işletmeleri bastıran– Fransız Transatlantik Şirketi'ne bağlı *Pereire* gemisi ancak ertesi gün, yani aralığın 14'ünde yola çıkıyordu. Ayrıca, tıpkı Hamburg Line'ınkiler gibi, doğruca Liverpool ya da Londra'ya değil, Le Havre'a gidiyordu, Le Havre'la Southampton arasındaki ek yolculuk Phileas Fogg'u iyice geciktirecek, son çabalarını da boşa çıkaracaktı.

Inman işletmesi gemilerine gelince, onların *City-of-Paris*'i de ancak ertesi gün yola çıkacağından, üzerinde bile durulmazdı. Özellikle göçmen taşıyan bu gemilerin makineleri zayıftır, kimi zaman yelkenle, kimi zaman buharla yol alırlar, hızları da iyice düşüktür. New York'la İngiltere arasını,

Bay Fogg'a tutuştuğu bahsi kazandırtamayacak kadar uzun sürede alırlar.

Beyefendi bütün bunları, elindeki, okyanus aşırı yolculuk eden bütün gemilerin geliş gidiş zamanlarını günü gününe gösteren Bradshaw kılavuzuna bakarak öğrenmişti.

Passepartout'nun kolu kanadı kırılmıştı. Kırk beş dakika için gemiyi kaçırmış olmak öldürmüştü onu. Bütün bunlar, bu konuda yardımcı olacak yerde, efendisinin ayağına köstek vuran kendisinin suçuydu! Hele yolculuk sırasında karşılaştıkları olayları hatırladıkça, sırf kendisi için ve boşu boşuna harcanan paraları hesapladıkça, artık hiçbir anlamı kalmayan bu gezinin altından kalkılmaz harcamalarıyla o büyük bahsin Bay Fogg'u tam bir mahva uğrattığını düşündükçe, kendi kendine lanetler yağdırıyordu.

Bay Fogg ise ağzını açıp tek laf etmedi bu konuda, transatlantik gemilerinin yanaştığı rıhtımdan ayrılırken:

— Gelin bakalım, yarın bir çaresini buluruz bu işin, demekle yetindi.

Bay Fogg, Bayan Aouda, Fix ve Passepartout, Hudson nehrini Jersey City feribotuyla geçtiler, bir faytona binip Broadway'deki Saint Nicolas oteline gittiler. Hepsine birer oda verildi, mışıl mışıl uyuyan Bay Fogg'a son derece kısa, heyecandan gözlerine uyku girmeyen Bayan Aouda'yla arkadaşlarınaysa alabildiğine uzun gelen geceyi orada geçirdiler.

Ertesi gün ayın 12'siydi. 12 Aralık saat yediden 21 Aralık yirmi kırk beşe dek dokuz gün, on üç saat, kırk beş dakika zaman vardı. Phileas Fogg bir gün önce, *China* ile yola çıkmış olsaydı –ki bu Cunard Line'ın en iyi gemilerinden biriydi– ilkin Liverpool'a, sonra da Londra'ya vaktinde varabilecekti!

Bay Fogg, uşağına orada kalıp kendisini beklemesini ve Bayan Aouda'ya her an yola çıkacak gibi hazırlık yapmasını haber vermesini söyleyerek otelden ayrıldı.

Bay Fogg, otelden çıktıktan sonra doğruca Hudson kıyısına indi, rıhtıma bağlı ya da nehre demirlemiş tekneler arasında yola çıkmak üzere olan birini aramaya başladı. Pek çok gemi hareket bayrağını çekmiş, suların yükselmesini bekliyordu; o kocaman ve güzelim New York limanından, her gün, dünyanın dört bir köşesine en az yüz gemi kalkardı; ama bunların çoğu yelkenliydi, dolayısıyla Phileas Fogg'un işine yaramazlardı.

Beyefendi son girişimden de umudunu kesmek üzereydi ki, Batarya'nın tam önünde, ince uzun, uskurlu bir ticaret gemisinin yattığını gördü, bacasından çıkan kara dumanlar yola çıkmaya hazırlandığını gösteriyordu. Phileas Fogg, hemen sandallardan birine seslendi, bindi ve birkaç kürekte, gövdesi demir, üstü ağaç, buharlı *Henrietta*'nın asma köprüsüne ulaştı.

Henrietta'nın kaptanı gemideydi. Phileas Fogg güverteye çıktı, kaptanı sordu. Adam az sonra geldi.

Bu, elli yaşlarında, hiç de uysal bir adama benzemeyen, tam bir deniz kurduydu. İri gözleri, bakıra çalan yanık teni, kızıl saçları, kalın ensesiyle hiç de görmüş geçirmiş bir hayat adamı görüntüsü yoktu doğrusu.

— Kaptan siz misiniz? diye sordu Bay Fogg.

— Benim.

— Ben de Londralı Phileas Fogg'um.

— Bense, Cardifli Andrew Speedy.

— Yakında mı hareket ediyorsunuz?..

— Bir saat sonra.

— Ne tarafa?..

— Bordeaux'ya.

— Yükünüz nedir?

— Ambar çakıl taşı dolu. Navlun yok. Safrayla yola çıkıyorum.

— Yolcu var mı?

— Yok. Yolcu almam. Yolcu insana ayak bağı olur, kafası çalışan yük demektir çünkü.

— Hızlı mıdır sizin tekne?

— Dokuzla on iki mil arası. Herkes bilir *Henrietta*'yı.

— Benimle birlikte üç yolcuyu Liverpool'a götürür müsünüz?

— Liverpool'a mı? Yok canım, isterseniz Çin olsun, ha?

— Ben Liverpool'a gitmek istiyorum.

— Olmaz!

— Olmaz mı?

— Olmaz. Bordeaux'ya hareket etmek üzereyim, Bordeaux'dan başka yere gitmem.

— Kaç para verilirse gidersin?

— Kaç para verilirse verilsin.

Kaptan bunları başka bir söze gerek bırakmayan bir tavırla söylemişti.

— İyi ama, *Henrietta*'nın sahipleri... diye devam etti Phileas Fogg.

— Geminin sahibi benim, diye karşılık verdi kaptan.

— Öyleyse kiralıyorum bu gemiyi.

— Olmaz.

— Satın alıyorum.

— Olmaz.

Phileas Fogg, bu sözler karşısında kılını bile kıpırdatmadı. Oysa durum çok ciddiydi. New York Hong Kong'a, *Henrietta* da *Tankadère*'e hiç benzemiyordu. Beyefendinin parası o ana dek bütün engellerin hakkından gelmişti. Ama bu sefer para işe yaramıyordu.

Bununla birlikte –çok tehlikeli ve gerçekleştirilmesi güç bir iş olan balonla yolculuk düşünülemeyeceğine göre– Atlantik'i gemiyle aşmanın yolunu bulmak gerekiyordu.

Tam o sırada, Phileas Fogg'un aklına bir çare geldi galiba, çünkü kaptana dönüp:

— Peki, Bordeaux'ya götürür müsünüz beni? dedi.

— Hayır, adam başına iki yüz dolar verseniz bile götürmem!

— Adam başına iki bin dolar (10 000 frank) veriyorum.

— Adam başına mı?

— Adam başına.

— Ve dört kişisiniz, öyle mi?

— Dört.

Kaptan Speedy, derisini yüzecekmiş gibi alnını kaşımaya başladı. Yol değiştirmeden sekiz bin dolar kazanmak, o köklü yolcu düşmanlığından vazgeçmeye değerdi doğrusu. Ayrıca, tanesi iki bin dolara taşınan yolcu da yolcu değil, çok değerli bir yük sayılırdı.

— Saat dokuzda yola çıkıyorum, dedi yalnızca Kaptan Speedy, siz de arkadaşlarınızla o saatte burada olur musunuz?..

— Saat dokuzda gemide olacağız! diye karşılık vermekle yetindi Bay Fogg.

Saat sekiz buçuktu. Beyefendi, hiçbir durum ve koşulda bozmadığı soğukkanlılığıyla *Henrietta*'dan indi, Saint Nicolas oteline gitti, Bayan Aouda'yı, Passepartout'yu ve her zamanki çelebiliğiyle kendilerine eşlik etmesini önerdiği Fix'i alıp geri döndü.

Henrietta'nın motorları çalışmaya başladığı anda dördü de gemideydi.

Bu son yolculuğun kendilerine kaça patlayacağını öğrendiği zaman, Passepartout, kromatik gamın bütün notalarını kapsayan derin bir "Off!" çekti.

Hafiye Fix'e gelince, İngiltere Merkez Bankası'nın bu işten kesinkes zararlı çıkacağını düşünüyordu. Gerçekten de, Londra'ya vardıklarında, Bay Fogg yolda birkaç avuç daha denize atmasa bile, para tomarından en az yedi bin sterlin (175 000 frank) eksilmiş olacaktı!

XXXIII

Phileas Fogg Her Koşulun Üstesinden Gelebilecek Yetenekte Olduğunu Gösteriyor

Bir saat sonra *Henrietta*, Hudson nehrinin ağzındaki fener gemisini geçiyor, Sandy Hook burnunu dönüyor ve denize açılıyordu. Gün boyu Long Island kıyılarını izleyip, Fire Island açıklarından doğuya doğru yol aldılar.

Ertesi gün, yani 13 Aralık'ta, öğleyin adamın biri kaptan köprüsüne çıkıp kerteriz aldı. Şimdi siz, bunun Kaptan Speedy olduğunu sanacaksınız elbet! Ama hayır, hiç de öyle değildi. Sayın Phileas Fogg'du bu.

Kaptan Speedy'ye gelince, kamarasına kapatılıp kapı üstüne kilitlendiği için ani bir nöbet geçirdiğinden, haklı bir öfkeyi dile getiren naralar atmaktaydı.

Olup biten çok basitti. Phileas Fogg, Liverpool'a gitmek istiyor, kaptansa istemiyordu. Bunun üzerine Phileas Fogg, ilkin Bordeaux'ya gitmeyi kabul etmişti, ama gemiye bineli otuz saati geçmeden, öyle ustalıkla para dağıtmıştı ki –kaptanla araları pek iyi olmayan– bütün tayfalar kendisinden yana dönmüştü. Bu yüzden, Kaptan Speedy'nin yerine gemiye şimdi Phileas Fogg kumanda ediyordu, kaptan kamarasına kilitlenmişti ve *Henrietta,* Liverpool'a doğru yol alıyordu. Ve kaptan köşkündeki hareketlerine bakıldığı an, Bay Fogg'un iyi bir denizci olduğu anlaşılıyordu.

Bu serüvenin nasıl biteceğini ileride göreceğiz. Bu arada, Bayan Aouda bir şey demese de, epey kaygılanıyordu. Fix, önce olup biten karşısında şaşkına dönmüştü. Passepartout'ysa efendisinin yaptığına hayran kalmıştı.

Kaptan Speedy, "Dokuz-on iki mil yapar," demişti ve *Henrietta* gerçekten de ortalama bu hızla gidiyordu.

Eğer –daha ne çok "eğer" vardı!– deniz kötülemezse, rüzgâr doğuya dönmezse, tekneye bir şey olmaz, makineler bozulmazsa *Henrietta* 12 Aralık'la 21 Aralık arasındaki dokuz günde New York'la Liverpool'u ayıran üç bin mili alırdı. Ancak, limana vardıktan sonra, banka işine bir de *Henrietta* eklenince, bizim beyefendi umduğundan çok daha ötelere düşebilirdi.

İlk günler, yolculuk son derece iyi geçti. Deniz pek sert değildi; rüzgâr kuzeydoğuya yerleşmiş gibiydi; yelkenler de açılınca *Henrietta* tam bir transatlantik olup çıkmıştı.

Passepartout'nun ağzı kulaklarındaydı. Efendisinin, sonunu düşünmek istemediği bu son girişimi onu pek keyiflendirmişti. Tayfalar, o güne dek böyle neşeli, böyle çevik adam görmemişlerdi. Gemicilere dostça davranıyor, akrobasi konusundaki hünerleriyle onları şaşırtıyordu. Onlara en tatlı sözcüklerle sesleniyor, en güzel içkileri veriyordu. Kendisine sorarsanız, gemiciler birer çelebi gibi davranıyor, ateşçiler de birer kahraman gibi çalışıyordu. Onun keyfinin yerinde olması, son derece bulaşıcı olduğundan herkese sirayet etmişti. Bütün sıkıntı ve tehlikeleriyle geçmişi unutmuştu. Yalnızca pek yakında ulaşacakları hedefi düşünüyor ve zaman zaman öylesine sabırsızlanıyordu ki, gören, *Henrietta*'nın kazanlarının Passepartout'nun içinde kaynadığını sanırdı. Yiğit oğlan, çoğu kez Fix'in bile çevresinde pervane oluyordu; "çok şey anlatan!" gözlerle bakıyordu ona; ama ağzını açıp tek söz etmiyordu, çünkü iki eski dost arasında en küçük bir yakınlık kalmamıştı artık.

Öte yandan, doğrusunu söylemek gerekirse, Fix de artık hiçbir şey anlayamıyordu bu işten! *Henrietta*'nın ele geçirilişi, tayfaların satın alınışı, Fogg denen adamın kırk yıllık denizci gibi kaptanlık edişi onu tümden şaşkına çevirmişti. Ne düşüneceğini bilemiyordu. Ancak, elli bin sterlin çalan bir beyefendi, elin gemisine de el koyardı elbet. Ve tabii Fix, doğal olarak Fogg'un yönetimindeki *Henrietta*'nın, Liverpool'a falan değil, korsanlığa başlayan bu hırsızın tehlikelerden uzak yaşayabileceği, bilinmeyen bir yere doğru yol aldığına inanmaya başladı. Eh, bundan daha sağlam bir varsayım da olamazdı yani ve bizim polis hafiyesi bu işe burnunu soktuğuna bin pişmandı.

Kaptan Speedy'ye gelince, kamarasında böğürmeye devam ediyor, ona bakmakla görevlendirilen Passepartout, bütün gücüne kuvvetine karşın, bin bir tedbirle kendisine yiyecek götürüyordu. Bay Fogg ise gemide bir kaptanın bulunduğunu unutmuş gibiydi.

Ayın 13'ünde, Newfoundland sığlıklarından geçtiler. Burası tehlikeli bir bölgedir. Hele kışın, sis eksik olmaz, rüzgâr epey serttir. Önceki gün düşen hava basıncı, havanın pek yakında değişeceğini gösteriyordu. Nitekim, gece ısı değişti, soğuk keskinleşti ve rüzgâr güneydoğuya kaydı.

Hava bozmuştu. Ama rotasını bozmak istemeyen Bay Fogg yelkenleri indirip buharı fayrap etti. Bununla birlikte gemi denizin durumu yüzünden yavaşladı, gövdesini döven dalgalar hızını kesmişti. Başladılar beşik gibi sallanmaya, hızı azaltan da buydu zaten. Rüzgâr yavaş yavaş fırtınaya dönüşüyordu, *Henrietta*'nın dalgalara karşı duramadığı an düşecekleri durumu şimdiden kestirebiliyorlardı. Oysa bir kez kaçmaya başladılar mı, sonlarının nereye varacağı bilinmezdi. Passepartout'nun suratı gökyüzüyle birlikte karardı, zavallı oğlan tam iki gün ölümcül sıkıntılar geçirdi. Ama Phileas Fogg gözü pek bir denizciydi, azgın denize kafa tutmayı biliyordu, hem de hızını falan kesmeden. *Henrietta*, dalgayı burundan aşamazsa yandan alıyor, tepeden tırnağa yıkanıyor, ama gene de aşıyordu. Dağ boyu dalgalar gelip de geminin kıçını havaya kaldırdı mı pervane dışarıda kalıyor, boşlukta çılgınca dönüyor, ama gemi yoluna devam ediyordu.

Ancak, rüzgâr korktukları kadar azıtmadı. Hızı saatte doksan mili aşan kasırgalardan biri haline gelmedi. Hep şiddetliydi, ama güneydoğuya çakılıp kaldığından bizimkilere yelken açtırmadı. Oysa az sonra göreceğimiz gibi, ne de iyi olacaktı yelkenlerin açılması!

16 Aralık, Londra'dan ayrılışlarının yetmiş beşinci günüydü. Böylece, *Henrietta* pek öyle dişe dokunur derecede gecikmiş sayılmazdı. Atlantik'in hemen hemen yarısını aşmış, tehlikeli bölgeden çıkmışlardı. Yazın olsa, bu işi başarmış sayılırlardı. Ama kışın, kötü havanın boyunduruğundaydılar. Passepartout'nun ağzını bıçak açmıyordu. Bununla birlikte, yine de umutluydu, rüzgâr değilse bile, buhar kazanları kendilerinden yanaydı. Ama o gün, makinist güverteye gelip Bay Fogg'u buldu ve kendisiyle ateşli bir konuşmaya girişti.

Nedendir bilinmez –kuşkusuz bir önseziyle– Passepartout tarifsiz bir kaygıya kapıldı. Makinistin efendisine söylediklerini işitebilmek için kulaklarından birini vermeye razıydı. Konuşulanların bir parçası kulağına çalınıyordu; bir ara efendisinin:

— Bu söylediğinizden emin misiniz? dediğini işitti.

— Eminim, efendim, diye karşılık verdi makinist. Unutmayın ki, yola çıktığımızdan beri, kazanları fayrap etmiş durumdayız, kömürümüzse bizi, son hızla New York'tan Liverpool'a değil, ancak düşük hızla Bordeaux'ya götürecek kadardı!

— Peki, bir çaresine bakarım, diye yanıtladı Bay Fogg.

Passepartout olup biteni anlamıştı. Dolayısıyla, öldürücü bir kaygıya kapıldı.

Kömür bitiyordu!

"Efendim bu işin de çaresine bakarsa," dedi kendi kendine, "pes doğrusu!"

Az sonra Fix'le karşılaştı, kendini tutamayıp durumu ona da bildirdi.

— Sizce, gerçekten Liverpool'a mı gidiyoruz yani? diye karşılık verdi polis hafiyesi dişlerinin arasından.

— Elbette!

— Sersem! diye yanıtladı polis hafiyesi, omuz silkerek uzaklaştı.

Passepartout az kalsın, pek de anlam veremediği niteleme sıfatının hesabını soracaktı adama; ama Fix'in yanlış adamın ardına takılıp dünyayı boşu boşuna dolaşmış olmanın gurur kırıklığı ve ezikliği içinde böyle konuştuğunu düşünüp cezadan vazgeçti.

Peki, şimdi ne yapacaktı acaba Phileas Fogg? Doğrusu ya, herhangi bir çözüm yolu bulmak son derece güçtü. Ancak, anlaşılan bizim soğukkanlı İngiliz bir çare bulmuştu, çünkü akşamüstü makinisti çağırtıp:

"Ocakları besleyip kömür bitene dek tam yol ilerleyin," dedi.

Az sonra, *Henrietta*'nın bacası kapkara dumanlar kusuyordu.

Böylece gemi tam hızla yola devam etti; ancak makinist, iki gün sonra, yani ayın 18'inde, kömürün o gün biteceğini haber verdi.

"Sakın ateşi azaltmayın," diye yanıtladı Bay Fogg. "Tam tersine. Bütün kazanlar buhar dolsun."

Phileas Fogg o gün öğleye doğru, haritada yerlerini saptadıktan sonra Passepartout'yu çağırttı, gidip Kaptan Speedy'yi getirmesini söyledi. Oysa bu, bizim yiğit oğlandan gidip bir kaplanı çözmesini istemek gibi bir şeydi. Passepartout:

"Eh, adam şimdi küplere biner işte!" diye söylenerek kamaraya indi.

Nitekim, az sonra, bağrış çağrış ve küfürler arasında bir bomba çıktı güverteye. Kaptan Speedy'ydi bu bomba. Patlamaya hazır olduğu belliydi.

Öfkeden ağzı köpüre köpüre ilkin, "Neredeyiz?" diye sordu ve beyin kanamasına yatkın bir adam olsaydı, o anda hayatta kalamayabilirdi.

— Neredeyiz? diye yineledi allak bullak bir suratla.

— Liverpool'dan yüz yetmiş mil (300 fersah) uzaktayız, diye karşılık verdi Bay Fogg büyük bir soğukkanlılıkla.

— Korsan! diye haykırdı Andrew Speedy.

— Sizi getirtmemin nedeni, beyefendi...

— Deniz korsanı sen de!

— ...beyefendi, diye devam etti Phileas Fogg, geminizi bana satmanızı rica edecektim.

— Hayır, cehennemin bütün zebanileri adına yemin ederim ki, hayır!

— Çünkü onu yakmak zorundayım!

— Gemimi mi yakacaksınız!

— Evet, hiç değilse ağaç kesimlerini, çünkü kömürümüz bitti.

— Gemimi yakmak ha! diye bağırdı Kaptan Speedy, lafları bin bir güçlükle söyleyerek. Elli bin dolarlık (250 000 frank) gemiyi mi yakacaksınız?

— Alın size altmış bin dolar (300 000 frank)! diye karşılık verdi Phileas Fogg, Kaptan'a bir tomar para uzatarak.

Para tomarı müthiş bir etki yaptı Andrew Speedy üzerinde. Zaten altmış bin doları görüp de heyecanlanmayan adam Amerikalı değildir. Kaptan, öfkesini de, hapsedilişini de, yolcularına duyduğu bütün hıncı da bir anda unuttu. Gemisi yirmi yıllıktı. Böyle bir alışveriş arayıp da bulamayacağı şeydi!.. Bomba artık patlayamazdı. Bay Fogg bombanın fitilini koparmıştı.

— Geminin demir kesimi bana kalacak, dedi ansızın yumuşayan bir sesle.

— Demir kesimi de, makineler de size kalacak, beyefendi. Tamam mı?

— Tamam.

Ve Andrew Speedy para tomarını kapıp hızla saydı, sonra cebine indirdi.

Passepartout, bütün bunları kireç gibi bir yüzle izlemişti. Fix ise, az kalsın beyin kanaması geçiriyordu. Aşağı yukarı yirmi bin sterlin gitmişti ve şu Fogg denen adam tekneyi de, makineleri de satıcıya bırakıyordu! Sizin anlayacağınız, geminin asıl para eden kesimlerini! Evet, evet, bankadan çalınan para gerçekten elli beş bin sterlin olmalıydı!

Andrew Speedy parayı cebe indirdikten sonra:

— Bakın, beyefendi, dedi Bay Fogg, sakın bu olup bitenlere şaşmayın. Yalnız şu kadarını bilmiş olun ki, 21 Aralık'ta, akşam yirmi kırk beşte Londra'da olamazsam, yirmi bin sterlinim boşa gidecek. New York'tan kalkan gemiyi kaçırmıştım, siz de Liverpool'a gitmek istemiyordunuz...

— İyi ki istememişim, canına yandığımın iblisleri, diye bağırdı Andrew Speedy, baksana en azından kırk bin dolar kazanıyorum.

Sonra, daha kararlı bir sesle:

— Yalnız, biliyor musunuz, Kaptan... diye devam etti.

— Fogg.

— Biliyor musunuz Kaptan Fogg, Yankilik var sizde.

Böylece yolcusuna kendince övgüde bulunduktan sonra tam gideceği sırada Phileas Fogg:

— Kısacası, gemi şimdi benim, değil mi? diye sordu.

— Elbette, omurgasından direklerine dek sizin, ama yalnız "ağaç" kesimleri tabii!

— Peki. Hemen iç bölmelerini kırıp ateşi besleyin.

Buhar kazanına gerekli basıncı verebilmek için bu kuru ağaçlardan ne kadarını parçalamak zorunda kaldıklarını varın siz hesaplayın. O gün kıç güverte, güverte kamaraları, alt kamaralar, ambarlar ve sintine güvertesi sökülüp parçalandı.

Ertesi gün, yani 19 Aralık'ta, irili ufaklı bütün direkler yakıldı. Seren direkleri devrildi, baltalarla parçalandı. Tayfalar inanılmaz bir çaba gösteriyordu. Passepartout'ysa kesiyor, biçiyor, yarıyor, on kişilik iş görüyordu. Bir yıkımdır gidiyordu.

Ertesi gün, 20 Aralık'ta, küpeşteler, donanma bayrakları, su üstünde kalan tahta kesimler, güvertenin büyükçe bir bölümü ateşe atıldı. *Henrietta* artık yenik içindeki bir kalafat teknesine dönmüştü.

Ama o gün, İrlanda kıyılarına varmış, Fastenet fenerini görmüşlerdi.

Ancak, gemi, akşam saat onda gele gele Queenstown açıklarına gelmişti. Phileas Fogg'un, Londra'ya varabilmek için yalnızca yirmi dört saati kalmıştı! Bu kadar zamanda olsa olsa Liverpool'a varabilirdi *Henrietta* – hem de tam yol giderse. Oysa bizim gözü pek İngiliz pek yakında buharsız kalacaktı!

— Size gerçekten acıyorum, beyefendi, dedi en sonunda Bay Fogg'un tasarılarıyla ilgilenmeye başlayan Kaptan Speedy. Her şey size karşı sanki! Gele gele Queenstown'a geldik ancak.

— Yaa! dedi Bay Fogg, ışıklarını gördüğümüz kent Queenstown demek?

— Evet.

— Limana girebilir miyiz?

— Üç saatten önce giremeyiz. Yani ancak deniz yükseldikten sonra.

— Bekleyelim! diye karşılık verdi Phileas Fogg sakin bir sesle ve yüzünden, büyük bir esinle ters giden talihi bir kez daha yeneceği asla anlaşılmıyordu.

Gerçekten de, Queenstown, Birleşik Devletler'den gelen transatlantiklerin yanaşıp mektuplarını boşalttıkları İrlanda limanıydı. Mektuplar buradan, her an harekete hazır bekleyen ekspreslerle Dublin'e götürülürdü. Dublin'den de, çok hızlı buharlı gemilerle Liverpool'a giderler – böylece, denizyollarının en hızlı gemilerinden bile on iki saat önce oraya varmış olurlardı.

Phileas Fogg da işte Amerika postasının kazandığı bu on iki saati kazanmak niyetindeydi. *Henrietta*'yla, ertesi gün akşam varacağı Liverpool'a öğleyin varacak, böylece, akşam sekiz kırk beşten önce Londra'da olabilecekti.

Henrietta, sabah bire doğru, yani deniz yükseldikten sonra Queenstown limanına giriyor ve Phileas Fogg elini yürekten bir dostlukla sıktığı Kaptan Speedy'yi, sattığı fiyatın en az yarısı değerindeki gemi iskeletinde bırakarak karaya çıkıyordu!

Yolcular hemen gemiden indiler. Fix, tam o sırada Bay Fogg'u tutuklamayı geçirdi kafasından. Ama yapmadı. Niçin acaba? Nasıl bir çatışma olmuştu içinde? Bay Fogg'dan yana mı dönmüştü? En sonunda anlamış mıydı yanıldığını? Her neyse, gerçi tutuklamadı, ama yanından da ayrılmadı. Beyefendiye eşlik eden Fix, Bayan Aouda ve artık soluk almaya fırsat bulamayan Passepartout, saat bir buçukta trene biniyor, şafak sökerken Dublin'e varıyor, vakit geçirmeden gemilerden birine atlıyorlardı –tepeden tırnağa çelikten yapılmış, yalnız makineyle çalışan bu füze gibi gemiler–, öyle dalgaya burun verme gereğini falan duymaz, yolu tuttu mu giderdi.

Phileas Fogg 21 Aralık'ta, on ikiye yirmi kala Liverpool limanına iniyordu. Londra'ya altı saatlik bir mesafe kalmıştı artık.

Tam bu sırada Fix yanına geldi, elini omzuna koydu, tutuklama emrini gösterip:

— Bay Phileas Fogg sizsiniz, değil mi? dedi.

— Evet, beyefendi.

— Kraliçe adına sizi tutukluyorum!

XXXIV

Bu Bölüm Passepartout'ya Berbat, Ama Belki de Duyulmamış Bir Sözcük Oyunu Yapma Fırsatı Sunuyor

Phileas Fogg hapisteydi. Onu alıp Custom-house'a, yani Liverpool gümrüğüne kapatmışlardı, Londra'ya aktarılmak üzere geceyi bekleyecekti.

Tutuklama sırasında, Passepartout, az kalsın polis hafiyesinin üstüne çullanıyordu. Ama polisler engel oldu buna. Hiçbir şeyden haberi olmayan ve hiçbir şey anlamayan Bayan Aouda şaşkına dönmüştü. Passepartout ona durumu anlattı. Canını borçlu bulunduğu şu dürüst ve cesur Bay Fogg hırsız diye tutuklanmıştı. Genç kadın böyle bir iddiaya karşı çıktı, kalbi öfkeyle doldu ve kurtarıcısını kurtarabilmek için hiçbir girişimde bulunamadığını görünce gözlerinden yaşlar boşandı.

Fix'e gelince, suçlu olsa da olmasa da, görevi gerektirdiği için tutuklamıştı beyefendiyi. Gerisi yargıcın bileceği işti.

Ve işte o anda, Passepartout'nun aklına, bütün bunlara yol açan korkunç fikir geldi! Gerçekten de, neden Bay Fogg'dan saklamıştı bu serüveni? Fix kimliğini ve üstlendiği görevi açıkladığı zaman, neden gidip bunları efendisine anlatmamıştı? Efendisi durumu öğrenince Fix'e suçsuz olduğunu gösteren kanıtları verirdi elbet; yanıldığını anlatırdı polis hafiyesine; bu can sıkıcı hafiyeyi, parasını cebinden vererek yanında taşımazdı, çünkü adamın ilk işi, Birleşik Krallık toprağına ayak basar basmaz kendisini tutuklamak olacaktı. Zavallı oğlan, işlediği hataları, ihtiyatsız davranışlarını düşündükçe büyük bir pişmanlık duymaktaydı. Ağlıyor, saçını başını yoluyordu. Elinden gelse, kafasını taşlara çalacaktı.

Bayan Aouda'yla ikisi, kuru soğuğa karşın, gümrük kapısında kalakaldılar. İkisi de oradan ayrılmak istemiyordu. Bay Fogg'u son bir kez görmek arzusundaydılar.

Bizim beyefendiye gelince, bu sefer tam anlamıyla yıkılmıştı, hem de hedefine varmak üzereyken. Bu tutuklama, işini bitirecekti mutlaka. 21 Aralık'ta, on ikiye yirmi kala Liverpool'a inmişti, Reform-Kulüp'e gidebilmek için önünde tam dokuz saat kırk beş dakika vardı – Londra'yaysa altı saatte gidiliyordu.

O anda gümrük odasına giren biri, Bay Fogg'u tahta sıralardan birinde, öfkesiz, sarsılmaz bir halde hareketsiz otururken bulurdu. Talihe boyun eğdiği söylenemezdi elbet, ama bu son olay da onu hiç sarsmamıştı ya da hiç değilse öyle görünüyordu. Acaba içinde, dizginlendikleri için, son anda bomba gibi patlayan o korkunç öfkelerden biri mi vardı? Bilemeyiz. Yalnız Phileas Fogg orada oturmuş, sakin sakin bekliyordu... neyi? Hâlâ umudu var mıydı? Hapishanenin kapısı üstüne kilitlendiği zaman bile başarıya ulaşacağına mı inanıyordu?

Her neyse işte, Bay Fogg saatini çıkarmış, özenle masalardan birine koymuş, akreple yelkovanı izliyordu. Ağzından tek söz çıkmıyor, büyük bir dikkatle saate bakıyordu.

Doğrusu ya, durum gerçekten korkunçtu ve bu soğukkanlı adamın bilincini okuyamayan için şöyle özetlenebilirdi:

Dürüst Phileas Fogg mahvolmuştu.

Yok, eğer hırsızsa, yakalanmıştı.

O anda kaçmayı düşündü mü dersiniz? Bu yazıhanede bir çıkış yolu bulunup bulunmadığını araştırdı mı acaba? Kaçmayı tasarlıyor muydu? Gören öyle sanırdı, çünkü bir ara kalkıp odayı dolaştı. Ama kapı sımsıkı kapalıydı, penceredeyse demir parmaklık vardı. Dönüp yerine oturdu, cüzdanından seyahat planını çıkardı.

"21 Aralık, cumartesi, Liverpool" yazan satıra "80'inci gün, sabah 11.40" diye ekledi ve beklemeye koyuldu.

Custom-house'un saati biri vurdu. Bay Fogg kendi saatinin iki dakika ileri olduğunu saptadı.

Derken iki oldu! Şu anda bir eksprese atlasa, akşam sekiz kırk beşten önce Londra'da, Reform-Kulüp'te olabilirdi. Alnı hafifçe kırıştı.

Saat iki otuz üçte, dışarıdan hızla açılan kapıların gürültüsü geldi. Passepartout'yla Fix'in sesleri işitildi.

Phileas Fogg'un bakışları bir an için parladı.

Yazıhanenin kapısı açıldı ve Bay Fogg, Bayan Aouda, Passepartout ve Fix'in kendisine doğru seğirttiklerini gördü.

Fix soluk soluğaydı, saçı başı darmadağınıktı... Konuşacak hali yoktu!

"Şey... Beyefendi... diye geveledi, çok özür... dilerim... üzücü bir benzerlik... Hırsız üç gün önce yakalanmış... siz... siz özgürsünüz!.."

Phileas Fogg özgürdü ha! Kalkıp polis hafiyesinin yanına gitti. Gözlerini gözlerine dikti ve ömrü boyunca yapmadığı, yapmayacağı bir iş yaptı; kollarını yana açtı, yumruklarını sıktı, bir robot gibi iki yandan zavallı polis hafiyesinin suratına indirdi.

"Harika bir vuruş!" diye bağırdı Passepartout ve sonra, tam bir Fransız gibi, müthiş bir sözcük oyunu yapıp, "Yaşşa be! İngiliz yumruğu diye buna derim işte," dedi.

Yere yıkılan Fix ağzını açıp tek söz etmedi. Hak ettiği cezayı bulmuştu. Bay Fogg, Bayan Aouda ve Passepartout, hemen gümrükten ayrıldılar. Bir arabaya atlayıp, iki üç dakikada Liverpool garına vardılar.

Phileas Fogg, Londra'ya hareket edecek tren olup olmadığını sordu...

Saat iki kırktı... Ekspres otuz beş dakika önce gitmişti.

Phileas Fogg, bunun üzerine, özel bir tren istedi.

Harekete hazır bir sürü hızlı lokomotif vardı; ama yolculuk için gerekli hazırlıklar zaman aldığından, özel tren saat üçten önce yola çıkamadı.

Phileas Fogg, saat üçte, makiniste kazanılacak ödül konusunda iki laf ettikten sonra, genç hanım arkadaşı ve sadık uşağıyla birlikte Londra'ya doğru uçuyordu.

Liverpool'la Londra arasını beş buçuk saatte almaları gerekiyordu – yol açıksa, kolayca başarılacak bir işti bu. Ama ister istemez beklemek zorunda kaldılar ve beyefendi gara girdiğinde, Londra'daki saatler sekiz elliyi gösteriyordu.

Phileas Fogg, dünya gezisini beş dakika gecikmeyle bitirmişti. Bahsi yitirmişti.

XXXV

Bu Bölümde Passepartout, Efendisinin Buyruğunu Anında Yerine Getiriyor

Ertesi gün, Saville-row'da oturanlara Bay Fogg'un eve döndüğünü söyleseniz, epey şaşarlardı doğrusu. Kapı baca sımsıkı kapalıydı çünkü. Dışarıdaysa en küçük bir değişiklik olmamıştı.

Gerçekten de, Phileas Fogg gardan ayrıldıktan sonra Passepartout'ya gidip yiyecek içecek almasını söylemiş, kendisi de eve dönmüştü.

Beyefendi, bu darbeyi her zamanki serinkanlılığıyla karşılamıştı. Mahvolmuştu! Hem de şu beceriksiz polis hafiyesi yüzünden! O uzun yolu emin adımlarla geçtikten, bin bir engeli aşıp, bin bir tehlikeye göğüs gerdikten, yolda bir iki de iyilik yapmaya vakit bulduktan sonra, limanda, önceden kestiremeyeceği, dolayısıyla kendisini savunmasına fırsat bırakmayan kaba kuvvetle karşılaşmak, gerçekten korkunç bir şeydi! Yola çıkarken yanına aldığı paradan pek az bir şey kalmıştı geriye. Servetinden, kala kala Baring Brothers bankasındaki yirmi bin sterlin kalmıştı, bunu da Reform-Kulüp'teki arkadaşlarına verecekti. Onca harcamadan sonra bahsi kazansa bile zenginleşmeyecekti elbet, ayrıca –salt onur için bahse giren insanlardan olduğundan– para pul peşinde de değildi belki, ama şimdi kaybettiği bahis onu bütünüyle mahvetmişti. Üstüne üstlük, kararını da vermişti. Ne yapacağını çok iyi biliyordu.

Saville-row'daki odalardan biri Bayan Aouda'ya ayrılmıştı. Genç kadın umutsuzluk içindeydi. Ağzından dökülen bir iki sözden, Bay Fogg'un karanlık şeyler tasarladığını anlamıştı.

Zihinlerine saplanan bir sabit fikrin etkisiyle, bu çılgın İngilizlerin işi nerelere vardıracaklarını hepimiz biliriz. Dolayısıyla, Passepartout hiç çaktırmadan efendisini gözlüyordu.

Ama bizim dürüst oğlan, her şeyden önce odasına çıkmış, seksen gündür yanmakta olan gaz lambasını söndürmüştü. Posta kutusunda Gaz Şirketi'nden gelen bir kâğıt bulmuş, yol açtığı harcamaların önünü alma zamanının geldiğine karar vermişti.

O gece öylece geçti. Bay Fogg yatmıştı, ama gözüne uyku girmiş miydi acaba? Bayan Aouda'ya gelince, bir an bile gözünü kırpmadı. Passepartout'ysa, kuçu gibi, efendisinin kapısında beklemişti.

Ertesi gün, Bay Fogg onu çağırdı ve bir iki cümleyle, Bayan Aouda'nın kahvaltısıyla ilgilenmesini buyurdu. Kendisiyse, bir fincan çayla bir parça kızarmış et istiyordu. Bayan Aouda öğle ve akşam yemekleri için kendisini bağışlamalıydı, işlerini düzene koyması gerekiyordu. Bu yüzden aşağı inemeyecekti. Yalnız akşama, Bayan Aouda'dan birkaç saniyesini kendisine ayırmasını rica edecekti.

Günlük programı alan Passepartout için söylenenleri yerine getirmekten başka çare yoktu. Her zaman kayıtsız olan efendisine bakıyor, bir türlü odadan ayrılamıyordu. Yüreği kabarmış, içi pişmanlık acısıyla dolmuştu, bu onulmaz yıkıma yol açan kendisiydi çünkü! Evet, evet! Bay Fogg'a haber verseydi, Fix'in tasarılarını anlatsaydı, efendisi polis hafiyesi Fix'i Liverpool'a dek ardında sürüklemezdi elbet, ondan sonra da...

Passepartout kendini tutamadı.

— Efendim! Bay Fogg! diye bağırdı. Ne isterseniz deyin bana. Bütün bunlar benim, yüzümden...

— Kimseyi suçlamıyorum, diye karşılık verdi Phileas Fogg son derece sakin bir sesle. Gidebilirsiniz.

Passepartout odadan çıkıp genç kadının yanına gitti, efendisinin dediklerini aktardı.

— Bakın, hanımefendi, diye ekledi, hiç ama hiçbir şey gelmiyor benim elimden! Efendim üzerinde en küçük bir etkim yok. Belki siz...

— Benim ne gibi bir etkim olabilir ki, diye karşılık verdi Bayan Aouda. Bay Fogg kimsenin etkisinde kalmaz! Kendisine duyduğum gönül borcunun taşmak üzere olduğunu anladı mı? Kalbimden geçenleri okuyabildi mi? Hayır dostum, hayır, bir dakika bile yanından ayrılmamalı onun! Bu akşam benimle konuşmaya niyetlendiğini söylemiştiniz galiba?

— Evet, hanımefendi, İngiltere'deki durumunuzu ayarlamak üzere sanıyorum.

— Bekleyelim, görürüz, diye yanıtladı genç kadın ve sonra düşüncelere daldı.

Böylece, o pazar, Saville-row'daki ev içinde kimsecikler yokmuş gibi hareketsiz kaldı ve Phileas Fogg bu eve taşınalı beri ilk kez, Meclis binasının saati on bir buçuğu çalarken kulübe gitmedi.

Hem zaten neden gitsindi canım? Arkadaşları onu beklemiyorlardı bile. Bir gün önce, yani şu uğursuz 21 Aralık Cumartesi gecesi saat sekiz kırk beşte Reform-Kulüp'te bulunamadığına göre, Phileas Fogg bahsi yitirmişti. Hatta şu yirmi bin sterlinlik hesabı kapatmak üzere bankaya gitmesine bile gerek yoktu. Rakiplerinin elinde imzalı bir çek vardı, Baring Brothers bankasına küçük bir pusula yollamak, yirmi bin sterlini kendi hesaplarına geçirmeye yeterdi.

Dolayısıyla, Bay Fogg'un dışarı çıkmasına gerek yoktu, o da çıkmadı. Odasına kapanıp işlerini düzene koydu.

Passepartout, durmadan inip çıktı Saville-row'daki evin merdivenlerini. Zavallı oğlan için saatler geçmek bilmiyordu. Efendisinin kapısını dinliyor ve bunu yaparken saygısızlık ettiğini düşünmüyordu! Anahtar deliğinden bakıyor ve buna hakkı olduğuna inanıyordu! Passepartout, her an bir felaket bekliyordu. Zaman zaman Fix'i düşünüyordu, ama büyük bir değişim olmuştu zihninde. Polis hafiyesine kızmıyordu artık. Fix de herkes gibi efendisi konusunda yanılmıştı, ardına düşüp tutuklarken yalnızca görevini yapmıştı, oysa kendisi... Bu düşünce onu yiyip bitiriyor, kendini dünyanın en sefil yaratığı sayıyordu.

Sonunda yalnızlığa dayanamaz oldu, Bayan Aouda'nın kapısını çalıp odasına girdi, tek söz etmeden bir köşeye çöktü, hâlâ düşünceler içinde bulunan genç kadını seyretmeye başladı.

Saat yedi buçuğa doğru Bay Fogg, Bayan Aouda'ya kendisini kabul edip edemeyeceğini sordurdu, az sonra kadının odasında baş başaydılar.

Phileas Fogg, bir iskemle alıp ocağın başına, Bayan Aouda'nın tam karşısına oturdu. Yüzünde en küçük bir heyecan belirtisi yoktu. Geziden dönen Fogg, geziye çıkan Fogg'un tıpkısıydı. Aynı serinkanlılık, aynı dinginlik.

Beş dakika konuşmadan oturdu. Sonra gözlerini Bayan Aouda'ya çevirip:

— Hanımefendi, dedi, sizi alıp İngiltere'ye getirdiğim için kusurumu bağışlayacak mısınız acaba?

— Ben mi, Bay Fogg!.. diye karşılık verdi Bayan Aouda, yüreğinin çarpıntısını bastırmaya çalışarak.

— İzin verin de sözümü bitireyim, diye devam etti Bay Fogg. Sizi alıp o tehlikeli yerlerden uzaklaştırmaya karar verdiğim zaman zengindim, varlığımın bir parçasını size sunmayı düşünüyordum. Böylece mutlu ve özgür bir insan gibi yaşayabilirdiniz. Ama şimdi mahvoldum.

— Biliyorum, Bay Fogg, diye yanıtladı genç kadın, bu yüzden ben de sizden, ardınıza düşüp geldiğim, böylece – kim bilir?– belki de geciktirerek yıkımınıza katkıda bulunduğum için beni bağışlayıp bağışlamayacağınızı soracaktım?

— İyi ama, hanımefendi, Hindistan'da kalamazdınız, güvenliğiniz ancak o bağnazların sizi bulamayacağı kadar uzağa gitmenize bağlıydı.

— Demek ki, Bay Fogg, diye devam etti Bayan Aouda, beni korkunç bir ölümden kurtardığınız yetmiyormuş gibi, bir yabancı olarak pozisyonumu da mı güvence altına almak istiyordunuz?

— Evet, hanımefendi, diye yanıtladı Bay Fogg, ama olaylar buna izin vermedi. Ancak, yine de, elimde kalan serveti size sunmama izin vermenizi dileyeceğim.

— İyi ama, Bay Fogg, siz ne olacaksınız? diye sordu Bayan Aouda.

— Benim artık hiçbir şeye ihtiyacım yok, hanımefendi, diye karşılık verdi beyefendi buz gibi bir sesle.

— Peki ama beyefendi, sizi bekleyen yazgıyla nasıl yüzleşeceksiniz?

— Olması gerektiği gibi, hanımefendi.

— Her halükârda, sizin gibi bir insan yoksulluk içinde yaşayamaz, diye devam etti Bayan Aouda. Dostlarınız...

— Dostum yoktur, hanımefendi.

— Yakınlarınız...

— Yakınım da yoktur.

— Öyleyse acırım size. Bay Fogg, kimsesizlik üzücü bir şeydir. Acılarınızı paylaşacak kimseniz yok demek! Oysa yoksulluğun elbirliğiyle daha kolay yenildiğini söylerler!

— Öyle derler, hanımefendi.

— Bay Fogg, dedi Bayan Aouda ayağa kalkıp elini Bay Fogg'a uzatarak, hem bir akraba, hem de bir dost ister misiniz? Karınız olmamı ister misiniz?

Bu sözler üzerine Bay Fogg da ayağa kalkmıştı. Gözlerinde alışılmadık bir parıltı, dudaklarında titremeye benzer bir şey vardı. Bayan Aouda ona bakıyordu. Her şeyini borçlu bulunduğu adamı kurtarmak için varlığını ortaya koyan bu soylu kadının bakışının içtenliği, dürüstlüğü, kararlılığı ve yumuşaklığı Phileas Fogg'u ilkin şaşırttı, sonra etkiledi. Bir an gözlerini yumdu, bu bakışın iyice içine işlemesini önlemek istiyordu sanki... Açtığında:

— Sizi seviyorum! dedi yalnızca. Evet, gerçekten, dünyada kutsal olan her şey üstüne yemin ederim ki seviyorum sizi ve bütün varlığımla sizinim!

— Ah!.. diye bağırdı Bayan Aouda elini kalbine götürerek.

Zile asılıp Passepartout'yu çağırdılar. Oğlan koşarak geldi. Bay Fogg, Bayan Aouda'nın elini hâlâ bırakmamıştı, Passepartout görür görmez durumu kavradı ve yüzü tropikal bölge güneşi gibi ışıldadı.

Bay Fogg ona, Marylebone kilisesi rahibi muhterem Samuel Wilson'ı çağırmak için vaktin geç olup olmadığını sordu.

Passepartout en güzel gülümsemesiyle yanıtladı:

— Asla çok geç değildir.

Saat daha sekizi beş geçiyordu.

— Yarınki pazartesi günü için, değil mi? diye sordu.

— Yarınki pazartesi günü olur mu? diye tekrarladı Bay Fogg genç kadına bakarak.

— Olur! diye yanıtladı Bayan Aouda. Passepartout koşarak çıktı.

XXXVI

Phileas Fogg Piyasada Yeniden Prim Yapıyor

Şimdi artık, İngiltere Merkez Bankası'nı soyan –James Strand adındaki– asıl hırsızın 17 Aralık'ta Edinburgh'da yakalanışından sonra Birleşik Krallık'ta meydana gelen kamuoyu değişikliğinden söz etmenin zamanıdır.

Üç gün önce, Phileas Fogg polisin şiddetle aradığı bir suçluyken, şimdi dünya çevresindeki garip gezisini matematik bir şaşmazlıkla tamamlayan en dürüst beyefendi olup çıkmıştı.

O zaman varın siz hesaplayın gazetelerin kopardığı gürültüyü! Ondan yana ya da ona karşı bahse tutuşup da olayı çoktan unutmuş olanlar, bir anda yeniden alevlendiler. Yapılan bütün işlemler yeniden geçerlilik kazanıyordu. Yatırımlar yine geçerli sayılıyor ve doğrusunu isterseniz, bahisler yeniden canlanıyordu. Phileas Fogg adı borsada yeniden büyük bir değer haline geldi.

Bizim beyefendinin Reform-Kulüp'teki beş arkadaşı, son üç günü belli bir kaygıyla geçirdiler. Unuttukları Phileas Fogg yeniden karşılarına dikilivermişti! Neredeydi acaba o anda? 17 Aralık'ta –yani James Strand'ın tutuklandığı gün– Phileas Fogg yola çıkalı yetmiş altı gün olmuş ve kendisinden hiçbir haber alınamamıştı. Bir yerlerde göçüp gitmiş miydi acaba? Direnmekten vazgeçmiş miydi, yoksa kararlaştırılan çizgi üzerinde yoluna devam mı ediyordu? 21 Aralık Cumartesi akşamı sekiz kırk beşte, bir şaşmazlık tanrısı halinde Reform-Kulüp'ün kapısında boy gösterecek miydi?

İngiliz toplumunun kibar tabakasının bu üç günü nasıl kaygılı geçirdiğini anlatmamız imkânsız. Phileas Fogg'dan haber alabilmek için Amerika'ya, Asya'ya teller çekildi! Sabah akşam, Saville-row'a adam yollandı... adamlar eli boş döndü! Polis bile, talihsizce bir yanlış anlamanın peşine düşen hafiye Fix'in başına ne geldiğini bilmiyordu. Ama bütün bu belirsizlikler tutuşulan bahislere daha bir hız verdi. Phileas Fogg, yarış atı gibi son tura giriyordu. Şimdi artık yüzlük değil, yirmilik, onluk, beşlik paketler halinde alınıyordu; hatta şu yaşlı ve felçli Lord Albermale onu kendine denk tutuyordu.

Dolayısıyla, cumartesi akşamı, Pall-Mall ve çevresindeki sokaklar hıncahınç kalabalıktı. Reform-Kulüp'ün yanını yöresini simsarlar sarmıştı sanki. Tartışılıyor, ağız dalaşı ediliyor, "Phileas Fogg" senetleri devlet tahvilleri gibi satılıyordu. Polisler halkı tutmakta güçlük çekiyor, Phileas Fogg'un geleceği saat yaklaştıkça heyecan büyük ölçüde artıyordu.

O akşam, beyefendinin beş arkadaşı sabah dokuzda Reform-Kulüp'ün büyük salonunda toplanmışlardı. İki bankacı John Sullivan'la Samuel Fallentin, mühendis Andrew Stuart, İngiltere Merkez Bankası yöneticisi Gauthier Ralph ve bira fabrikatörü Thomas Flanagan sıkıntı içinde beklemekteydiler.

Büyük salondaki saat sekiz yirmi beşi gösterdiği anda Andrew Stuart ayağa kalkıp:

— Baylar, dedi, yirmi dakika sonra Bay Phileas Fogg'la kararlaştırdığımız süre dolacak.

— Liverpool'dan kalkan son tren kaçta geldi? diye sordu Thomas Flanagan.

— Yedi yirmi üçte, diye karşılık verdi Gauthier Ralph; ondan sonrakiyse on ikiyi on geçe gelecek.

— Bu duruma göre, baylar, diye devam etti Andrew Stuart, Phileas Fogg yedi yirmi üç treniyle gelseydi, şimdi burada olurdu. Bahsi kazanmış sayabiliriz kendimizi.

— Bekleyelim, hiçbir şey demeyelim daha, diye karşılık verdi Samuel Fallentin. Arkadaşımızın gariplikte birinci olduğunu bilirsiniz. Saat konusundaki şaşmazlığı da belli. Hiç bir zaman vaktinden önce ya da sonra gelmez, buraya da son dakikada gelmezse şaşarım.

— Bense, dedi her zamanki gibi çok sinirli olan Andrew Stuart, gözümle görsem inanmam geri döndüğüne.

— Gerçekten de çok saçmaydı Phileas Fogg'un tasarısı, diye söze karıştı Thomas Flanagan. Zaman konusunda ne denli titiz olursa olsun, birtakım gecikmeleri önleyemez elbet, oysa iki üç günlük gecikme yeter bu yolculuğu tehlikeye düşürmeye.

— Ayrıca, bildiğiniz gibi, arkadaşımızdan tek bir haber almadık bugüne dek, diye ekledi John Sullivan, oysa geçtiği yol üzerinde telgraf telleri vardı.

— Yitirdi, baylar, yüz kere yitirdi! diye devam etti Andrew Stuart. Biliyorsunuz ki, New York'tan Liverpool'a vaktinde geçmesine izin verecek tek gemi olan *China* dün geldi. *Shipping Gazette*'in yayımladığı yolcu listesi burada, Phileas Fogg'un adı yok aralarında. Arkadaşımız, en iyi tahminle, Amerika'dadır şu anda! Kararlaştırılan tarihten en az yirmi gün sonra gelebileceğini sanıyorum, dolayısıyla, bizim yaşlı Lord Albermale de beş bin sterlininden olacak!

— Evet, öyle, diye karşılık verdi Gauthier Ralph, bizim içinse, Phileas Fogg'un çekini yarın Baring Brothers'a götürmekten başka iş kalmıyor.

O sırada saat sekiz kırkı vurdu.

"Beş dakika daha var," dedi Andrew Stuart.

Beş arkadaş bakıştılar. Nabızları azıcık artmış gibiydi, çünkü girişilen bahis en hızlı oyuncular için bile büyüktü! Ama heyecanlarını belli etmek istemiyorlardı, Samuel Fallentin'in önerisiyle oyun masasındaki yerlerini aldılar.

"Üç bin dokuz yüz doksan dokuz sterlin verseler bile, bu bahisten kazanacağım dört bini vermem," dedi Andrew Stuart yerini alırken.

Saatin yelkovanı, o sırada, sekiz kırk ikiyi gösteriyordu.

Oyuncular kartlarını almışlardı, ama gözleri her an saatteydi. Kazanacakları konusundaki güvenlerine karşın, hiçbir zaman dakikaların onlara bunca uzun gelmediğini söyleyebiliriz!

"Sekiz kırk üç", dedi Thomas Flanagan kâğıtları kesip Gauthier Ralph'a uzatarak.

Derken bir an için bütün sesler kesildi. Kulübün koskoca salonunda çıt çıkmıyordu. Dışarıdansa, toplanan kalabalığın, zaman zaman çığlık biçimini alan gürültüsü geliyordu. Saatin sarkacı matematik bir şaşmazlıkla saniyeleri vuruyordu. Oyuncuların her biri, dakikanın altmışta birini gösteren bu vuruşları açık seçik sayabiliyordu.

"Sekiz kırk dört!" dedi John Sullivan dizginlenemeyen bir heyecanı yansıtan bir sesle.

Kala kala bir dakika kalmıştı ve bahis kazanılmıştı. Andrew Stuart ve arkadaşları oyunu falan bırakmışlardı. Kâğıtlar masadaydı! Şimdi artık saniyeleri sayıyorlardı! Kırkıncı saniyede gelen giden yoktu! Ellinci saniyede de!

Elli beşinci saniyede dışarıdan gök gürültüsünü andıran bir bağrış çağrış, alkış, hatta üst üste yinelenen yaşa var ol sesleri geldi.

Oyuncular ayağa kalktı.

Elli yedinci saniyede salonun kapısı açıldı, Phileas Fogg ardında çılgın bir kalabalıkla eşikte görünüp sakin bir sesle: "Beyler, ben geldim," dediğinde altmışıncı saniye dolmamıştı.

XXXVII

Phileas Fogg'un Dünya Gezisine Çıkmakla, Mutluluğun Dışında Hiçbir Şey Kazanamadığı Belli Oluyor

Evet! Gelen, Phileas Fogg'un ta kendisiydi.

Hatırlanacağı gibi, akşam saat sekize beş kala –yani Londra'ya gelişlerinden aşağı yukarı yirmi beş saat sonra– Passepartout, efendisi tarafından muhterem Peder Samuel Wilson'a hemen ertesi gün yapılacak evlenme törenini haber vermekle görevlendirilmişti.

Ve Passepartout, ağzı kulaklarında evden çıkmıştı. Hızlı hızlı muhterem Peder Samuel Wilson'ın evine gitmişti; peder evde yoktu. Passepartout orada bekledi tabii; yirmi dakika kadar bekledi.

Sözün kısası, rahibin evinden çıkarken saat sekiz otuz beşti. Ama o nasıl çıkıştı öyle! Saçı başı darmadağınık, şapkasız, ha babam koşuyor, insan belleğine göre o güne dek kimse koşmamış gibi, yoldan geçenleri deviriyor, bir kasırga gibi esiyordu kaldırımlarda!

Üç dakika sonra Saville-row'daki evdeydi ve o hızla, soluk soluğa sendeleyerek Bay Fogg'un odasına attı kendini.

Konuşamıyordu.

— Ne var, ne oluyor? diye sordu Bay Fogg.

— Efendim... diye geveledi Passepartout... nikâh... kıyılamıyor.

— Kıyılamıyor mu?

— Yarın kıyılamıyor.

— Neden?

— Çünkü yarın... pazar!

— Hayır, pazartesi, diye karşılık verdi Bay Fogg.

— Hayır... bugün... cumartesi.

— Cumartesi mi? Olamaz!

— Oldu bile, oldu bile; diye bağırdı Passepartout. Günü şaşırdınız! Yirmi dört saat önce geldik... ama şimdi yalnız on dakikamız var!..

Passepartout efendisinin yakasına yapışmış, karşı koymasına izin vermeden sürüklüyordu!

Böyle yerinden kaldırılan Phileas Fogg, düşünecek vakti olmaksızın odasından çıktı, evinden çıktı, bir arabaya atladı, arabacıya yüz sterlin vaat etti, iki köpeği ezip beş arabaya çarptıktan sonra Reform-Kulüp'e vardı.

Büyük salonun kapısından içeri adımını attığı anda saat sekiz kırk beşi gösteriyordu...

Phileas Fogg, dünya gezisini seksen günde tamamlamıştı!..

Phileas Fogg, yirmi bin sterlinlik bahsi kazanmıştı!

Peki ama, onun gibi titiz, şaşmaz bir adam nasıl olmuş da günü şaşırmıştı? Londra'ya 21 Aralık Cumartesi akşamı geldiğini sanırken, nasıl olmuş da, hareketinden yetmiş dokuz gün sonra, 20 Aralık Cuma günü gelebilmişti?

İşte bu yanılgının nedeni. Hem de çok basit.

Phileas Fogg, yolda "farkına varmadan" bir gün kazanmıştı – ve bu da, sırf, gezisini doğuya yaptığı için olmuştu; batıya doğru gitseydi, tam tersine, bir gün yitirecekti.

Gerçekten de, Phileas Fogg, doğuya doğru yol alırken hep güneşe doğru ilerlemiş ve bu yönde ilerlerken geçtiği her boylam derecesinde günleri dört dakika kısalmıştı.

Dünyanın çevresindeyse üç yüz altmış boylam vardır, bunu dörtle çarptınız mı, tamı tamına yirmi dört saat eder – yani farkına varmadan koskoca bir gün kazanılır. Bir başka deyişle, Phileas Fogg doğuya doğru giderken, Güneş'in bir meridyenden seksen kez geçtiğini görmüştü; Londra'da kalan arkadaşlarıysa yetmiş dokuz kez. Dolayısıyla, Bay Fogg'un pazar sandığı cumartesi günü, arkadaşları kendisini Reform-Kulüp salonunda bekliyorlardı.

Ve Passepartout'nun –Londra saatine ayarlanmış olarak kalan– meşhur saati, dakika ve saatlerin yanında günleri de gösterseydi, bunu saptardı! Phileas Fogg böylece yirmi bin sterlini kazanmıştı. Ama yolda aşağı yukarı on dokuz bin sterlin harcadığından, kazancı hiç denecek kadar azdı. Ancak, daha önce de söylediğimiz gibi, eksantrik beyefendinin bu geziye çıkarken aradığı şey servet değil, mücadele olmuştu. Hatta açıktan gelen bin sterlini dürüst Passepartout'yla, kendisine karşı kin besleyemediği talihsiz Fix arasında pay etti. Yalnız, düzeni bozmamak için, unutkanlığından ötürü boşa harcanan bin dokuz yüz yirmi saatlik gazın parasını uşağından kesti.

O akşam, Bay Fogg, her zamanki kaygısız ve soğukkanlı tavrıyla Bayan Aouda'ya:

— Bu evlilik hâlâ sizin için uygun mu, hanımefendi? diye soruyordu.

— İyi ama Bay Fogg, diye karşılık verdi Bayan Aouda, bunu asıl ben size sormalıyım. Dün mahvolmuş bir adamdınız, bugünse yine zengin oldunuz...

— Özür dilerim, hanımefendi, bu servet sizindir. Şu evlilik fikri aklınıza gelmemiş olsaydı, uşağım muhterem Peder Samuel Wilson'ın evine gitmeyecek ve ben yaptığım yanlışlığı öğrenemeyecektim, dolayısıyla...

— Sevgili Bay Fogg... dedi genç kadın.

— Sevgili Aouda... diye karşılık verdi Phileas Fogg.

Tahmin edileceği üzere, nikâh ancak kırk sekiz saat sonra kıyılabildi ve anlı şanlı, görkemli, gözleri kamaştıran törende Passepartout, genç kadının tanığı oldu. Canını kurtaran kendisi olduğuna göre, bu onuru ona borçlu değiller miydi? Yalnız, ertesi gün, şafakla birlikte Passepartout efendisinin kapısına dayandı.

Kapı açıldı, bizim serinkanlı İngiliz gözüktü.

— Ne var, Passepartout?

— Şey var, efendim! Az önce öğrendiğime göre...

— Ne öğrendiniz?

— Dünya gezisini yetmiş dokuz günde bitirebilirmişiz.

— Elbette, diye karşılık verdi Bay Fogg, Hindistan'ı baştan başa geçmeseydik... Ancak, oradan geçmeseydik Bayan Aouda'yı kurtaramazdım, o da benim eşim olamazdı, dolayısıyla...

Ve Bay Fogg sakin bir tavırla kapıyı örttü.

Böylece Phileas Fogg bahsi kazanmıştı. Dünya gezisini seksen günde tamamlamıştı! Bunun için yolcu gemisi, demiryolu, araba, yat, yük gemisi, kızak ve fil gibi ulaşım araçlarını kullanmıştı. Ve bu eksantrik beyefendi, yolculuk sırasında olağanüstü bir soğukkanlılık ve şaşmazlık örneği sergilemişti.

Peki sonra? Ne kazanmıştı onca yer dolaşmaktan?

Ne kazanmıştı bu yolculuktan?

Hiçbir şey, mi diyeceksiniz? Evet, güzel bir eşin dışında hiçbir şey getirmedi gerçekten – ama bu kadın, belki inanmayacaksınız, onu dünyanın en mutlu insanı kıldı! Aslında, bundan daha azı için bile dünya gezisine çıkmaya değmez mi?